孩子们必读的诺贝尔文学经典

明 娜

【丹】K.耶勒鲁普◎著 余莉◎译

·耶勒鲁普卷·

北京联合出版公司
Beijing United Publishing Co.,Ltd.

图书在版编目（CIP）数据

明娜 /（丹）耶勒鲁普著；余莉译. -- 北京：北京联合出版公司，2015.2（2023.2重印）

（孩子们必读的诺贝尔文学经典）

ISBN 978-7-5502-4486-3

Ⅰ.①明… Ⅱ.①耶… ②余… Ⅲ.①长篇小说－丹麦－现代 Ⅳ.①I534.45

中国版本图书馆CIP数据核字（2015）第010858号

明娜

作　　者：（丹）耶勒鲁普/著；余莉/译
选题策划：王成国　郎爱民
责任编辑：王　巍
封面设计：尚世视觉
版式设计：许　可

北京联合出版公司出版
（北京市西城区德外大街83号楼9层　100088）
福州俊丰彩印有限公司　新华书店经销
字数220千字　650毫米×950毫米　1/16　17.25印张
2015年2月第1版　2023年2月第2次印刷
ISBN 978-7-5502-4486-3
定价：35.00元

目录
Contents

目录

Contents

第一章

理工学院的学期总让人感到疲惫不堪。德累斯顿越来越热，就快叫人无法忍受，而我所居住的那条位于“老城”的小街虽干净整洁，却狭窄而密不透风，这让情况变得更糟。像是有了思乡情结，我常怀念起丹麦口音。易北河的夜晚虽然美丽，但空气中却找不到一丝清新的微凉。为吸入一口新鲜的空气，我拖沓着脚步走上了著名的布尔平台，即便已是八九点，但温度计还是停留在八十八度上下。换个思路也许能找到慰藉，这至少能证明我生来就拥有感受炎热的权利，由此带来另外一件极好的享受：坐在河的另一边，在托尼亚蒙咖啡厅门外的廊柱之间，一面品尝着冰激凌，一面聆听从“温勒花园”音乐会偷溜出来的细碎乐声。

正是在这么一个傍晚，我毅然决定要在即将到来的暑假里深入乡间。至少，于我这类既被要求而自身又习惯于节俭生活的人来说，这是一个大胆的决定。我的第一反应是要前往萨克森－瑞士，但在最后一口冰激凌尚未于舌尖融化之际，我突然想到了莱森的小村庄。那是一个亲切的小地方，给我留下一种少见的、略带温存的田园印象。那时正从巴斯特下来，一如大多数的过客，我朝它轻轻一瞥，而它转瞬即逝。

数日之后，尚未午时，我在一个小车站下了火车，步行穿过一片果园前往渡口。耕地缓慢爬上起伏的原野，其上是黑压压的松木和凸起的岩石，易北河在这儿绕着它们蜿蜒而下，它们也朝着易北河的方向缓缓倾斜。这里就是上莱森的坚实大地，上面散布着零星的耕地，一溜稀松的果树田顺着玉米地和牧草铺开。对面是一整条长长的山脉，只在中间有一道裂缝。这个小小的峡谷让那可有可无的下莱森小村庄显露了出来，但除了两家客栈，你几乎看不见任何其他的东西。这两家客栈——新修建的那家光秃秃的，而那家老旧的已杂草丛生——分列在溪流的两侧，这条小溪欢快地跳入了在一旁无声经过的河流。峡谷左边耸立着蓝灰色的巴斯特塔状岩石，它们朝覆盖着松木和山毛榉的底部蔓延过去；在那一排排高耸的黄色墙壁——有的甚至高达数百英尺——之后，是闪闪发光的露天砂岩采石场，犹如画龙点睛，它们成就了这乡间最美的风光。相比之下，那些铺开在群山脚下，位于村庄更远一面的采石场更像一座不破的石墙，面对着居高临下的利伦斯敦[1]——它像挥舞着战旗的巨人勇士一般摇晃着其上的林海。

渡口的小船就像一条小狗，在水流的推动下歪歪斜斜地穿过河流。船被系在一条铁链上，链子中间有一个浮筒，铁链的一端固定在河流上游。往下流动的水流从船舷两侧滑过，提供了船前行所需的动力，所以摆渡者只需偶尔拉紧船桅上的滑轮链就能够使船朝着所要去的方向前进。

---

① 利伦斯敦，德国山脉。

尽管这样，那个摆渡者仍不时用他的衬衣袖子擦拭脸上的汗珠，他的脸晒得很黑，看上去更像是红种印第安人，而非苏族印第安人——前一晚我还在动物园里见到过那些苏族印第安人。然而，在这片属于他的土地上，没人会惊讶于他大汗淋漓的模样，因为周围那波光粼粼的水面虽看似凉爽，实则散发出缕缕热气，加之河道蜿蜒曲折，岩墙堆砌的河岸向南敞开，如一支凹面镜，把焦点处于莱森的前方。我和摆渡者都明白，我要去往的地方并不凉爽。只是它离那个隐秘且树木葱茏的幽谷不是太远；再者，我不会轻易改变自己的决定。恐怕命运也插手了这次偶然的际遇，天意的介入让这趟旅行举足轻重。无论怎么说，即便我会在日后的某天为当时没有退却而感到后悔，那也一定不是因为炎热。可我是否后悔过呢？哪怕在今天这样的日子——如今五年已经过去——我也无法回答这个问题。

一些作家——若被人问起，我甚至可以说有一位很著名的作家——告诉我，忧郁之时最悲伤的事，莫过于追忆往日的花样年华。我自然不敢前去争辩，尤其是当那些话已被广为传唱，早为众人熟知。但我更愿相信，假如在回首之时找不到片刻的欢愉，那才是更为可悲的事情。在这样的思想下，会被我想到的也只能是莱森和那之后的一些日子。

寻找住所是我所面临的第一个困难。我找的两家旅馆都只剩下最差的房间，价格还都很高。我辗转于溪流之前的台阶之上，从鞋匠小店到面包小屋，从警卫室跑到杂货铺；但那些房间要么已经租出去了，要么就得两间一起租，这超过了我的承受范围。最后，那间位于郊外松林背后很远地方的校舍成为了我最后的希望。

由于不是上学时间，我只好斗胆敲响了校长的私宅。开门的是一个小男孩。他说他也不知道校长在没在家，然后就一溜烟跑掉了。没过多久，他突然从我眼前跑上楼，瞬间又拿着一双靴子出现在我的面前。之后他又飞快地跑开，一脸得意地带回一件外套。片刻之后，校长穿着这套服装走了出来，他开朗而亲切的脸上挂着半睡半醒的滑稽笑容。他正好有两间屋子要出租，但同样是打包出租，租金为一个月两几尼[①]。我为我唐突的打扰向他致歉，他告诉我也许我能在附近的养老别墅租到单间，这让我燃起了一丝希望。

我马上就要到别墅了，它看起来非常漂亮：绿色的百叶窗帘向内翻起，围墙上爬满藤蔓，其上的枝叶恰到好处地把阳台遮掩。别墅建在高处，下方是我正进入的花园，它由几块坪地组成，将它们连为一体的碎石小道两旁种满了开花的灌木。一个理工学院的穷学生需要经过慎重考虑才敢租下如此诱人的地方。然而，我还是决定要将它租下，即便价格很高，即便只是阁楼上最小的那间——前提是这别墅愿意收留我。我着实厌倦了挨家挨户敲门的感觉。

然而，阳台上却出现了一群绅士和小姐。我觉得这房子越来越不像是“养老别墅”了。一个女仆从小路的拐角处跑了出来，差点和我撞个满怀，不过她至少解除了我的疑惑，虽然语气傲慢略带嘲讽。她说——

“不，我们没有要出租的房间，你可以在山顶上找到你要的房子。”

目前我要找的房子还被眼前的建筑遮挡着，而当我看到它的时候，却并不感到欣喜，因为它突兀地矗立在蓝天下，连一丝灌木丛的隐蔽都没有。它看起来整个都是崭新的，我相信也许从来就没人在那里住过。

我只有再次走下山谷，穿过溪流，爬上那差不多一百五十英尺的石板路，走向山边。近距离的观察并不能让这所房子变得更适合居住：沙砾、石块和木板乱七八糟地堆放着，还有大部分的窗户没有安装。进门的时候我感受到一股强烈的穿堂风，接着地下室传来一个女人的声音，她正用粗俗的德语不停地咒骂。一个男人打磨着那些石阶，看得出来他是第一次干这个。一个年轻的女孩擦着过道上的地板，我进来的时候，

① 月两几尼，英格兰旧金币。

她回头向我露出那张白皙漂亮的脸蛋儿。她的一边脸颊上有一道红印，像是刚被谁打了一巴掌。我问她房主在不在，她却一下子跑进了地下室，赤裸的脚在铺满木屑的地板上留下一串脚印。很快她回来了，后面跟着一个膀大腰圆的女人，这个女人的嘴很大，我之前听到的咒骂声明显就是从这个女人的嘴里发出的，她笨拙的手掌在围裙上擦拭，我怀疑女孩脸上的手印和她脱不了关系。她的裙角向上卷起，露出弓形腿和叉开的胖脚。

她说："先生，您要租一间房吗？如果您是要一个单间的话，那就来得正好。继续擦你的地吧，小娼妇，轮不到你带这位先生去看房。房间在二楼，请。"

我们走进一间十分宽敞的房间，因为窗户上还没有安装玻璃，所以显得通透明亮。这屋子连门窗的框架都没有粉刷，虽然贴了一张灰色的墙纸，却仍然能够看到已经受潮了的墙体。尽管房间通风，但我还是感觉屋里有股浓重的霉味。

但我还没来及开口抱怨，她就开始夸讲她的房间有多么舒适、以前的房客有多么满意，哪怕我们都清楚地知道这间房从来就没有人住过。我问她房间的租金，她的答案比我预想的多出了十先令。她说这已经是最低的价格了，还宣称她的房间比任何一家都物美价廉。这里没有易北河上那恼人的迷雾，也没有因深入山谷而显得封闭。站在这样的高度，我可以尽情地呼吸瑞士的纯净空气，同时一览最棒的乡村美景。最后，还有那铺于房前的林荫小道，不愿长途跋涉的房客可以在其上散步。她总是重复地提起"那些林荫小道"，每当谈到这里，她都会伸出肮脏的手臂来形容它的尺度，并重复着"da'rim und dort'nim"（德语：从这头到那头）。

最终我们的意见达成了统一，她答应会在一周之内把一切都布置好，那时我也刚好放假。我给了她半克朗作为押金，在这些问题都得到解决之后，我很高兴地跟她道了别。

在从房子里出来之后，我不得不承认那个女人对这里风景的赞美还是相当正确的。位于右边的是被群山环绕且碧树丛生的山谷；正前方是从小镇通往锯木厂的旁道，后者修建在“黑鸟峡”的入口，黑鸟峡上冷杉葱郁、岩崖高耸，遮住了一潭清水。左侧的易北河河谷在这里蜿蜒伸展，上面是一片日光下的采石场，它们的倒影映于水面，衬托着几只顺流而下的悠然船筏。再往下就都是全木质或安装着木质框架的农舍，茅草被制作成屋顶，藤蔓滋长，覆盖其上。幸运的是——除开之前提到的两幢别墅——在这里只能看到一栋房子，而且还被很好地遮掩了起来。农家的烟囱里升起了袅袅炊烟，直至汇成一道薄纱，横于山谷之间。透过这层薄纱，可以看到穿过银柳与赤杨的那股溪水的波光。一切都洋溢着德式田园诗的味道！想到自己会在这世外桃源般的地方待上整整一个月，一阵难以言表的喜悦油然而生，我不自觉地唱起了歌——

“Guten Morgen, schone Miillerin.”①

我又不自觉地停了下来，尽情呼吸这清新甘醇的空气——正如那女人所言，这是“瑞士的空气”。而在想起“那些林荫小道”时，我笑出了声，因为从我站的这个地方望去，只能看到高高的园地上那些零星栽种的果树，近坡处有几株桦树，它们长长的枝条在风中摇曳，阳光下的树叶光彩照人。

在“埃布格西特”（它建在一座俯瞰易北河的平台上）吃过便饭之后，我召唤侍者，却发现他正和一个我认识的人——校长——在说话。校长正抽着饰有麦穗和鹿角的烟斗，并因这样的装饰扬扬自得，恰逢没

① 德语，“早安，美丽的磨坊女”。

有学生在场，自然不会感到羞愧。后来他告诉我那种烟的味道闻起来很香，是正宗的老阿尔斯塔德。他喝的酒是蒙肯啤酒，从这些可以看出他是一个有特别品味和习惯的男人。他立刻和我打招呼，并祝贺我找到了住的地方。他说我在萨克森－瑞士再也找不到更好的去处了，因为很多地方都还没有开垦出来，如果我有什么问题直接问他就好。接着他问我是哪国人，当听说我是丹麦人时，便说他在1864年也去过丹麦。显然，他不想让大家感到局促。然而气氛真正变得融洽是在我们谈到共同兴趣的时候，因为我对他长期驻防的卡尔丁一带非常熟悉。他即刻变得兴奋起来，问我是否还记得这片农场或那间房子，这片森林或者那座小山，他还用他的烟嘴在彩色的桌布上描画着那些地方的位置。他最想知道的是那个健壮的老拉尔森是否还管理着那个带有石砌牲棚和绿色栅栏的农场，以及拉尔森的儿子汉斯是否继承了他的财产——因为他曾和他的儿子一起在弗伦斯堡的一家医院里待过。

之后他提到了一场战争，他在那场战争中负了伤。

我无法判断这段对话是否愉快，可是对话中有一些吸引人的内容，很有德国人在谈论过去时的那种直率感觉。尽管我认为所有事情并不应该是这样，但还是欣慰地感觉到，这场战争并未遗留下太多的个人仇恨。

利用他停下的片刻，我向他打听起了那栋漂亮别墅的主人。

“那是国王的侍从冯·泽德利兹的别墅。他每逢夏天就住在里面，那时他不用随侍皮尼兹国王。那个尊贵的家族虽然过着相当隐秘的生活，但他们为学校提供了不少资金。嘿，他们家有一个女家庭教师，你可以自己去看，她是个漂亮的女孩儿。她和我多少有一点亲戚关系——但我对她也没有太多了解。事实上，她非常腼腆，我就希望她能放开一些。”

就在此时，汽船开始鸣笛，我告别了校长，匆忙地走下桥去。

第二章

一周之后，早上八点，我起程出发。

像往常一样，我直到开船前一分钟才上船，等我卸下行李开始四处眺望之时，我们已经到了亚尔伯桥。在这里可以看到小镇的轮廓；布尔平台上美丽的塔群矗立在清澈的蓝天之下，而我们的头顶却迷雾蒙蒙，甚至前方也一片漆黑。空气有些寒冷，我披上了我的花格呢披风。在经过三座城堡之后，小镇变得模糊起来，而当我们到达洛施维茨时，天空飘起了蒙蒙细雨。严格说来还不是雨，只是……

"只是毛毛雨。"一个肥胖的"德累斯顿人"如此回应他的太太——他太太正把头伸出船舱四下打望。

当我们把船停在对岸的布拉瑟维兹时，新上船的旅客们纷纷下到船舱，甲板上也再找不到被淋湿的女士。随后，男士们也一个接一个地离开。那令人沮丧的事实不可回避地显露了出来——大雨正倾盆而下！

我点燃一支雪茄，走进吸烟室，那里拥挤且烟雾弥漫。人们唯一谈论的就是天气。一个正喝着餐前啤酒的长发教授的言论吸引了众人；他说，每年热过之后，都会在这时开始下雨，直到九月份天气才会好转。此时，雨点在船顶上滴答作响，没过多久就变成了猛烈的撞击。天气如此糟糕，人们在这突如其来的黑暗中几乎看不见任何东西。雨水顺窗而下，透过窗户向外望去，河岸上的葡萄园和花园已变得依稀可见。

在我抽完烟回到船舱的时候，舱里已经没有位置了。船舱里闷得慌，这让我不想打开自己的便携式折凳，于是我走到过道上，那里有通向甲板的梯子。一名年轻女子带着两个小女孩坐在那里。我从一堆折叠凳子中拿出一个，裹紧披风坐在梯子的对面。

从甲板上吹下来的空气湿润而清晰，尽管会有雨滴随之飘进，沾湿我的羊毛披风，但还是给人一种舒服的感觉。上方的几阶梯子还在滴水，一层黑色防水帆布盖住了甲板上的行李。那帆布的一角已经积起了水，水花一点一点不停地从里面喷溅出来。

那个年轻的妇女坐在舱门的另一边，她从包里拿出一本小书，很快就融进书里，顾不上周围的一切了。

然而，她并没有得到多久的宁静，因为她最小的孩子哭了起来。这个一头亚麻色卷发的孩子穿着厚重的衣服，尽管她此刻的哭声非常应景，但那个女家庭教师仍不得不哄她。那个大点的女孩说："丽丝贝丝还想听。"小点的女孩眼泪汪汪地附和："我还要听彼特的故事！我还要听彼特的故事！"

"哦，丽丝贝丝，你让那位不认识的叔叔看到你这样，真是羞人！"那个女人小声地说，"你认为人家也想听彼特的故事吗？"

小女孩一面抽泣一面吮吸自己的食指，她大大的眼睛饶有兴致地望向我。她的表情很清楚地表明了她的想法："他怎么还不走？"这使我感到很不自然。是我打扰了她们，我担心给那个年轻的女教师造成困扰，也许她希望和她的学生们单独待在一起。

正当我决定走开，她却很滑稽地看了我一眼——多么滑稽啊，我想她一定没有意识到自己的表情——这表情很清楚地表明我可以和她们待在一起，尽管原因有些不如我意：她不想再讲“更多关于彼特的故事了”。我微笑着回敬她，想要告诉她我清楚状况。于是我安然自若地坐了回去，继续忍受那个小女孩沮丧而愤怒的眼光。我非常高兴能如此轻松地帮助我漂亮的女邻座。

此刻我才得以去观察她的漂亮，甚至是美丽。她的脸形有些方，而且棱角分明，由于她的头发是深褐色的，所以乍一看很像南方人。可她却长着典型的德式鼻子：短直而圆润。她的嘴唇是少有的迷人，轮廓和色泽也极为协调——当然这是纯天然的。我们所常见的嘴唇，要么色泽很美，要么轮廓很美，要么两者不协调，使得其一失色。而她的嘴唇则是完美的化身。她那圆圆的小下巴和精致的脸颊曲线是我从未见过的美丽。

她中等个子，身形异常苗条。她的裙子并不是最时尚的款式，这让我感到很欣慰，但最吸引我的其实是她的头饰。当年流行的头饰是在高耸的帽顶上装饰假花，我也是坐在船舱里才得以想到这是缺乏品位的表现。然而，她戴了一顶窄边上翻的小草帽，上面嵌着丝绒，还扎着银灰色的纱巾。

在纱巾已然过时的时候却扎着一条漂亮的纱巾总能体现出一位女士的品位，并显露出一种乐于为人所赦免的欲望。我很难想象一个惹人爱慕的女人会不戴纱巾——这是摇曳于生命浪涛上的流光的旗帜，心动之人总是在它的指引下纷至沓来，尽管这个方向不一定正确。是的，我说得像是自己已经坠入了爱河，事实上当时的我尚未如此。可是人在什么时候能免于坠入爱河呢？对于我们男人来说，女人被分为两种：一种我们或多或少会与她坠入爱河，另一种会让我们觉得她们就是男人社会中的一分子。我很确定，这一次，我所遇到的是第一种女人。

在我得出这个结论之前，我们已隔开了一定的距离，因为我只敢偶尔朝她瞥一眼。尽管如此，我还是多看了几眼，至少我发现她脸红得很厉害，她仍然拿着书蹲在那里，而那本书根本就不足以遮住她的脸。

那本厚厚的小书勾起了我的好奇，这是当你身处雨中旅途时，能被任何事物勾起的真实的好奇。库珀和沃尔特·司各特的旧德语译本的大小很相似，我判定她拿的那本书就是属于这种类型，然而她随手的一翻却让我发现那本书属于一个更为严肃的类型——那是一本口袋字典。

这个发现让我对这个女孩越来越感兴趣，我带着某种情感望向她，思考着生活是给了她多少压力才使得她从事家庭教师这种费力的工作。这份工作需要高于其他人的学问，也许正是这样才让她不得不利用每一刻空闲时间、以如此迅速而枯燥的手段来增长知识，迫使她以一种最直白的方式将这些字词生生吞下。荆棘丛生的道路给她带来了苦痛，却也让她变得更加坚强。

如此年轻漂亮的女孩形象，若是以艰难阴暗的生活作为背景，则只会凸显她的光辉和释然。若她只是一个娇生惯养、穿着时髦的年轻女孩，那我对她的兴趣将会减去一大半。

虽说这种兴趣本应无私，不该打扰到人家，但我还是忍不住想开始和她聊天。而让我难堪的是，我好像只有一种方式能够达成这个目标：两次上下楼梯，借以引起她的注意，希望她会问我天是否放晴——事实上天气还是那样。可是她什么也没说，于是我无计可施了。

我想了几种搭讪的方式，却无一能够说出口，此时那个最小的女孩开始抱怨天气的寒冷，可怜的女教师别无选择，只好解下自己的披肩给孩子裹上。我本身也很怕冷，自然对她产生了同情，尤其是看到小女孩满足地裹着披肩，把小下巴搭在披肩褶皱处时，这种怜悯加深了。

我感觉时机已到，于是礼貌地解下自己的披风递给她。

不出我所料，她客气地回绝了。她说：“你自己也需要，当心感冒了。”

我无法否认这一点，因为我的脑袋已经着凉，它让我打了两个响亮的喷嚏，吓着了那个最小的女孩，而稍大点的那个女孩则努力地忍住不笑。我找不到任何办法打破这尴尬，只好说我要去吸烟室抽烟，所以用不着披风。

这位女教师委婉地表达了不想妨碍我抽烟的意思，但我还是告诉她我不会因这件事情而给她带来困扰。直至今天我都肯定这一点，这也让我表现出一种从来没有过的体贴。我接着说道，因为这里空气寒冷，所以决定走开。于是我得以抽身，留下我的披风——就像约瑟夫留下他的披风一样——当然，这是无法比较的。

我再次回到略显沉闷的吸烟室，坐在蒙着油布的凳子上，点燃我的雪茄并叫来一杯啤酒。我无法向自己隐瞒一个事实，那就是我的第一次搭讪并未成功，因为它使我不得不先退出来。要是我能再大胆一些，可能已经成功搭上话了，甚至还可能和她一起裹着披风；就算这不可能，至少我可以让那个小女孩挨着我，用自己的披风盖着她。总之，我表现得像个傻瓜，更讨厌的是，我之前坐的那个地方可比现在的位置舒服多了，再加上我出现了头痛的征兆。

船身晃动了一下，然后停了下来。甲板上的人们拖着箱子和行李。我们已经到达了皮尔纳。我漠然地看着镇上绿树环绕的小房子和那屋顶有如帐篷的高耸教堂。但我更感兴趣的是那里的卫城索伦斯坦，它过去曾是一个堡垒，而现在已是一座规模较大的精神病院。卡纳莱多常常用他的画笔来歌颂这个场面，但他画中的色彩总是比现实中更多一分明亮。一束闪亮的光线忽然照耀在城堡的塔楼上，仿佛大自然想借此来舒缓它的沉闷。

到现在，当我想起那个场景时，我感到好像有一只天堂之手在指向那建筑，它想要吸引我的注意，并在我的心中留下预兆。现如今，我带着这种预兆用我的心灵之眼注视着它，直到我的肉眼被泪水模糊，我也不得不放下我手中的笔。那时我只有等待天气好转。那束光逐渐增强并扩散开来，墙和塔楼开始慢慢地向右滑去，我几乎看到了一片蓝天。小镇里教堂的屋顶已经完全消失不见，而在这之前，我还能看到它倾斜的屋顶上一抹暗淡的色晕。但是很快又下起雨来，雨水从窗玻璃上淌下。

渐渐地，我们进入了砂岩地带，雨势也慢慢变弱。烟民们一个接一个地走出了吸烟舱，甲板上随即传来他们的脚步声。

我也上了甲板。雨下得很大，雨滴像珍珠一样在暗光中闪烁。头顶上的乌云已经开始消散，只是不知道为什么雨还是不停。

这一段旧采石场的墙是红棕色的，像上了漆一样，我看向右方起伏的河岸，那片浅绿色森林的树尖在雨雾中隐约可见。尽管透过云缝可以看见蓝天，可是雨停了一会儿之后却越下越大。

我走下船舱，发现我那几个伙伴还在那里。女教师没在看书，也没再讲故事了，因为她的小麻烦们已经睡着了。这次我没有等她问我“这天会放晴吗”，而是直接跟她说天气很可能会好转。她欢快地对我笑笑，感谢我借给她披风。她开始很认真地想要把它折起来，但是因为太大了，所以我得帮她一下，而我笨拙的模样也成功地逗笑了她。这里的空间只够将披风展开，我们彼此礼让地一起将披风叠起来，但是最后我们的手还是碰到了对方。我还没来得及开口，她就匆忙地说了句“谢谢”后转身冲上了楼梯，把叫醒较小孩子的任务留给了大一点的那个孩子。

甲板潮湿而且反着光亮，上面摆放着一些湿漉漉的还不能坐人的凳子，可甲板上还是很快挤满了船客。几滴温暖而湿润的雨滴从空中闪烁而下，头顶的天空变蓝了，河谷上仍然水汽氤氲，河堤上的树林冒着烟，每个松树尖就像一个小小的烟囱，青烟缭绕而上，在阳光中消散开来。

前方河水闪耀着炫目的光芒。在巴斯特垂岩脚下，可以看见莱森的几处房屋，房屋背后则是一片嶙峋的峭壁——那是我之前从窗户看到的甘母瑞格岩石。

我找到我的那一小包行李，它上面盖着油布，没被淋湿。因为忙着找行李，我无暇顾及我那漂亮的旅伴，直到听到一声大喊——“莱森，am steuer absteigen（德语：船靠岸了）”，于是我拖着行李包向船尾走去。然而，到达船尾时，我欣喜地发现那条灰色的纱巾在人群的前方飘动，很快女教师和她的学生们就穿过舷门走下了船。

我还没来得及找到脚夫，她和她的学生们就已经消失在了我的视野中。

第三章

依我看，就该在最显眼的地方立一座碑来谴责那个把德国的这片土地取名为“萨克森－瑞士”的人。来这里旅游的人们，要么带着对瑞士的怀念，要么幻想着这里广袤无垠。而到了才发现，这里不如他们想象的那么壮观，便心生不满，甚至嗤之以鼻——这种待遇是这个可怜的小国家从来都不曾想到的。

然而，要是人们不抱幻想，只是来看看这个国家原本的样子，尤其是不要抱以旅游观光的心态，只是安静地待着，去体验、去品味——它会带给你美丽丰饶的自然馈赠，它自身充满了鲜明的映衬，这映衬与它自身的田园诗意和乡土风情和谐一致！贫瘠与丰饶相接，荒地和耕地相连。人们忽然从灼热的气息中一下子跃进湿冷的阴凉地。哪里还能找到比这更清新、更令人振奋的山野之气呢？

想要充分地了解这个国家的特殊自然景观，我们必须对它进行研究，最终你会发现这里并不是山区，而是高原。它经过洪水的冲刷和切割，露出岩石，有时就像是龟裂的裂缝，有时像是废墟，因此这些岩石也并不是我们所想的高高耸立，而是向下凹陷。为此人们会首先惊叹于这样的景象：在崎岖多石的峭壁上覆盖着一大片葱翠的树林，就像在大象身上搭上一副天鹅绒马鞍。而当人们穿过风吹似浪的玉米地后，会更加惊讶地发现前方是一大片狂野的岩石带及其悬崖和尖峰石阵，还有一百英尺高的砂岩。

这些对比最初总是令人懊恼，可随着时间流逝，我渐渐开始喜欢它们。在这个高原的顶端，我们可以看到这些孤独的、像塔一般的岩石形成了这一带特殊的地貌，然而从美学角度上讲，这种地貌是毫无美感的。从远处看，这些岩石，不管是被称作皇岩、盖顶岩、百合岩，或是其他，看起来都更像是巨大的疣目，就连那足有两千英尺高的施内山也不例外。有些山脉并不是这样的，比如温特山脉，但这些地方都位于边境地带，在波希米亚境内的山脉类型就要普通得多了。准确地说，施内山坐落在波希米亚境内，可是其界线却不像它的咖啡品质那样区分得如此精确，头批波希米亚村庄里的咖啡品质极好，人们在饮用时会感觉自己已经到了卡尔斯巴德，而在萨克森地区附近，人们可以喝到著名的“花咖啡”，这是一种煎煮咖啡，而盛放这种咖啡的杯子底部绘有一朵小花，“花咖啡”的名字也由此得来。

就在那个下午，我有幸喝到了这种对心脏毫无害处的特别饮品。在我在石景奇观[①]享用波希米亚咖啡的前一天，也就是两天前，我走访了很多地方，累得无力前行。我坐在窗前小憩，心里想着自己是否还有力气走下这黑乌峡。天气炎热，周围却十分宁静。玫瑰色的稀云被灰蓝色

① 欧洲最大的天然石桥，该石桥位于今天的捷克共和国境内。

的天空吞噬了一半。阳光下，草叶不再闪着光亮，而是越发葱绿。岩石间的阴影并不清透，也没有尖锐的棱角。黑鸟峡中传来阵阵布谷鸟的啼鸣，这种沉闷的啼叫会持续好几个小时，这样一来就越发衬托出了大自然的静谧……当然，我不想再往前走了；我无法入睡，也不想读书，也根本不想写信。

在这优柔寡断之际，我忽然想起了“那些林荫小道”。一直以来我都还没有想到过它们，而现在，我希望它们可以发挥更好的作用，而不仅仅是作为那个女房东的王牌。突然，我看到一条栽着白桦幼苗的林荫小道，它正对着我的窗户，大约五十英尺远。这条小道在山沿处忽然转弯，没入丛生的灌木中，在山边陡然而下，直通一个壶形的小山谷。我曾以为那条桦树小道属于旁边那座漂亮的公寓，但是现在我才吃惊地发现它和我这所房子所在的土地并未分开。这块地上种着马铃薯、萵苣和几排豌豆，还有一片草地。草地便是这条小道的尽头了，再往前走就是山边的灌木丛。陡坡的起端那段很可能属于我的女房东，而小道戛然而止处，定是要等这一带开垦完才能与通往这房子的旁道相接；因此，我猜想那“林荫小道”可能就在这下面。

我在心里暗暗地给那个女人致歉，因为我之前取笑她，对她所说的话嗤之以鼻。接着，我决定立刻用我高高在上的房客特权去“da’rim und dort’nim”走走。

我并未直接走向那片桦树林，而是穿过一片低矮的榛树和山楂树混合林。草地上长满了雏菊和毛茛，它们从零星分布的灌木丛的缝隙处钻出来，向碎石小径处蔓延。这条小径的另一边，一个草木茂盛的斜坡陡然而下，直入冷杉和桦树覆盖的山谷，随后转向右边变成一条不宽不窄的步道，没入冷杉树丛中。我选择了转向左边，这样可以让自己熟络一下这片土地。

我没走几步，就来到一个小岩洞前。到了这里，那隐匿的岩石就清晰可见了，但是人们看到的多半是这山上的草皮和沙石；这些岩石是向外延伸的，就像是从土地中探出头来，而岩石两侧则像一对躬身向前的肩膀，这样一来，就形成了遮挡阳光的天然屏障。这里还摆放有一张桌子和两个园林凳，墙中央喷刷着“索菲行宫”的字样。

有那么一会儿，我被深深打动了，站在那里停伫不前。我无法相信李希特妈妈手里居然握着这样一张王牌。接着，我在那舒服的凳子上坐下，但是却感到有些不自在，因为我越来越觉得自己没有权利坐在这里。正当我被这种想法困扰时，却看见凳子上有一本小书。我拿起那本书，翻了几页才吃惊地发现这是一本《德语－丹麦语字典》。我不知道居然会有我的祖国同胞住在这个被叫做养老别墅的营房里，尽管这里只为房客提供宿膳。在德国还有谁会有这样罕见的兴致，对丹麦语感兴趣呢？这本字典破旧的封面好像似曾相识。

碎石嘎吱作响，轻快的脚步声随即传来。我抬起头，看到一个女孩沿着小径走来，那不就是汽船上那个漂亮的女教师嘛。

我自来到这里之后，就忙着四处旅行，都来不及回味我们那短暂的相遇。这段时间里，我竟一点也没想起过她。而现在我才突然想起那位校长说过，那座漂亮的公寓里住着一个年轻漂亮的女教师。

她显然没料到会有人在这里，不由得轻轻尖叫了一声。当然，我站起来说了一连串道歉的话，并向她解释，我听房东说起这样一条“林荫小道”，所以才到这里来。我还说我是无意侵犯，我很抱歉，因为我好像吓到了她。

她羞怯地笑了笑。

“我非常理解你不小心走错了地方，你真的不必道歉，也不用对我感到抱歉。”

她把目光落在那本小书上，我有些慌张，把书放在指尖旋转着。一阵红晕涌上她的脸颊。

“这是你的书？”

“我就是回来取它的。”

“我又要说对不起了，因为我斗胆翻看了一下……我很惊讶，因为我是丹麦人。”

“我就知道你是丹麦人，”她回答道，“在船上，你和我说第一句话的时候我就知道了。”

她的这番论定并不讨好我，因为我还切望我的德语发音已经好到德国人都会认为我是他们远方的祖国同胞。

我问她：“我猜你和丹麦人的关系肯定很好？”

她说：“我认识几个丹麦人。”而她脸上的欢乐突然不见了。

“你就因为认识他们才去学习这门不常用的语言吗？”

“是的。”她踌躇地回答道，似乎在想着怎样结束这场对话。

“在某些方面，我也许可以帮到你……”

“不用了，谢谢——很可惜。我是说，我在丹麦做家教时，和那家丹麦人有过一些交流，但是现在我已经放弃了。”

这些我从没想到过的细节让我感到非常吃惊，我希望她能继续说下去，可是她含蓄地说——

“非常抱歉，害你离开这舒适的凳子。你无须走开，我很了解这个别墅的习惯，这个时候没人会到庭园里来，所以刚才看到你时我才会被吓了一跳，是我太大惊小怪了。再见。”

我正想要劝她留下来，因为我知道这时不会有人来打扰我们，但是突然我发现她的眼里闪着泪光，她的视线也从我身上撤回。与此同时，她的嘴角轻轻地抽动着，而她的眼泪马上就要夺眶而出，这让我完全摸不着头脑。我结结巴巴地说了一些关于她非常友好，我不应该乘人之危之类的话语。不管怎样，最后我还是鼓起勇气说道，什么时候她的学生社团不再……

而她却已经不见了。

这次偶遇让我有些困惑，但是我却没有移动，而是想要努力记住那个年轻女孩的样子，在这第二次偶遇中，她给我留下了更深的印象。我非常清楚她是我所见过的最漂亮的女孩。她戴着一顶花圆草帽，帽子环绕着她的脸，就像一条老式的头巾，这使我得以看清她那不同寻常的高而精致的前额。尤其是她那嵌在前额下方的深邃的眼睛，深深地打动了我。她睁大眼睛时，睫毛和眉毛几乎在一条线上，没有任何东西比她轮廓鲜明的眼睛更吸引我。那双眼睛里的光彩比它的轮廓更引人注目，它们以自身奇妙的方式灵巧地从一个物体转向另一个物体。她眼睛里的光晕，混合着黄色、绿色和棕色，给人们留下了相同深刻的印象，就好像人们在透过成荫的树林看着一条小溪，柔和的日光在溪底闪烁；溪水也随着树叶和云朵的漂移汩汩流动，而人们的表情也随着这一切的变幻而变化。

我感到它们在我的记忆里留下了永恒的印记。

这次与《德语－丹麦语字典》的巧遇非常令人振奋。它于我，就像一次预兆，或者是命运之手的安排，总之，这意味着某些东西，而不再是一个孤立的事实。我不大相信她在丹麦做过家庭教师，但是她为什么要这样说呢？更重要的是，她为什么毫无来由地凝噎呢？

这些问题一直在我脑中打转，不久我就在山谷中迷路了，于是我穿过那一大片冷杉林来到了普塄茨浅滩，在维瑟多夫磨坊吃过晚饭。天气不再那么炎热，这个傍晚也变得极为舒适。

然而我并未如往常那样平静地欣赏着大自然，而是带着一股兴高采烈的劲儿来品味它，那是一种类似酒足饭饱后的满足感。这种感觉一点儿也不令人讨厌，因为它在使人们的感官欣然地向外界影响开放的同时，也让周围的事物不再那么明晰。这样一来，也使得这种“残存的甜蜜思绪”得以与其他感想融合。

倘若我低下头看着这忽快忽慢流动着的普塄茨，就会看到它在午后阳光的金芒中闪着棕绿相间的微光，这会使我想起她的那双独特的眼睛。我发现一些美丽的花，就立即想到，“如果我们现在在一起的话，她就会收到我送给她的一束花”。接下来，我躺在斜坡上，听着冷杉林里“嗖嗖”而过的风声，于是我自语道：“假如我是一名诗人，此情此景定能激发我的灵感，我会作一首诗，并且得到她的赞扬，我还可以借此来表达我的感情。”我甚至还为这首诗想到了一个主题。她是一个不断困扰着我的问题，而“在我看来”——这是一种非常诗意的表达——如若我能找到解决这个问题的方法，我便找到了“生命的宝藏”。然而，我既不能使我的语言成韵，也无法有节奏地把它们连接起来。

还未回到莱森，天就已经黑了。一牙小小的残月在公寓所在的山头散发着朦胧的微光。萤火虫成群飞舞在矮树丛和花园之间，溪旁的灌木丛里。微弱的荧光来回飘动，忽上忽下，像是精灵手里拿着的小灯盏。时而会有几片灌木的叶子被隐藏的萤火虫照亮；时而会有一只萤火虫飞上高空，看起来就像一颗在空中飘动的星星。今夜空中没有星星，天气又闷热起来，四周也变得宁静。

前一晚，我也领略了一番这般引人入胜的、仙境般的自然景象，不仅仅是由于这充实的夜晚以一种别出心裁的方式触动了我，更是因为它带我进入了一种无法言喻的心境。说实在的，这些经由现代的作者们创造出来的、永存的情绪检验究竟是什么意思？打个比方，就好像即使一个人对氢原子和氧原子非常熟悉，但他仍然需要通过别人告知才能知道这两者以2：1的比例组合在一起就能形成水。当然，神了解这一点，因此创造了水，所以这根本就没什么值得吹嘘的。我只能说，爬山的时候，我的心跳速度越来越快。我时常驻足俯瞰山谷，只见谷中四处飘荡着小小的亮光；而且有些地方还有闪烁的小亮点照亮了周围的枝叶，而此时，我突然感觉到四周都是一些陡峭的岩石，它们似乎都处于离我相同距离的位置。

我看到通往大门的石阶上有一处孤独的火花正闪着磷光。我点燃一根火柴，发现一只灰色的、毛茸茸的小虫，火柴熄灭后，它又变成了一点火花。然而，我却害怕打扰到它，因为我对这种发光的虫子有一种神秘的感觉，它接连三个晚上都在同一个地方，在地下室窗户旁石阶的内角处，而且我很确定它白天不在那儿。究竟是什么在激励着这个小小生灵每晚都回到这个迷人的地方呢？它每每失望后却仍然带着它们第欧根尼式的诱惑灯塔不懈地返回来，并不是为了看到我这个人类——而是为了寻求伴侣？又或者它待在那个显眼的位置，是期待它那熊熊燃烧的爱火能吸引它的对象？……亦或如此一种持续的神秘激情也是我们身上一种极具诱惑的力量，尽管这在我们身上很难被发现，但在这个发光的生物身上，人们却可以“透过它的马甲真切地看到内心在燃烧”？

也许，我特别需要这种不同寻常的力量，因为当我在床上辗转反侧（这时我总会感到一丝沮丧）时，我会不断想起那个小小的发光体，而在我记忆之遥，它还在我迷离的梦中扮演了重要角色。

第四章

第二天一早出门时，我不仅仔细检查了石阶，还查看了窗台的壁凹处，却不见那个发光的虫子。我暗想，如果今晚它还回来，那就预示着我和我那漂亮的邻居将会有更进一步的发展。

我直接去了校长家，他曾邀请我去他那里讨论一些有关远足旅行的事情，况且他还是她的远房亲戚。

时值假日，所以我看到他在屋前的菜园地里，头戴一顶巨大无比的草帽在那里劳作。显然，他见到我很高兴。我们就天气相互寒暄了一阵，这似一种约定俗成，接着，他问我去过哪些地方，很快他又提到了一些我不知道也暂时记不住的步行路线。于是我欣然接受了午饭后同他一起出门的提议。

他一路都很——除了kreuzfidel（德语：莫名兴奋）外，没有其他词语可以描述他的状态。可见他研究了很长一段时间——很可能在旅店花费的时间要多过在学校花费的时间——那些年的回忆是他一生的骄傲。他一首接一首地哼着《学生音乐书》里面的歌曲，很多歌都没什么特殊意义，比如——

大厅的
墙上，
有一只老甲虫，
你看它多么意气扬扬，
你看它欢快地起舞。

后来，他借机唱一些战争年代的歌谣。当我上山的时候加快脚步，把他丢在后面之时，他就会冒出一段1813年的萨克森地区的嘲弄曲段——

且慢行进，
且慢行进，
这次让奥地利人有机可乘吧。

而当我停下来，他就会唱——

汉尼曼，
你在前面走，
你的靴子高到足以抵挡袭击。

这是1964年的苏维埃歌曲，尤其是“汉尼曼”这个称呼对丹麦人来说是非常不入耳的，而这个感觉迟钝的德国人却没注意到；可同时他看起来又如此和善，不过带了几分激昂的爱国情感，所以我无法和他怄气。在我们中途休息时，他总会说起他的学生生涯和战争经历，而在讲到后者时，他的语气在大多数情况下都很平和。

“是的，你说得很对，这种烟草好极了，”晚饭后他一边点着他的烟管一边说道，“你怎么看待我与这种烟草的神奇偶遇？那些年，这种烟草品质比现在要好；它几乎风行了整个德国——老砖牌烟丝。我想我已经跟你说过，那年，我肩膀中了一枪，躺在福伦斯堡的军医院里，在我开始痊愈时，他们才许我抽一小斗。在继续讲我的故事之前，我还是应该跟你说个题外话，我出生在阿尔特斯塔，我母亲常常从那里给我寄一些好东西；因为不用出运费，所以她常在大篮子里放上一捆这种烟。回到我的故事：我点燃烟斗，在烟丝还没完全燃起来之前，我旁边的先生——他是丹麦人，在都贝尔坐过牢，而在牢里他差点儿死在刺刀下——就从枕头上微抬起头来开始用鼻子吸；我深知他并不反感这烟味，因为他满足地抱着手。我用尽全力地深吸了一口，他也紧跟着吸了一口气。他说道：‘我的天。’‘怎么了，’我回复他，‘闻起来有硫黄味吗？’‘不是，’他用非常标准的德语答道，‘要是你抽的不是老砖烟我就去吊死。’‘这次你不用吊死了，’我对他说，‘对了，你怎么知道老砖烟？’‘我想我应该知道它，’他回答，‘因为我在阿尔特斯塔待了两年，那时我在跑生意——我是一个钟表匠。从那以后，我再也没有抽到过那种烟，直到今天，当我再次闻到它，我就会感到自己好像又和我亲爱的斯托奇师傅一起，坐在天鹅广场和斯密斯街道的转角处。’‘什么，不可能！’我惊呼道，差点儿把烟斗摔在地上。‘我怎么会骗你呢？’他说。‘什么，你是说，你在我父亲手下干活儿！’——你怎么看这件事？我们谈起这件事时，我就想起了他，尽管他长着满脸的络腮胡，典型的汉尼曼式大胡子……最后，我给了他一斗烟，我本可给他一颗滚烫的子弹。”

这个故事结束时，我抓住机会——如果真可说存在的话——问了一些关于他亲戚的事，在听了一大篇家族史后，我终于得到了回报，听到了明娜·雅格曼的名字——“那个和一群格莱茨人住在一起的漂亮女教师，我想你已经见过她了。”

刚开始的时候，校长所描述的都是一些平凡而乏味的信息。

她父亲曾是一个大型公立学校的老师，一年前去世了。她母亲通过租出房屋，而她则通过给外国人和口语班等上课赚一点钱贴补家用。现在，她一改过去的作风，接受了家庭教师这样收入丰厚的工作；此外，她和母亲一起住在德累斯顿的一条小街上。

这一切听起来都非常平淡无味，因为我早在心里为她设计了一个非常浪漫的经历。

“无论如何，把这样一个纯洁的女孩和那些外国人联系在一起是不值得提倡的。”他一边说一边掸落烟斗上的烟灰。

“为什么不能呢？”我饶有兴致地问道，“你说这话是什么意思？”

“人们往往不知道自己将会和什么样的人打交道，这可能会导致一些不愉快的事发生。”

“雅格曼小姐也有过这样的经历吗？”

“的确有过。有一个年轻的画家，也是丹麦人，他是一个不可靠的小伙子。他背弃了她，而她本不该受到这样的待遇。”

“是这样吗？他们订婚了？”

“我不确定他们是否真的订婚了，我也没有仔细盘问过这件事，我只是从苏菲阿姨那里听说的；你可能还记得，我提起过她的，她现在已经完全变了一个人……不管怎样，他们还是交往了一段时间。大家都以为他们会结婚；可是他走了，而且从那以后就再没音信。我一点也不吃惊，因为他在巴黎上过美术课，巴黎可真是个罪恶之地。也不是说德累斯顿就非常……我想你自己已经觉察到了。但是巴黎，天哪！简直就是糟糕的地方；我们对之无比厌恶，德国人在那里几乎就无法生存。尽管如此，他们还是不得不订购我们的啤酒；他们根本就仿制不出来，即使他们很想这样做！那天，法国人又关闭了边界附近的一座工厂，因为它是一个德国人所开的。这根本就没用！正如你所见，没过几年我们又去了那里。听我说，你注意到俾斯麦那天说什么了吗？”

这会儿他沉浸在了政事中。

说实话，我此刻急切地想要听他说那个来自德累斯顿的年轻女孩的故事，还有那个丹麦画家，而不是有关德国人侵巴黎那些最真切的信息。我问他是否记得那个画家的名字，他却没有回答我。

回程途中，我一直保持着沉默，因为那个校长的话搅乱了我的心思。一方面讲，我的好奇心得到了满足，我的猜疑得到了证实，我感到很欣慰。而另一方面，我不太喜欢这个插曲，尽管这和我没关系，一点关系也没有——可仍然……我突然想起关于那本口袋字典的奇怪的小插曲，那本字典似乎是雅格曼小姐最喜欢的文学作品，不管是在旅行中还是走路时，它都陪伴着她。我猜想是*Postilion d’amour*（《爱的使者》）在驾驶着这辆语言的汽车，在那里，最华丽的词和最平凡的单词比肩而坐。她在学习那个画家的母语时，会不会如实地保留那份珍贵的回忆？又或者她还希望把它转化为自己的语言？也许她自己也不清楚。

我想起了那只发光的小虫子，它夜复一夜、坚定不移地在同一个地方守望，把它的光芒投放进黑夜里，给自己做伴。

我走近石阶，遇见从石阶角落里传来的光亮。

第五章

对于一个喜欢德国音乐的人来说——有谁不喜欢它呢？——这些隐蔽而雨水充沛的山谷拥有大量的细微迹象，而这些迹象只能用音乐才能描述出来。夜幕慢慢降临到山林，似舒曼的男声合唱前倾而下与来自冷杉树桩的声音相遇；清澈的磨坊溪流用颤音奏出舒伯特的旋律，鲑鱼在其中敏捷地蹿游；韦伯的猎号回响在山间的岩石迷阵里，从岩石的“狼坑”到“鹰峰”，而这些就像是为魔弹射手准备的完美景象。但是瓦格纳想要的却是莱茵河畔小乡村更加壮丽的风景。

尽管这样，我还是在一个天朗气清的日子，停伫在一个小洞穴前。里面放着一张古老的凳子，由木板拼成，足有一手宽，搭在两根细杆上；在凹凸不平的石墙上喷着几个庄严的字“沃坦行宫”。

这个名字是一个太过天真的瓦格纳式崇拜者的作品，还是一个恶毒的反瓦格纳者的？

我正式向雅格曼小姐提出了这样的问题。

她并没有坐在这个凳子上，事实上，这个凳子也许是给神准备的，而不是人类，因为在我看来，它们的材质相较而言更加轻便一些。她选择了一个更稳固的座位，那是一块大石头，高耸在小径对面的一条湍急的溪流上。

石凳和小径之间有一道狭窄的裂缝，而这石凳也几乎成了一方小岛。石凳前方长着一丛灌木，因此我很有可能会略过她而径直走过，更何况我看到墙上的“沃坦行宫”时是背对着她的。

然而，有意也好，无意也罢，在我不由得笑出来之际，她也随之发出一阵清新爽朗的笑声，这使得她暴露了自己。

“没关系，”她说，“也许它就该被嘲笑！”

她坐在草地上，一只手支撑着身体，另一只手放在膝盖上，拿着一束在那一带遍地盛开的可爱花朵。

她粉色晨装的袖口卷到了手肘以上——是为了舒适亦或是为了凉爽一些。她搭在膝盖上的手臂看起来如牛奶般白皙，而另一只倚在丰茂的草丛里的手臂露出了外边棕色的一面，阳光照在她纤细的手臂上，温润柔和的特征给人一种婴儿般的印象，也散发着女人独有的动人韵味。

两个小女孩坐在她身旁，衔着草环；她们一路用越橘打玩，越橘汁抹得满脸都是。雅格曼小姐的双唇上也有越橘汁的痕迹，她笑起来牙齿也不像平时那样闪着光泽。

“雅格曼小姐，你那样说话有些轻率哦，”我回答道，“因为你并不知道我是不是一个瓦格纳反对者。”

“这样一来你就不会介意被一个女孩嘲笑了。但除此之外，你是丹麦人，我听别人说那里的人都不大知道瓦格纳。”

她说着说着脸上愉快的表情就不见了，我幻想着我能够追随她头脑里闪过且在她的脸上投下阴影的思绪。

这个秘密的想法——她当然不知道我猜透了她的心绪——让我感到一阵沮丧，致使我也开始和她一样沉默。

突然，我发现她正吃惊地瞥了我一眼，那神情很明显是在问："为什么他什么也不说呢？又为什么他看起来那么沉闷、那么不快呢？"同时我感到我的唇角显示了些许恼怒与嘲弄。她的这一瞥使我意识到了自己的情绪；这种情绪让我自己大吃一惊，因为我根本就不能自欺欺人，我这样的情绪完全是因为吃醋。我竟为了一个几乎没有讲几句话而且很可能永远也不会相熟的女孩而吃醋，还有谁会比我更加愚蠢呢？

在几度沉思过后，我变得健谈起来。我告诉她我花了很长时间在德累斯顿学习瓦格纳的作品，他的作品都很受丹麦人的亲睐，因为在《尼伯龙根的指环》里，他采用了我们丹麦长篇史诗中的主题。

紧跟着我略过丹麦文学的话题，问了问她对丹麦语的熟练程度，是否能读懂一些我们国家的作品。

"是的，我读过厄伦斯莱格写的《阿拉丁》，"她回答道，"那时我对词汇和语法知之甚少，我只能逐字逐句地拼读。"

"那么，我想你应该并不喜欢它？"

"是的，我读了几遍，尤其是其中一些精彩的部分。但是最后，我非常生气，因为我对这个总是被好运垂怜的无业游民提不起任何兴趣。"

于是，我对《阿拉丁》和《浮士德》类型的作品，还有一些丹麦和德国的民族特征做了些许评论。而对于丹麦和德国的民族特征的评论我引用了几年前在杂志上看到的一些内容；而另外一些内容是我的突发奇想，都是一些没有价值的观点。

"你刚才说的话，你的祖国同胞们听了会很不愉快。"她回应道。

我吃惊地看着她，因为我自己都没意识到我说的话会传达这样一种意思。

“坦白地说，你觉得浮士德真的就那么值得崇拜吗？我是指，如果人们以道德家们理智的眼光来看待他的话？一个人把自己的灵魂交给魔鬼，去引诱一个年轻、单纯的女孩，在一场犹豫不决的决斗中杀死她的哥哥……”

“我知道，可尽管如此……你是一个新教徒，对吗？”她忽然骄傲地笑着问道，好像事情正中她下怀。

“什么意思？”

“这样的话，就不能只是用人类的行为来评判他们。”

“那，通过什么来评判呢？我真的不认为浮士德就是正统的圣徒，尽管他翻译了《圣经》。”

“也许你说得对，但是无论如何浮士德都比这位阿拉丁先生更值得崇拜。”她这样说道，很显然她为自己用了“先生”这个嘲弄的字眼而不是一番争论而感到扬扬自得——不过，根本就不需要什么争论，因为在我的内心深处，我是赞同她的观点的。

“同样，玛格丽特也比葛莱尔值得尊崇。”我说道。

说到玛格丽特，我很自然地想到了她，尽管从表面上看，无论如何她都不赞同这个传统德国女人的观念，更别说她对外国人的看法了。我忍不住笑起来，因为我想起了理工学院一个矮小的法国人，每当我们与一个美丽的女孩擦身而过时，他就会用手肘撞我一下说：“格雷琴[①]！”他并不在乎那是一个侏儒还是巨人，也不在乎她是一个放荡的妓女还是一个衣着讲究且有着自立气场的女孩。他总是带着夸张的“q”音喊着：“瞧，格雷琴！”

倘若她并不像玛格丽特，那么我也丝毫不能与浮士德相提并论——这是我立马就明白的事实，因为我没有勇气自荐做她的护花使者。

---

① 格雷琴，玛格丽特的昵称。

而她似乎乐在其中。可我却麻烦了，因为尽管谈论这样一个严肃话题中的分歧看似很荒谬可笑，而我却无法自我说服，相信自己有权加入她的行列。实际上，这个提议随即就变成了不可能，因为较小的那个孩子大声喊道——

“既然他这么想和你说话，那他为什么不过来呢？”

她的话一出口，我就别无选择了，只好装作该回家了。于是我祝她散步愉快，并且安慰自己：很快我们就会再见面的。

然而，这个愿望并没有实现。我一天接一天转来转去，不断来回于“沃坦行宫”途中——像一个猎人那样仔细观察、聆听——但都无功而返。

我煞费苦心地寻找着借口、途径或是方法——无论哪种都无关紧要——但都没能在我们之间建立起交集。不可能了！——我还是写小说吧。

第六章

当不去远行探险时，我都会在每天一点时分去“埃布格西特”吃午餐。那是河边一块美丽的露台，有繁茂的枫叶为它遮阴；这些枫树的低矮处被修剪得很平整，形成了一个漂亮的绿帐子，里面光线怡人，阳光点点透下来，在桌布和杯盖上跳跃、闪烁。

一天，我到那里时比往常迟了一些，位置上都坐满了人。我侦察似的环顾四周，忽然，我听到有人叫我的名字。那是一对老年夫妇，他们两人坐一张桌子，正在向我招手。他们是我在德累斯顿认识的，除此之外，也是我最喜欢的人。我很高兴能以这样令人欣然接受的方式解决当前的困难，很快我就坐在了那对亲切的夫妻身旁，跟前摆了一杯啤酒。

一眼望去，就知道这位老人是一个犹太人。他那鹰钩鼻的形状非常具有犹太人特色，稀疏、粗短的胡须还没能遮盖他薄薄的嘴唇，他的下嘴唇有些凸出，所以他说话时总让人感觉他在吮吸什么东西。这似乎还影响到他的发音，他发音很慢而且还会咬舌。灰色的、根根分明的眉毛遮住了他的眼睛，眉眼下长着两个皱皱的眼袋。这种长相生动明晰，而且异常和蔼。他的妻子是一位庄重的老妇人，看起来不像犹太人而更像是南方人。她清新的脸上总是挂着笑容——就像帝国时期油画中的笑容——她两鬓梳着一束灰色的发髻（这是一种过时的风格），发髻很紧，以至于看上去就像是一根根的金属丝。

我在理工学院认识了他们的儿子，并通过他们儿子的介绍认识了这两位德高望重的老人。那时他是我的学长，现在，他在莱比锡的一个工厂上班。我因为由衷地对他的爱好感兴趣而受到这位老人的喜爱。他是一位藏书家，但他最大的兴趣是收藏伟人们的自传。他有很多伟人自传藏品，从路德时代到我们这个时代——我想如果舍鲁斯克部落首领赫尔曼留①有一些作品的话，他肯定也会收藏的。那些收藏都被排列在文件夹里，每一个文件夹都编了号，还在后面附着一张手写字条（上面的字是用鹅毛笔蘸着特制的墨水写的，以便能永久保存），字条上记录了真实的采证，还有传记作品和信件收藏的阅读参考，后面还附有他自己的评注。这个精细的老人并不只满足于收藏，每当他得到一篇手稿，他就会不得闲暇，直到他找出它属于哪个时期为止；假如这个问题已经得到解决，他还会补充一些关于作品中出现过名字的人物信息，或者手稿里出现的时代背景，而最后他还会把他从藏品中得出的总结罗列成表。

通过这种方式，他将自己的热情回流到它迸发的源泉，并贡献给这源泉，这个源泉就是文学史。要满足他的热情，就要掌握大量的知识，而这样大的知识量则需要他付出无比深厚的兴趣。对他来说，这并非

---

① 赫尔曼，又名阿尔米尼乌斯。公元9年，率领日耳曼各部落打败罗马人，被认为是第一位德意志民族英雄。

一种无利的爱好——爱好通常都是这样——这是对他内在自我的生动表达，也是对他最高的精神目标和有条不紊的天性的满足。

老赫兹十年多以前就从商市退出，如今住在德累斯顿的“朗捷角”，这个名字大有来头。他出生在柯尼斯堡，曾在那里经商，并成为了那个地方的顶级商人。他的家乡给他的性格和发展留下了永恒的印记。

柯尼斯堡是一个商业小镇，它因一个伟人的征服思想而获得了独特的风格——这种幸运的情况偶尔会发生在不盛产名人的小镇里；因为一些对不值得关注的事物感兴趣的人会以纪念使小镇闻名的伟人为骄傲。伊拉斯谟对于鹿特丹正如康德对于柯尼斯堡；一半是因为他是一个伟人，还有一半是因为在这个较晚的年代，柯尼斯堡现存的较年长一代是他曾拜访过的人们的孩子。

这和赫兹的情况是一样的。那位伟大的哲学家总是有意地把他家乡的一些大型商业公司联合在一起。这样就形成了强大的资本，这一资本被视为他以前所嫁接的精神和文学财富的遗产。他们这个阶级拥有商人开阔的思维和圆滑的特征，并为他提供了可喜的庇护，为他遮风避雨，帮他屏蔽了虔诚主义的昏暗统治。于是康德很自然地成为了那位老人心目中的英雄。当然，我无法断定他对康德的哲学思想有多深的了解，但是，每当他用动人的语调说出他伟大的同胞的名字时，都会油然升起一种崇高的敬意。

他选择了到德累斯顿来养老，既因为亲戚朋友们都在这里，还因为他的儿子在本地著名的理工学院读书，在我看来，还因为德累斯顿是德国最美丽的小镇。但是，这里的精神氛围并不令他满意。从商业化和文学性的角度来看，这只是个欠发达的毫无进取心的住宅化城市，由一个名不见经传的贵族统治着。他常说席勒把德累斯顿叫做精神荒漠，那些年柯纳住在那儿——可现在呢？因此，老一代柯尼斯堡人与世隔绝地生活着，而且常与年老体弱的古斯塔夫·库恩——“年轻的德国[1]”里的一名退伍军人——联系在一起，赫兹几乎认识这个合唱团里的每一个人。这些就是我所知道的关于这个奇特老人的一切，而此时他正以一个友好朋友的身份招呼着我。这对夫妇具有一种非常好的品质，他们非常喜欢年轻人。我还注意到，比起我们这一代年轻人所惯有的对老人的尊重来说，他们所收获的敬意更多一些。也许他们是因为自己的谦和有礼才获得这样的尊重，他们的谦和看起来更像是某种担忧，怕给别人带来麻烦。

和我所想的一样，他们到莱森不是来旅行的，可他们会在易北河旁的一所小房子里住上六个星期。他们已经来了三天了。

之前我都外出远足，或者并不在此时到此就餐，所以我之前一直没碰到过他们；但是现在我不得不答应去拜访他们，并在当天下午和他们共进咖啡。

“你不会觉得时间难熬的，因为陪伴你的不只是两个老人。”

“不对，你就一点都不会觉得时间漫长了。”

“可你不能那样说。”

“事实上，我们并不想侵占你的时间，更何况你们年轻人通常都会有很多事要做。可是有个年轻的女孩子马上就来了，我们想给她找一个年轻点的同伴。”

“你不会后悔认识她的——至少我希望不会。”老妇人一边扫视着周围一边说出最后几个字。

“她是这里的人吗？”我嘴里冒出这句话。

赫兹夫人误会了我的话，她笑了。

“不，你别担心她会很土气，她不是莱森人。”

---

① 年轻的德国，合唱团的名字。

“她也不是柯尼斯堡人。”

“或许她对康德还多少有些了解呢。赫兹先生，你说，你真的觉得柯尼斯堡的女士们都读过《纯粹理性批判》吗？”

“很不幸，我年轻的朋友，她们甚至连《判断力批判》都没有读过，可她们就需要读这个。说到这里，我以前为女士们做过演讲……”

我之所以提出这样一个嘲弄的问题是为了表现我对当前的话题不感兴趣，也为了争取时间，因为我心中突然涌起了一丝希望，我害怕这希望太快被掠夺了。但是这位老妇人看出了我的心思。

“老实说吧，芬格尔先生，承认你的好奇心在燃烧吧，比起我丈夫的演讲，你更想知道那位年轻小姐的事，对吧。”

那位老先生笑了。

“瞧，他的脸都红了！不错，我太太知道人的天性，她简直就是拉瓦特尔。”

为了掩饰惊慌，我喝光了杯子里的啤酒。

“那，她漂亮吗？”我问道。

“漂亮？哦，亲爱的，她简直就是个大美人！但不是人们通常所说的那种美人。别理解错了，她是来自中产阶级的萨克拉，是洛特，是福瑞达瑞克·布里恩，尽管也不完全像；也不是乡下牧师的女儿，尽管这样说会有一些田园风情。她是小凯蒂，最像小凯蒂了！”

“可是，老伴儿，你是要用所有的德国诗歌来帮助你形容吗？这样的话你就会激起他太高的期待。”

“完全相反！即使德国诗歌也无法形容她的美貌！只有一样东西比德国诗更能表达——”

“我猜你是说康德的《评判》，对吗？”

“不，我是指德国女人——她们迷人的时候。但是，玩笑之余，她真是一个很不错的女孩。”

“算了，你还是自己看吧。她是我的一个亲戚，一个远房亲戚。我想我告诉过你我来自德累斯顿。”

他的最后几个字使我顿时兴趣全无，不管怎样，他们所说的肯定不是雅格曼小姐。首先，她看起来不像犹太人；再者，从校长跟我说过的话中，我确定她不是一个人。我保持着微笑，礼貌地听着他们说话，并没有注意到赫兹太太对他们家谱的描述。

突然，仿佛陷入了梦境一般，我听到她说：“可是我竟然忘了你可能已经见过她了，据你所说，她肯定是你的邻居。她现在是一个家庭教师——”

我的背上掠过一阵寒栗。奇怪得很，在那一瞬间，我所意识到的与其说是一种欣喜，不如说是一种命定感。总之，这定是命运的指引！我惊慌失措地回答道，我想我没有见过她，还自以为这是最好的策略。然而就在我脱口而出后，我忽然意识到这个谎肯定会被揭穿，并置我于可笑又可疑的境地。我想收回我的话，可又不能下定决心，这使我心不在焉，以致完全误会了赫兹太太的下一个问题。

侥幸的是这时侍者拿来了啤酒。我在手足无措之际给了他二十五芬尼小费，于是他向我礼貌地鞠了一躬。而赫兹先生则如慈父般地建议我在小费问题上应该节俭一些。

第七章

接下来该做什么呢？向雅格曼小姐说明情况，让她也装作不认识我，这样做明智吗？刚开始这主意似乎完全不可行，可是随着时间的过去，它又涌上我心头，直至最后这想法变得十分诱人，我也顾不上我的愚蠢了。

想要在半路和她碰面非常简单。在和她打招呼时，我告诉她我们要去的是同一个地方。她一听赫兹夫妇邀请了我，便高兴地说道——

“那最后我们就会被介绍给对方。”

“是的，”我回答，“这就是为什么我要向你提出一个奇怪的请求。你能假装不认识我吗？我是说，你能否装作我们之前没见过面？”

“这个容易，可是，为什么呢？”

我告诉了她原因，但是我的解释却引她一阵发笑。

“你总是这样心不在焉吗？”

“不是。只是当我知道我将会见到的是你时，我才那么不知所措。”

她询问似的看着我，一副天真的表情，然后她忽然红了脸，收回视线，这一切都让我感到十分满足。

“那么，Au revoir（德语：再见）。我得回山上去拿钥匙，这样我们就不会一起出现了。”我说。

这一对老夫妻选择了三间小屋的中间那个，它建在易北河边上的岩石旁。我从岸边的小石阶拾级而上，看到他们一群人坐在凉亭里，凉亭的顶棚上覆盖了一株蔓生的葡萄藤，像大半边被刷白的木头房子。午后的阳光炙热地照在凉亭上，而角落那边果树投下了深重的阴影，在阴影里，白色的桌布和闪光的水壶形成了这一小群人明亮的中心。明娜正在忙着煮咖啡。

我们客套地介绍了一番；而当她把咖啡递给我时，我从她半露的笑容里看出，对于以这样无害的方式欺骗这两位主人，她也和我一样乐在其中。对于我来说——或许对于她来说也是这样——我们之间这点小小的信任，有着不可思议的重要性。好像我们在轻声允诺我们将会有一个比这更为隐秘、更为甜蜜的的秘密，而我们也希望它会实现。

“对了，你不是也懂一些丹麦语吗？为什么现在不练练呢？”赫兹太太说。

我听到这句话时，感到非常吃惊，有点不能接受。

明娜又开始讲关于那个丹麦家庭的故事，她“带着某种意图”去他们家做家庭教师。而她的欢乐里忽然又掺进了不安，这使我确定了她肯定隐瞒了什么。同时，我猜想赫兹太太也知道事情的来龙去脉。

“那么，雅格曼小姐，你对于我们国家的文学家有所了解吗？”我问她。

对于这个开场，她欣然地回答了，我们接下来——几乎是一字不落地——重复了我们在“沃坦行宫”关于浮士德和阿拉丁的对话。只有这个话题进行得很顺利，就像一个精心设计的场景，这样的对话被一股年轻人欢闹的暗流向前推动着，还不时引发出新奇而欢乐的观点。就说话一方来说，角色里的即兴对白，给予另一方莫大的鼓舞，对方也不甘示弱，而同时一个含义深刻的笑容透露出“我会以牙还牙的”，这又将问题引向另一个方面。这样一来，我们讨论的范围更加广泛，程度也更加深刻。尽管我们已经对讨论的主题不感兴趣，只是把它当做一种卖弄的手段。然而，我们给我们的两位观众留下了这样一个印象，正如赫兹太太对我说的那样：“你让小明娜变得很健谈；她通常不是这么爱说话的。”而后来明娜向我吐露了赫兹太太对她说的话：“这样一来，你就找到一个可以和你说话的人了。”

这些评论都透露着一种真切的满意，我想自此次见面后，那对老夫妻定会匆匆定论——我们俩非常般配。他们对我们俩都很上心，所以不难理解他们希望我们相互之间更进一步了解，还有，他们认为明娜需要通过唤醒另一种新的兴趣来冲刷她那甜蜜却过于痛苦的回忆。那几天我就明白了他们的意图，而后来，这也得到了更进一步的证实。于是就有了我们一周之内在易北河河边的小屋里相遇数次的经历。晚上时候，明娜可以从工作中解脱出来，而对我来说，当然没有什么能比在此与明娜相见更好的事了。

除了我与明娜变得日益亲密外，我们每次见面的情形都和第一次差不多，唯一的变化就是天气，有时它会让我们感到仿佛置身于一个“凉爽的幽谷”。我们照例坐在河边，这对于赫兹夫妇来说再方便不过。当阳光开始偷偷潜入凉亭，就表明散步时间到了。百合岩高原上的阴影逐渐变得浓重，巨石的边缘高耸着，在河面上投下一道长长的颤动的影子。在下方，采石场里长长的黄色石板上，所有的裂缝与缺口都呈现出深浅不一的紫色，就像是用楔形文字写下的关于工业成就的文字。水中的倒影变得越发清晰。一只长长的木筏漂荡在水中央，随着蜿蜒的河道弯转，而它的船桨，四五只一排，从船头排到船尾，闪闪发亮地向前移动。几只“齐勒尔”——有纵帆船那么大载重的驳船——随波而下，煤黑色的船身看起来就像是巨大的甲虫。船身都已经看不见了，而船上张开的大帆仍然浮在远方的水面上。接着，一艘链船“噗噗”地放桨而来，逆流而上，拖着五六只驳船缓缓前行；而水下的链子缠绕着平底艄，发出震耳欲聋的咯咯声，在远处听来却是一阵悦耳的叮当声。

夜幕中划来几只木筏，木筏上亮起了点点耀眼的火光，它们像是漂浮在水面上的，或而照亮几张毛茸茸的脸庞，或而映衬出一道深深的剪影，他倾身向前，撑杆斜倚在他肩上。随后，那被拖曳着的船队，像巨大的灯饰，随着轴心蜿蜒而行，行至深色的巴斯特岩脚处，就像一串直立水中的水桶，桶顶似镶着大颗的金球儿，而前方领头的分别镶着红宝石和绿宝石。

河对岸的一切也并非停滞不前，时而会有一列火车经过，在小站处停一阵，发出“呜呜”的笛鸣。直到九点半这一切才停下来。开往布拉格和维也纳的快车如闪电般在树林里疾驰而过，丝毫没有减速，这总会提醒我们该回家了。我们需要这个提醒，因为，正如席勒所说：“快乐的家里听不到钟鸣。”

再者，也不只我一个人感到高兴。最初覆盖在明娜身上的忧伤也渐渐散去，换来一阵青春的喜悦。但从她偶尔流露出的黯然神色里，人们能猜到她灵魂深处仍然存有些许悲伤。毫不自诩地说，她的一些变化要归功于我的影响。那对厚爱我们的老夫妇，给予了明娜许多帮助，就像是一种关爱的怜悯，人们鼓励那些康复期的病人好好享受生活时往往就带着这种怜悯。这于我，有些恼人，可她却仿佛乐在其中。

我们看着眼前奔流向前的小溪，带着它独有的生生不息，就像人们在那些快乐的日子里任生命漂流，无欲无求。

这又让我们找到了一个话题。她给我讲述了船夫的生活，尤其是那些山涧里的船夫，他们不断与激流抗争，晚上上岸时连吃饭的时间都没有。作为回应，我尽我所知向她描述了那些大船只，描述了繁忙的海港，还有海岸渔村平静的生活。采石场的两边倒映在河面上，大块的石板正从采石场整船运下，我们就此谈起了这个小小的产石区为德累斯顿的砂岩镇带来的好处。石砌的美丽建筑似乎被这些切割的石块赋予了它们自身岩石的生命特性，以至于这洛可可式的小镇与这块砂岩地相映成趣，就像希腊建筑配上高贵的三角墙形大理石山脉，像埃及的巨型寺庙配上广袤的平原和平整的岩石一样。这一切让我震惊。这样的思想对于她来说是全新的，因为她对于建筑艺术知之甚少，而我却对这种艺术尤其感兴趣，倘若条件允许，我愿投身于这项艺术中。

第八章

一天喝过咖啡后，我们坐在凉亭里，明娜递给我一本笔记本，她让我画出一些重要城市，并且标注它们的名字。那些城市的建筑有着多利安式风格和艾奥尼亚式风格的柱子，柱子上还附着楣构，她对这些都万分新奇。我削铅笔时，风一吹，笔记本翻了一页，我看见她在这一页上试着画过那些东西，但并未成功。

"不，你不要看，"她红着脸恳求道，同时把笔记本从我手里夺回，"你只会笑话我！如果画得好的话我会看我自己画的，可是画得不好，而且我也根本记不住那些名字。"

我保证不看她的画稿，而着手自己画起来，我跟她说，以建筑家的眼光看来，我画得也非常糟糕。没过多久我就糊涂了，要知道柱顶过梁、三联浅槽饰和三槽板间的平面再简单不过，可是初次尝试把自己知道的画在纸上，许多不易克服的难题就涌现出来了。因此赫兹太太叫明娜过去帮她清洗杯子，我也就松了口气。她坐在我身旁，看得很认真，很显然没料到她会在我画完之前被叫开。她踟蹰地回应了赫兹太太的传唤，走之前，几度想说些什么，却终没说出口；她担心的神情向我透露出：不要翻动这个神秘的本子。那简单的亚麻布封面上印着几个笨拙的金色字母“Poesy（诗歌）”，而我报之一笑，暗示她我不会乱翻。

我独自坐在那儿，咬着铅笔，我在想多利安式建筑的柱上横梁是不是分开排列的，这时风又把本子翻开了，这次本子退回去了很多页。一些诗歌和散文自顾地呈现在我眼前。一瞬间我竟没想到这些都是明娜的原创，所以我也就只是想看看她喜欢什么样的美句和摘抄，这样的话我就可以了解她的性格和学识。我两度抵制了诱惑；可一首长诗仍然在我的眼前展开，最终我还是半推半就地看了上面那引起我强烈好奇心的几行文字。

我确定没人看到后，用德文读出了这几句摘抄，它们是用优美的、斜体的哥特式手写体写的——

> 对于两个天生一对的夫妇来说，能为他们愉快的交流增添色彩的只有这种情况，那就是——女士急切地想要学习，而年轻的先生也愿意教她。这使得他们之间建立了愉快而深厚的关系。她把他视为她精神生活的创造者，而他把她看成一幅完美的作品，这种完美不是源于性格，也绝非偶然，更不是单一的意志，而是多种意志的结合；这种思想的交流如此美妙，两种个性相遇，迸发了最强烈的激情，这激情带来了欢乐，也带来了灾难，而我们并不为之感到惊奇。因此，这种激情从新旧阿伯拉尔时代起就一直存在。

读到最后几个字时，我听到楼上传来关门声和迅速下楼的脚步声。于是仓促地翻过本子，毅然地画着一个柱顶过梁，线条并不清晰，因为我的手还在颤抖，而雨珠饰的样子我也完全忘记了。但是，到底是因为还没有从我所看到的内容中解脱出来，还是因为害怕被发现，我就不得而知了。

明娜手里拿着针线活儿坐在我旁边，她见我正专注地画着，似乎很满意。一整天都很闷热，浓云密布。两张示意图还没完成，就听到剧烈的雷声，紧接着大颗大颗的雨滴打在石阶上。我帮着收拾了桌布，就上楼去找两个老人。我们很少在下午茶前进入他们的客厅，因为客厅在角落里，两扇窗分别朝向西边和南边，所以一到晴朗的午后，屋里就会变得闷热不堪。

两扇窗之间放着一张小小的装有软垫的硬沙发和一张桌子。桌子上方挂着一幅常见的石印油画，画着凯泽皇帝和他的皇储，赫兹先生在画下面挂着他特别的珍品，这幅珍品自家邦守护神盛行后就一直伴随着他。那是一幅康德的肖像，是一种柯尼斯堡式图案，着色很浅，是他那个时代的画作。那位哲学家的整体形象：他站在一张长腿书桌旁，弯着腰驼着背，看到这幅画的人会觉得是一只无形的手把他的脸推向桌上的纸页，而他浅灰色的假发编成辫子搭在咖啡色的外衣领上。这幅古韵犹存的画作由于年代久远而长出了霉斑，其扁平的桃木框架，让这件小屋更显闲适。而屋内的小玻璃窗以及那在我看来占了小屋八分之一的燃烧着的黏土火炉，也为这种闲适添色了不少。

明娜快速坐在火炉旁，背对着窗口，这样她就可以不用看到闪电。窗外的闪电不停，将河湾点亮成红棕色。每当闪电袭来或是雷声咆哮，使得屋子开始颤动、窗户也咯吱作响，她都会被吓到，有时还会轻声尖叫出来，尽管她一直极力地控制着自己。赫兹太太从沙发上站起来，像母亲一样哄着她，明娜勉强地笑笑，不过，接下来的雷声仍然会把她吓得脸色发白。赫兹先生手里拿着报纸，抬起头心疼地看着她，而闪电不断，几乎阻断了他的阅读。

我坐在小窗户旁，雨水像淋浴喷头一样冲刷着窗玻璃。我心里不断地想起我从那本叫“Poesy”的笔记本上看到的东西。我不知道那是谁写的，但那风格使我想到了歌德。近来，我读歌德的自传——《诗与真》，而我在他与格雷琴的一段美妙的插曲中读到了这些有名的句子，我顿感灵魂上刮起一阵感官风暴！我并没有读下去，而是通过写下这些记忆，让我痛苦而甜蜜的情绪冷却下来，这些记忆也只是符合“诗与真”中的第二个字而已。

那些天关于作者的问题没怎么困扰我。但使我百思不得其解的是明娜为什么会引用这些句子。在我们的谈话中，我注意到，明娜有时候会展露一些艺术方面的知识，而这些知识是无法通过学校或者自学获得的。除此之外，她还清楚地知道我对她这些知识的来源感到困惑。这些句子是最近抄的还是以前抄的呢？句子后面没有日期，而且它们与我画画的那张纸相隔甚远，但我还是注意到这几句散文的墨迹比之前摘抄的墨迹更新。我想，这对我来说也许是好事，可从另一方面来讲，我的这些希冀又好似空中楼阁。

风暴将停时已接近下午茶时间。明娜从紧张中缓过神来，这时她变得非常欢快。她拿出一个灰色的石罐要下去取水，我则跟在她后面。在这个地方打水的方式非常有趣。这里既没有井也没有抽水机，所有的用水都是取自房屋下方临近易北河河岸的泉水。就在草地的尽头，与易北河的急流处只隔了三四码宽的地方有一个沙石带，沙石带上有一个清水池，水池里不断有水从沙石间汩汩冒出，冲着细沙向前漂移，就好像细沙里充满了会动的微生物。我们根据老赫兹先生某晚给我们讲的一个故事，戏谑地把这泉叫做青年泉。

清新纯净的微风迎面拂上，带来一阵舒适的泥土味道，混合着湿润的草叶气息，还有花的芬芳（金银花的香味尤浓）。深吸一口气，就如品味了一口醇香的酒。乌云散开了，它们有的如浓雾，成团地消散；有的或消融成蓬松的青烟，或如薄雾般消失。头顶的天空呈淡蓝色；再过去是几片浅绿，而西方天空已显露金色的光芒。低处的云朵，或铅灰或石红，从云缝间可以瞥见较高的云层，它们顶端闪着光亮。“百合岩”的山边出现了一根巨大的彩虹柱，转瞬间就变得鲜明生动。这座山最顶部的平坦处，一朵小小的孤云悬浮在冷杉林间，像烟雾吹进小孩的卷发里。周围陡峭的岩崖都被一团浅蓝色的冷雾笼罩着，唯有一束微弱的阳光照在采石场的小山上。河湾处仍是一片混沌的红棕色，再过去，河面就呈现出明镜般的样子。开阔的乡野里时而划过一道微弱的闪电，山间雷声滚滚。

明娜叫起来：“看，这色彩，简直就是普桑！”

她的这句话深深地刺进了我心底。天啊！这个年轻的女孩竟会知道普桑，而且还能信手拈来？然而，这两者确实有着惊人的相似。倘若此刻她只是说：“这像画廊里普桑的画作。”可她这句：“简直就是普桑。”激怒了我！我想要像“卡尔·莫尔”抓住“罗勒”一样抓住她大喊：“谁让你用那个词的？你们凡人的灵魂是想不到它的，只有画家才能。”

可她已经跑下那湿湿的闪耀着光芒的长石梯了。我不知道是因为我的表情暴露了我的情绪，还是因为她羞于借用了他人的话语，但很明显，她是在回避“普桑”这个词。

她并没有立刻打水，而是把石罐放到水池边的石阶上，继而转向一个十二岁的小男孩，他就坐在旁边，长得很可爱。他是房东的儿子，房东是一个大采石场的入伙人，那些采石场起自巴斯泰岩石脚下。最远最大的那个在明亮的水天线的映衬下显得异常醒目，像一个海岬从上到下分裂成两半，在海岬顶部有一排稀疏的、饱经风霜的松树，它们似要触上低垂云彩红棕色的边缘。那男孩还向我们指了他父亲的采石场。

他在忙着把玩一个精巧的玩具：一架建在泉水出水口的水车。他将一根棍子作为轴，插过一颗未熟的小苹果，并在苹果四周做了一些切口，切口上安装了木制的水车叶片。小男孩还在水道上筑起了堤坝，形成一个小小的贮水池，这样就能保证有足够的水流流下；那轴轮不停地转着，只是没有起到什么作用。在凉亭里和窗口边上，我都曾看见这个有趣的小东西在不停地转动。暴风雨冲毁了堤坝，小男孩正试着修复它，可要想使轴轮停下来而不被卡住非常困难。

“我真想在父亲干活儿回来时把它修好，”小男孩认真地看着明娜说，“因为父亲知道我找到了这样的事做就会很开心，我想让他今晚高兴些，这样我就可以央求他明天带我去看爆破。”

“他们会在采石场进行爆破吗？”

“是啊！他们要炸掉一整面墙。”

“我们可以去看吗？”明娜问道。

“这得问我的父亲。”

“明天最合适不过了，明天我的学生们要和他们的母亲一起去皮尔纳探望一位阿姨。你想去看吗？”

我自然对这个提议毫无异议。

那个小男孩突然发出一声长长的“噢”，于是我们把视线从采石场上移开，转过身来。那根彩虹柱渐渐变成一道完美的弧线，随即倒映在水中，却只有下半部分清晰可见，而弧身却非常模糊，也不连贯。很快便又形成了完美的倒影，一条紫罗兰色的虹带，里外都形成了鲜亮的弓形。彩虹桥下弧形的天际比彩虹桥上方的天空暗淡许多，很快，就有一束蓝光从中穿过；“百合岩”屹立在这块暗沉的天际中央，在五光十色的虹彩下，穿过山谷的云层挡住了太阳的光芒，却被太阳照亮了。小小的云朵还依傍在山头，而此时的“百合岩”就像一座冒着青烟的祭坛。

小男孩的头脑中形成了这样的意象，他沉醉在这意境里，不由叹道：“这就像我们老师那本绘图《圣经》里画的诺亚祭神一样。”

明娜提起石罐——这与此时庄严的景象极为契合——老一辈的德国画家们会毫不犹豫地将这种外形朴实无华的罐子塞进吕蓓卡的手中；但是明娜身上穿着的是蓝色的裙子，左手提着裙摆，这种裙子根本就不适合游牧妇女，尽管这裙子既无百褶也无修边。她弯下身去，想要把石罐按进水里，而她非游牧式的鞋跟在潮湿的石头上打滑了，差点掉进水里，幸亏我及时拉住她的手腕，稳住了她的重心。她放开手，石罐浮在水面上，如镜的水面上映出了她的笑脸，她调皮地笑着，并没有感到不快，同时石罐也装满了水，沉入池底，激起漩涡，搅乱了水中的倒影。她找回了平衡，而我却很担心她，犹疑着要不要将手放开，就好像这水池是一处悬崖绝壁；是的，在这美好的时刻，我应该让自己支撑住她身体靠过来的力量——这样的想法无可厚非——让我们有一种更加与世隔绝的感觉。可是几码之外还有一个小观众，而且不远处还有窗户。

“谢谢，我现在不会掉下去了，”她说着跳上了岸，“但是，水怎么办呢？”

我从池里将装满水的罐子捞起来，跟在她身后。

喝过茶后，我们听到房东的声音，于是跑下去问他有关爆破的事情。第二天才会开始爆破，很明显，他同意我们前去观看。房东也同意了让小汉斯一同前去，于是我们便叫他给我们带路。

河对岸的高地丛林掩盖，月亮从高地上升起。在易北河中，在近岸的沙石间，月亮都投下它的倒影。天空一片纯净，只剩一道隐约可见的薄雾飘动在“百合岩”山后。另一边，岩石的轮廓清楚地呈现在清浅的天空下，但是这众多的石堆同样也孕育着生命；岩石的投影凸显出来，裂口却阴影深重，而采石场的表面则披了一层微光。在“埃布格西特”的平台上，叶缝间灯火闪烁；巴斯特的顶部燃起一团篝火，忽明忽暗，高处隐约传来轻快的华尔兹曲调。

赫兹夫妇经不住这美好夜晚的诱惑，尽管草地还太潮湿，依然走了下来。我们停在房前的石阶上，和房东夫妇畅聊。那个俊秀的宽肩女人怀里抱着一个婴儿；小汉斯坐在一块石阶上为他的水车削着新的车叶；而房东两腿则搭在石栏上吸着他的烟管，风雨送来的凉意让他感到愉快。他们在采石场中也许也需要这样的凉意，因为正午时分那里的气温会到达一百三十度，可他们还是得辛勤劳作。老赫兹夫妇就采石场的利润和石块的价格进行了一番打探。房东太太告诉他们，春季河水高涨时，或是水位漫到石阶处时，采石场都会面临诸多困难。

突然，一阵“呜呜”的汽笛声划过山谷，对岸树林里闪过一道光——分别的信号传来。和往常一样，由我送明娜回去。

老实说，整晚我都在怯怯地期盼这次月光下的漫步。就好像，从池边的那一刻开始，就注定了某些事会发生，可是这样说来，那个重要的时刻显然并未到来。月光、赤杨丛生的小溪、山谷、四下无人的氛围，这些无疑都是能触发感伤的情景，可明娜却无动于衷。她只会沉默吗？她欢快地讲了许多事，却都无关爱情。她什么都不明白：我巧妙地提及那个清水池，可她却只是由此谈起了河水上涨时，那些村民面临的困难，她还在思考最近的取水处。“很可能是‘埃布格西特’；可好像老客栈‘Zum Rosengarten（德语：欢乐玫瑰园）’中地势较高的地方有一口井——肯定有！”

总之，我们理智地彼此交谈，然后和往常一样礼貌地告别，好像她失足之事和那青年泉都从未存在过。

第九章

第二天下午，在他人众多的嘱咐声中，我和她还有那个兴高采烈的小汉斯一起出发了，他为我们带路，还帮我们提着食物篮子。

我们顺着易北河走，不一会儿就来到了右岸，岸边有一道长长的石坡，它由碎沙石堆积而成，就像一方堡垒，拔地而起五十多英尺高，直通采石场上方高台，而坡底则建有一道一人多高的围墙。每个采石场前方到处都是木道，木道从高处作坊通向河岸，切割下的石块就用滑板从木道上运下去。离卸货的地方不远，有一只驳船，船上已经有半船的货物；驳船近处几个强壮的工人正在从一辆手推车上卸下货物，而下一辆手推车还按序停在绞车旁的木道上头。

我估计我们已经走了一英里多了，这时汉斯在一根靠着墙的梯子旁停下。我们轻松地爬上坡脚。然而，我们却在坡脚处停了下来，简直不敢相信自己的眼睛：往上的小路只是隐约可见，陡峭的灰色路面就像一条曲线。逼近一些，我们发现了一些路阶，它们有的由凸出的石块筑成，有的只是用铁锹铲了一下，这些看似都能作为台阶。汉斯已经爬上去很远了，他回过头吃惊地看着我们，不明白我们为什么没有跟上。

“你得先走。”明娜红着脸说。

“不，雅格曼小姐，我不走前面。如果在这上面滑倒，你连抓的地方都找不到。如果你不小心绊倒了，我还可以扶住你。你不必害怕拖倒我，再怎么说——”

“除非你现在就往前走。”她打断我的话。

“哦，天啊！管那么多干什么。难道你为了这些琐事，宁愿摔断自己的脖子？真是的，肯定还有别的路上去。这些笨蛋！你照我的话做就不会有危险。请不要这么忸怩！”

说这些话时，我假装很不耐烦，尽管我其实并没有那么急躁，我是故意的。像这样扮演命令者的角色，为了她好而霸道地对她，使我感到非常得意。

“我知道你是为我好，所以我不会因为你的语气霸道而生气，”她真切地看着我说，“你说对了其中一些。如果我真的是装模作样的话，你说的就非常正确。可不幸的是，我总觉得，我爬坡的样子很不自在，就像风靡一时的、脚上绑着链子的玩具娃娃一样；这样一来我们最终都会摔倒滚下去，那就精彩了。但是，如果你走在前面，任凭我自己在后面笨拙地走，我向你保证，最坏的结果也就是擦伤膝盖，如果你现在觉得我很强势的话，你就安慰你自己说，等上去以后我就不会这样了。”

她坚决的语气，带着一阵幽默，她的这番话使我无地自容，说实话，这让我感到非常渺小，要是这里有老鼠洞的话，我定会钻进去。可是没有，所以我只能走在前面，却还是担心她出事，这种担心刚好可以作为惩罚。

然而，我俩都安然无恙地到达了坡顶。

呈现在我们面前的是白色石面，一直延伸到爆破的岩石处，这让我想起了神殿的废墟。磨石长排地展开，像一节节散落的柱子。我们还见到许多均匀地切割开的石块，还有路缘石，这些让我想到了残缺的地基。成堆的沙砾、碎石和稍大点的石块成排地横在路面上。部分地面被小树林覆盖着，林中还有美国接骨木，它金光闪闪的深红色果实与闪亮的白色石块交相辉映。采石场的一边露出一个冒着青烟的屋顶，那是一个锻铁坊，每个采石场都有这样的地方。

我们穿过了一条河堤，来到采石场最后面的位置，就在岩石前方。采石场的主人和工人们就站在那里。房东拿下他口中的木烟管，招呼着说我们来得正是时候，他们已经准备就绪。一个高大的男人站在那边，穿着一条整洁格子裤和一件纯白的衬衫，正凑向一块岩石表面，好像在检查着什么。他转过长着红胡子的脸，向我们亲切地点了点头。一个衣衫褴褛、貌似侏儒的矮小男人在一边搬工具，一边偷偷地瞪着我们。几码外，几个工人正在往一个大石块里钉一根楔形的铁柱，这就是那块即将被爆破的石头。远处还传来一阵鹤嘴锄和铁锹的声音。

那个穿格子裤的男人从那块岩石处走回来，接着我们看到一根粗粗的绳子挂在那儿，像动物的尾巴一样，而绳子一头钻进了一个洞里。这根绳子距离爆破岩突出部分的地面差不多四英尺，而这块爆破岩足有二十英尺高。凸起的部分已经裂出了一道窄缝，使它与岩墙的联系不再那么紧密。这泛黄的裸露部分耸起有一百多英尺高，天色暗下来，怪异的岩石上所有突出的地方，甚至石缝里都长满了灌木和冷杉，让这座山看起来就像一棵剥了树皮的、从根部裂开的、苔藓密布的参天大树。

房东建议我们爬上最近的石堤，就在爆破区的旁边。他挥手示意让一个扛着两把鹤嘴锄正从锻铁坊方向过来的男人走开，并将双手合在唇边大喊道：“小心！”随后，房东用手打落些许烟灰，大口地抽着烟向爆破岩走去，走到那儿后，他把导火线的末端插进烟斗，而烟斗并未离嘴。接着，他慢悠悠地向我们走来，双手插在皮围兜下，嘴里还叼着烟。导火线冒了一阵着火花，火花消失后，一缕细烟从石头里冒出来。明娜和我紧张地相视而笑，我们正等待着一场惊人的爆破。最后，终于听到一声闷响，石块飞撒出来，还有一小团烟尘蔓延开来，可那坚固的石团仍未倒下，尽管它已经四分五裂。房东咒骂了两声，那个穿格子裤的男人用鹤嘴锄把几块松开的石块挖了下来。从石头的割口处，还能看见炸道的黑迹。

“我们得再凿一次。”他向房东喊道。

我们走近些观察之前的爆破点，那个男人则在找最好的新爆破点，我用鹤嘴锄撬下一块被炸松的石块，不费吹灰之力就把它碎成平整的小块。突然，有人抓住了我，我感到自己被一块用来做炮塞的纤维困住了，随之耳畔传来一阵喧笑，那个长着红胡子的人把脸凑在我的肩膀处。我也笑了，当然，我笑得很不自然，那笑容证明我并不喜欢这样的玩笑。那个高兴的捕捉者也确实解释了一番他为何会这样做，看他那副表情，显然以为我什么都明白了，可是他那浓重的萨克森方言让我摸不着头脑。

看到我被巨人抓在手中，明娜笑得很开心。我想，更重要的是她看到我脸上滑稽的表情，它清楚地写着“这究竟是怎么回事”，却又好像乐在其中。最后，明娜收起了笑容，尽管并非我所愿，可她的笑声还是惹火了我。

“他等着你交些赎金，这样他才会放了你，而且他有权这样做，”她说，“这是我们这里的传统，如果有人闯入了工人的禁区，他就有权绑住他，就像这样。”

她用丹麦语说着这些话，说得很慢，发音也有些颤抖，有时她还会掺杂一些德语。这是我第一次听她说我的母语，我既吃惊又高兴，因为对于我们丹麦人来说，一个外国人能知道我们的鲜为人知的语言，是让人惊喜的。此外，我估计她最近还专门学习过丹麦语，尽管她从未向我提及。

我慷慨地交了赎金还给了好处，这样一来，除了红胡子索取的那部分通行费外，其他人也能分得一些小费，但我的慷慨与明娜的在场脱不了干系。于是那个幽默的捕捉者礼貌地说了声“谢谢”后，把钱塞进衣兜，然后放了我。得到赎金后，他干劲十足，于是开始寻找新的开凿点，而那个可怜的的侏儒——人们时刻担心他身上的破布全部掉下来，他还在用大锤把铁棒敲进石头里。

开凿新的爆破点似乎要花很长时间，于是我们沿着采石场四处巡看之前的爆破痕迹，还有那些被聪明的工人们轻松凿开的易碎沙石。四处逛了一圈后，我们找到了一个轻松的消遣方式——采集一些长在石块间的美丽花朵；可明娜一看见那些几近透明的彩色鹅卵石，就忘乎所以，她还热情满满地把它们铺在地面上，幻想着自己发现了一个宝库。我点燃一支雪茄，坐在临近的一块石头上，躲在灌木丛形成的少量阴影中。

“漂亮吧？”明娜说着，把手伸过来，手上捏着一颗淡紫色的鹅卵石，采石场耀眼的白光晃得她睁不开眼，她就眯着眼看着我。

“当然，漂亮极了。可是你拿它们做什么呢？”

“我要把它们送给小阿米莉亚。尽管其实我自己也想要……你觉得我很幼稚吧？只是，它们让我想起了我的童年，虽然我的童年没有多少值得回忆的东西，可我就是喜欢回忆。它本身就很奇怪，但是时间可以柔化一切，哪怕很近的过去看起来都光彩夺目。总有一天，圣人的光环会普照所有的记忆，并将它们美化，这难道不是一种欣慰吗？”

“是啊，”我回答说，“你说得对。也许将来人们会发现此时此刻美得让人心醉，并且责备自己没有好好珍惜；而在我看，这样的责备是很不公平的。”

明娜埋下头，又捡起一些石子放在她的手帕里。

“我小时候非常喜欢这些干净的小石头，那时我有很多这样的石头，我把自己想象成公主，而它们就是我的珠宝。我说我要把它们送给小阿米莉亚，但是她很可能不会喜欢这样的礼物，她父亲可能已经愚蠢地给了她真正的珠宝。”

“做这些娇生惯养的孩子们的家庭教师，可不是一件轻松的事。我敢说你小时候受的教育要明智得多。”

“荣誉应归于应得荣誉的人，”她略带苦涩地说着，同时甩开她散落眼角的几缕头发，“明智！其实也谈不上明智。”

“你的家庭很单纯吧？”

“要是只是单纯就好了，我也不在乎，可它却乏味无趣。当然我们家很穷，可也不仅是因为穷才导致了不愉快。你能想象吗，我十四岁前都不曾去过洛施维茨？当然我们偶尔会去那里的平台走走。父亲会带我和哥哥去普劳恩，他有时会在那里喝杯啤酒，那时我们就会像过节一样欢喜。那时候，大部分工厂都还没有建起来；维瑟瑞兹附近有一个景致迷人的小山谷，我们喜欢在谷中的岩石上攀爬。我就是在那儿找到和这一样漂亮的鹅卵石；有些时候，父亲还会在晚上带着母亲去啤酒屋，那是对他们早期婚姻生活的重温，那时她每晚都会陪着他。如果你回到镇上，八点时去城堡街的‘苏尔卡茨’，就会看见一个和我长得很像的老妇人，手拿酒杯坐在里屋。如果有人坐到她身边，她就会动情地讲起一长串她和她亲爱的丈夫在这里度过的美好岁月。我们记忆中的家庭温馨岁月居然是在‘苏尔卡茨’的那些日子，你可以想象我和我哥哥过的是什么日子！当时我们在一个好学校上学，但是我们所受的教育也仅限于此。父亲从不关心我们的学习，非常可惜，因为父亲自己不仅受过良好的教育而且正直可敬。然而，这些都是我在长大以后才知道的，我只能通过零星的片段来了解一些关于父亲的事，因为他缄默到了极点。他和母亲也只是谈论天气，只有在看完报纸后才会为政事稍微争执一番。父亲是帝国主义者，而母亲站在萨克森这边，她讨厌普鲁士人，她无法了解大联合到底有什么好处，认为这只会加重赋税。一则我是母亲的女儿，深受她的影响；二来因为六十六年他们砍光了奥斯特拉大道上的所有树木，以致我也无法原谅那些普鲁士人，因此，每当看到那些挺直腰背、趾高气扬地排列在街道上的军队时，我都会非常愤怒。除此之外，父母再没有共同语言了。随着时间的流逝我更加明白了他们之间的感情，我觉得如果他娶的是别的女人，也许就不是这个样子的，他也会是一个好父亲；我还相信，从某种程度上说，在他与母亲生活的这些年中，正是他各方面素质太高，没人能和他交流，才导致他变得越来越缄默，最终变得古怪。古怪——这样形容他再合适不过了，他常把自己的古怪体现在子女身上。最恼人的是，只要他看到家里有陌生人就会暴怒。如果他在家的话，我是不可能叫朋友去家里玩的。有一次我过生日——十一岁生日——我母亲允许我在楼下花园里举办一个小型宴会，我们知道父亲那天要去上课。但是不知道什么原因，刚好那天学校停课。母亲在看到父亲走在街上就要到家的时候，立即飞奔回来告诉我们，脸上的表情恐怖极了。我们一群人也只有飞一样地从隔壁花园逃走。你也就能理解，因为这样，他在我们心中非常可怕，我们自然就会站在母亲那边，她对我们确实要好很多。不幸的是这种事故的频发状态使我们开始讨厌他的一切，在母亲的教唆下，我们在他面前总是躲躲藏藏，什么事都不告诉他，而这些只要他不同意的话，本是可以阻止我们的；但是如果他不同意，我们又会觉得他脾气坏，从而离他远远的。可我怎么会用这些往事来烦扰你呢？”

“你告诉我这些，肯定知道这一点也不会烦扰我，而此刻没有什么能比这些让我更感兴趣的了。我很感激你。我自己的童年很快乐，也许是因为这个原因，我对你失去的那些更感同情。但你可以通过享受生命的光明面来弥补儿时的缺失，我肯定你不会错过机会。”

明娜没有回答，只是仔细地看着又一堆她收集的鹅卵石。

“你说你哥哥。之前没听你提过他。他离开德累斯顿了吗？”

“他在两年前去世了。”

“真可怜，你还经历了那样的悲痛。一定非常痛苦。”

明娜摇摇头。

“不，我不怎么关心他。小时候他就欺负我，使我的童年更加糟糕；后来，他长大了——我想他也渴望‘弥补他所缺少的生命光明面’，但是他带给我的就只有悲伤。”

她看着我，脸上带着叛逆的神情，好像在说：“我完全能想象你会认为我是铁石心肠。随你怎么想吧！难道因为他是我的哥哥我就该爱他吗？何况他不值得？……还有，别以为我心地善良。”

“你没有其他亲戚可以依靠了吗？”我想转移这个纠结的话题，于是问了她另一个问题。

“我有一个姑婆，也是我的教母，所以她觉得自己有义务要照顾我。她用她自己的方式来关心我，但遗憾的是，她的方式我非常不能接受，甚至令我反感。她总喜欢抱怨，连我的发型也不放过。那时候我还是卷发，所以她总认为自己是对的。和姑婆在一起就像和父亲在一起一样，不同的是，她确实会为我操心。很久以后我才明白了他们的用意，这些都隐藏在她的严苛之下，他的漠不关心之中。她像我父亲一样，非常古怪，所以她很喜欢他；可她瞧不起我母亲，所以她对我身上一切有可能从母亲那里遗传的东西都不大赞同。当她有恩于我时，总会威胁我。比如，她会同意我订阅一份古典文学期刊，还会提前把订购的钱给我——她总是喜欢一次性解决问题。那是一套小型系列丛书，总共有一百册，她给我钱时说：‘如果你把这些书变卖了或者弄丢了——哪怕不得已，就算我死了，我的鬼魂也要回来折磨你。’我完全相信她会说到做到。但是，我没什么可害怕的，因为我没让那些书闲在书架上。单从这份礼物来讲，我得感谢她。我手中总会有许多经典的文学作品，由于我不像其他女孩们有很多别的消遣方式——甚至可以说没有，我就得以阅读大量的书，这是大部分女孩所没有的机会。事实上，书中有些东西是不适合我这个年龄看的。可有意思的是，我那爱教育人的姑婆从不认为这些经典文学中会有不适合十四岁女孩看的内容。我开始订阅那些书时，年龄还不大。可不管是她记忆中的文学出了错还是她认为德国的文学著作高尚而完美，总之，她没有这个意识。那时我就读过《奥伯龙》。也许你没看过那本书。可我真不觉得会带来什么坏影响。夜里，母亲睡着之后，我会坐下来仔细阅读那些伟大作家们的作品，那是我当时所拥有的最快乐的时光。阅读是一件愉快的事情，可也因此有些美中不足，因为作者在展开了许多美好想象的同时也流露出了自我意识的阴暗面。我知道存在着一个全然不同的世界。我所说的并不是外部环境下的世界，而是精神和感观世界，是超群的明辨力，能够分清什么有价值而什么没有，早先的这种明辨力受到了我母亲的干扰——她用生活中所有不确定且有弹性的规则在我周围织了一张网，还搭上一些似是而非的伤感话语，这就如同在那些明辨力上又盖上一层纱，使之更模糊不清。

“也许你会想我该从那些作者身上获得此种经验，因为我接受过基督教教育。这确实不是我所需要的戒律，我需要的是生活自身，在我们小小的生活圈子里，没有什么算得上高贵和纯洁——我就不说有修养了。当然，我们只见过母亲的亲戚——兄弟姐妹、叔婶，在这些人之中，母亲是最出色的；父亲极少能容忍他们，所以他们只有父亲不在时才会来我们家，或者悄悄溜进厨房闲聊几句。唉，想起这些真让人恶心！那个给我施坚信礼的牧师社会名声不太好（母亲却为他的布道而哭），我想这肯定也产生了不好的影响吧。于是只得歌德和席勒向我布道了，他们并不是最坏的先知。可这显然给我带来了一场猛烈的变革，有挣扎、有质疑，对我产生了深刻的影响。因为我得早起做家务，所以我只能在深夜读书，这样真的很累。此外，我们的生活太过节俭，更糟的是这不利于健康，我当时也不知道这些，以致从某种程度上说，我成长的那些年是饿着肚子过来的。我贫血而且精神焦虑，这些导致那些年我身体状况一直不好。我连走路都会突然晕倒，我曾一度感到莫名的恐慌。有时我会觉得自己很没用，我害怕自己会失去理智。随着思想的成长，我觉得父亲也许能帮助我，可缄默成了他的第二天性，何况那时他还体弱多病。一年前，他死了，一直以来我都没有和他亲近过，对此，我想我也该承担一部分的责任。他从不关心我的内心世界，这让我也对他漠不关心，我感到我把他隔绝在了我的世界外。我时常会下定决心带着信任和爱戴去接近他，可一想到我也许会碰壁，父女之间的交流竟需要这样的努力时，我就会非常恼怒，于是我总会在关键时候退缩。我最后一次去看他时，他亲吻了我，并对我说：‘要一直做一个勇敢的女孩。’当时我差点儿感动得大声哭出来，可我内心有一个苍老的声音在悄声说：‘你为我的勇敢付出过任何努力吗？你又怎么知道我是一个勇敢的人呢？’最后，我还是在口头上允诺了他，还给了他一个没有温度的拥抱。几个小时后，我下课回来，父亲就已经死了。”

明娜沉默了良久，神色黯然。她嘴角抽动着，我一直担心她会流下眼泪。突然，她睁大眼睛格外认真地看着我，她目光尖锐，并没有流泪，好似在想我听了她的故事后是什么反应。那时她肯定在对自己说：“你现在肯定觉得我很恶心！我真心地希望自己能变好一些，可无论如何我都不会强迫自己变得更好。”她脸上悲伤四溢，我确定她忧郁的神情来自这种想法，而非那些痛苦的回忆。

我被深深触动了，我想紧握住她的手，可我们距离稍远，身旁还有工人。我想我掌心的力度比千言万语都能表达我内心的感触，而此时此刻，言语都太过无力，只能羞愧地躲起来。我对她说，一直以来我都在猜想是过去某些不愉快的事深深压在她心里，可我没能想到，那些事竟如此深刻地扎根在她的整个童年和成长过程中。

听完我的话，她脸上出现一种奇怪的、怀疑的、几近讽刺的表情，而这些都是我熟悉的。

“可你总是想着你生活的黑暗面，”我转移话题说道，“你怎么不说说赫兹夫妇呢？我想那些年他们也在德累斯顿吧？”

“是的，可我是在父亲的葬礼上才认识他们的……我们和西娅婶婶的关系太生疏了，就像没有一样……也许这样更好！……他们家成了我的另一个家：不，我不该把它称作‘家’，这样会好一些，可你知道……你听了我的故事之后，就更能了解这对好人对我意味着什么了……”

她慢慢地说着，好像有些心不在焉，可能是说累了，又或者是后悔自己如此轻易地说出这些。

房东这时走过来打断了我们，他叫我们回到之前坐的安全位置，因为重新爆破的工作已准备妥当。

我几乎忘了我们之前坐哪里了，可何以至此。她用忧郁而充满苦涩的语气讲的那些话，始终萦绕在我耳旁——即便此刻也是如此。那些内容在我的记忆里形成了一个比起从她嘴里讲出来时更连贯的整体，事实上，一些事件很可能是她后来才告诉我的，可这点小小的误差还不足以影响大致的印象。尤使我触动的是她讲述和评判她的生活时那种清晰而冷静的方式。很显然她时常思考那些小事和它们彼此间的关联，她还追溯它们形成的原因和影响。从这便可知她的天性比我想象中还忧郁。只因我最近总被脑中不断浮现的她充满朝气的欢乐所误导。

第二次爆破就像第一次一样，岩石块仍没倒下，尽管它的基底已松动，像搁架一样悬挂着。那个红胡子男人走过去仔细检查着，他用鹤嘴锄剥下爆破时没能炸开的松动石块。背后角落里还有一些半炸开的石块勉强地支撑着。此时，房东和那个衣衫破烂的男人密切地关注着岩石块，以便稍有动静就发出警报，而那个勇敢的男人在这些地方使劲地敲打着。刚开始他敲一下就停一会儿，准备随时跳开，可他渐渐越来越兴奋，也不再那般小心翼翼。他用斧子连连敲击，小碎石在他身边四处飞溅。那顽固的抵抗似惹怒了他。情势极其危险。人们盯着令人头昏目眩的岩石表面，看得眼睛都累了，却不敢眨一下，他们时刻注意着这巨大的岩石边缘的动静。从头到尾总共发出了两次警报，在令人失望的两次停顿之后，他又开始凿击起来，他敲击得越来越猛烈，危险也随之加大。

明娜脸色苍白，双唇紧抿。而我因为中途停顿太久，也不再那么害怕，于是我走近几步，想看清楚他这样用力地敲会有什么效果。这时明娜跳上来，一下子抓紧我的胳膊，把我拽了回去。同时响起一阵尖叫。我看到一道巨大的阴影掠过头顶，接着听到一声巨响。整块岩石躺倒在不远处，松垮的石块散落在几码之外。我第一个想到的就是那个聪明的工人。他安然无恙地站在那巨石旁，微笑着向我们点了点头，似乎在说，“幸好没事”。我扶明娜坐在一块石头上，她发抖得厉害。

第十章

午后的阳光把它所有的光环倾注到岩石上，可岩石之上悬着朵朵乌云。突然，雨大滴大滴地砸在地面上，雨滴之大似要宣告它暴怒的天性不容忽视。这迫使我们冲过灌木丛生的河岸来到采石场的锻铁坊。一分钟前明娜还几乎吓得站不起来，可经过这一番雨中奔走后，她恢复了力气，跑过最后几步石梯后，就像什么事都没发生过一样。

从宽敞明亮的户外——那里还有阳光照耀的白色岩石——进入一个挤满工人的小屋，屋里还笼罩着红火焰释放出的黑煤烟，真是巨大的落差。一个极俊秀的年轻人站在锻铁炉旁。他抬起结实的手臂，抓着一根绳子，推拉着一根弯曲的长棍，带动风箱。煤堆发出明亮的火光，他拨弄着煤堆，又往上面加了一铲，接着他将一把钝了的鹤嘴锄放进火里，又将另一把锄尖烧红了的拿出来。随之他往一根手指上唾了口水，然而用手指撇去那烧红锄尖上的灰质，随即把它浸在水槽里，它便“吱吱”地冒烟。

明娜笑了。

“此刻我们看见齐格弗里德在和那条龙决斗，我们在森林锻铁坊里看到了活生生的齐格弗里德。”

她又一次和我讲丹麦话，工人们不解地看着我们，对她那番胡言乱语感到非常吃惊。那个铁匠则无动于衷。就在那会儿，他将闷烧过的锄头放在砧铁上，它已经开始变灰。接着，他用锤子锻锤锄尖，使得火花四溅，于是我们往后退了几步。明娜用赞赏的眼光看着他，使我感到些许不悦。

“你不觉得他很英俊吗？”她问，“他站在那儿工作时，就像是一幅画。要是古德郝斯[1]长成那样就好了！”

“他当然长得不错，可如果你这么公然赞赏他，会宠坏他的。这样一来他会变得骄傲自大，而那些可怜的乡村少女就再也无法让他满意了。”

“他在忙他的事，肯定没听我们说话。”

“可别人会告诉他啊！”

“可是，看到如此完美的尤物，真让人欢喜！”

不管多么合情合理，我就是不喜欢。

“我猜他是一个萨克森人。”过了片刻，她说道。

“不，小姐，我来自石勒苏译格。”那个工人用丹麦语平静地回应说，还一边将鹤嘴锄放在一边，开始专心地拉风箱。

人们也许会想，是他把红霞吹到了她的脸上，使她满脸通红。周围的工人们咯咯地笑了几声，似乎明白了当时的情形。刚开始，作为适当的惩罚，我还因为她的尴尬而乐在其中，可后来又有点同情她了，因为她眼睛一直盯着地上，不敢抬起头来。幸运的是，雨就快停了。我们与

---

① 古德郝斯，德累斯顿著名的瓦格纳式歌手，也就是齐格弗里德。

友好的房东和那个红胡子巨人告别。那个侏儒站在角落里瞪着我们，而锻铁坊里的那位阿多尼斯在我们身后用丹麦语欢快地说了声“再见”。

我们自然不想冒险原路返回。于是房东叫小汉斯带我们从临近的采石场下去，可是我立即告诉年轻的向导我们自己能找到路，最终成功摆脱了他。

大部分的采石场都被废弃了。只见到处是一律的白色地面和围墙，还有灌木丛生的河堤、成排的切割过的石块和庞大的岩石堆，这一切看起来就像废墟，到处是落下的岩石碎片和上一次大规模爆破留下的残迹——那一次爆破是在冬天河面封冻时进行的。我们紧挨着岩墙往前走，很容易就找到了一条不错的通道。采石场都是相互分开的，中间隔着碎石地带，人走上去，脚下很容易打滑，这样一来，我就总有机会扶住明娜。明娜走在上面，一边尖叫一边欢笑，她伸出手臂——或是为了寻求支撑，或是她以为我要滑倒而来扶我。她无法释怀的悲伤的回忆、爆破时的紧张和激动，还有后来她在锻铁坊里的窘迫，似乎仅是暂时阻挡了她的欢乐之流，而此刻她的欢乐之流以更大的浪潮奔涌向前。有一次，我们都摔倒了，她倒在我身上——幸运的是受伤的只有我一个人。明娜笑着起身，拉我起来，丝毫不觉害羞。如果此时迫不得已我们必须要爬上这座山，她也许都会忘记让我走前面吧。她着实什么都顾不上想，只顾她欢乐的心情，或许还有我的，亦或自然的——我们刚刚走进的——山林里的鸟语花香。

斜坡上的花朵在太阳蒸烤下，散发出阵阵薰香般的味道，这浓烈的香味经过雨水的洗礼，变得格外清新；飞鸟沉醉在这甜蜜的芬芳中，唱出春天般的曲调；傍晚的阳光照射在冷杉林间，那垂下的枝叶在阳光中闪烁，犹如星星挂在枝头。而下方，人们透过树缝，可见小溪如一道流动的光带。往上，风吹得树尖轻轻点头，一座树皮色凹裂的岩石架空在树上方，岩石边上屹立着饱经风霜的冷杉，那浅蓝色的冷杉直上万里无云的天空。

有时，风嗖嗖而过，如浪涛向我们袭来，大颗雨滴落在我们身上，明娜的裙摆也飘到一边。她那质地柔软的浅岩羚羊色皮腰带呈现松松的褶皱。她小心翼翼地走在斜坡上，斜坡即便在干燥时，也因布满冷杉针叶和球果核而异常滑溜。她总会打滑，这时她便会轻声尖叫着伸开右手，她宽大的袖子便会落到手肘窝位置，而那没戴手套的、晒黑的左手则用于抓住坡上的苔藓。

我突然笑出声来，明娜回过头不解地笑着看着我，我指了指她的影子，它倒映在她身旁的一块直立的岩石上，肥大得十分畸形；她看了笑得更厉害，也指着我的影子，它拉得很长，双腿比鹤脚还要长。我们走了很久都没能走出这里，极缓慢的步伐致使影子的形状也越来越可笑。最后我们终于走到一个坡度稍缓、树木也得以蔓生的地段，影子们又开始玩起有趣的游戏。它们一会儿躺在草皮上，一会儿跳跃在树桩间，一会儿又从近旁的树上跳到远处浓荫里的光亮处。

“你知道吗？”明娜说，“幸好你不是彼特·席勒米尔，如果是的话，你现在就被发现了！”

“可我就是啊，那又能怎样呢？”

“那么——不管怎么说，我一点也不喜欢这样。”

她那小巧的耳朵变得通红，这不是由于光线的透照，因为太阳还在我们身后。我心中跳起一阵欢乐的舞，我相信她是想起了那本不朽书册里的情节，那个可怜的无影人席勒米尔和他的爱人一同走在花园里，当他们走到月光照耀的地方时，只能见到他妻子的影子在前方伸展着。明娜也即刻明白了我的那句——很露骨的——非常简短的“那又能怎样呢”更显冒昧而非愚蠢，因为她最近才借给我那本书——那是她说起过的古典文学期刊中的一册。

是的，假如我没有影子，那么她就可能会吓得昏厥过去，那我就不得不与她永别；而现在，我活生生地在这里，在森林里、在夕阳的余晖中与她的影子玩捉迷藏，我还会遭遇什么样的障碍呢？很显然，我的钱包里没有用之不尽的钱，可我的影子足够完整。它不正映在斜坡石面，黑白交替，作为我是一个真诚、无恶意的人的铁证吗？难道前面那玫瑰红的耳垂不属于那个对我有些许爱意的女人吗？那么我的心为何不欢欣雀跃呢？

“你和我一样，也渴了吗？”明娜突然问道。

“这个我不知道，我只知道我非常渴。”

“那么，我看到那边有许多浆果，何必让它们白白在那里风干呢。”

我再同意不过了，于是我们飞一般地窜进灌木丛中。但是弯着腰站久了会让人感到很不舒服，于是接下来我们便跪着在浆果丛中爬来爬去。不久，我们觉得一颗一颗地摘下果实太过麻烦，于是便将它们连枝折下，一串串地从嘴边拉过，我们第一次发现这样的解渴方式如此过瘾。明娜双手环抱，满意地发出小动物似的咕噜声。她见我被逗笑，于是继续她的玩笑：她把手撑在地上，像爪子一样，然后用嘴巴从浆果丛上一口咬下果实。接着，她往上瞥了我一眼，神情滑稽，同时，她摇着头发出咕噜声，小小的发卷在她眉梢舞动。她的双唇呈深蓝色，她一笑就露出一排浅蓝色的牙齿。是这天然的négligé（德语：不修边幅）使她的双唇比之前更显亲近，还是这种童趣的颜色使我克服了羞怯，我不知道。能确定的是我想吻她的欲望无可抗拒。这时我们同时发现了一个樱桃般大小的浆果，我们的头撞到了一起。我笑着搓了搓头，她就趁此机会去抢那颗浆果。就在这时，我的唇久久地印上她的唇，我深情地看着她的双眸，她眼睛慢慢闭起来，眼角深处闪烁着最后一道金色的余晖。我们只是两唇相接，手臂仍撑在地上，像动物的前脚。而正值我打算将我的手投入人类的用途，绕过她的双肩时，当我沉醉在这美妙的初吻，处在半醉半醒的状态时，她一下跳起来，沿着小路跑开了。在我赶上她之前，她就已经走到一条只有几英尺宽的小路上，这样我就不能和她并肩行走了，但是斜坡依然陡峭。她意识到了这点，走得很小心。

“明娜！”我怯怯地柔声叫道。

她似乎没有听到。

“你没看到我的影子吗？”我问她，试图以此开个玩笑，“一下子就跑开了。回头看看，它还在那里，尽管它已变得模糊，可你的也是这样。”

她仍然不回答。

“你生气了？”

她摇摇头，却并未停下脚步，也没有回头。然而，她这一摇头，使我安静下来。我不知道说些什么，也不想打扰她，我们一前一后安静地走着，这让我十分痛苦。最后，我们来到一条小山路旁，山路两侧长着冷杉，沿坡而下便是河边一块草地，此处到莱森只有几分钟路程。无论如何，我一定要看看她的表情。

她转身看着我，像一只被困的小鹿。

“我们就此分别吧。快到家了，你不要跟着我了。”

“可为什么呢？你怎么想的？”

“让我一个人待会儿！这次让我自己回家吧，这是我唯一的要求，因为我让你，因为你……”

“可是，不管怎样，告诉我吧……”

“再见吧，再见！”

她几乎是跑下石坡的，跑到草地上方时，脚步声就听不见了，只有她腰间的皮腰带在她跑动时会发出“嘎吱嘎吱”的声音，就像马鞍上的肚带。就像她穿梭在灌木丛时发出的嘎吱声一样。那声音消失了，而我悲伤不已。

我一动不动地站在原地，看着她，直到她的身影消失。

第十一章

我如做梦一般在河畔久久徘徊。带着渐增的欢喜，我脑海中反复出现着这样的想法：她不仅现在是自由的，而且显然一直是这样自由，也许她所知道的痛楚并未见得比我多。我竟然荒谬地去嫉妒那个锻铁坊里的工人，然而更可笑的是，对于那个虚幻的“丹麦诗人”我竟也沉溺于同样的嫉妒中。这些故事无疑是老大妈们茶余饭后的闲话，据那位校长所说：“她本不该受到他人如此的对待。”此外，明娜也经常提起那些阿姨婶婶们爱没事闲聊。

她是我的。她还不是我的吗？我的双唇仍能感到她的吻。可她为何会如此突然地走掉？为什么她不让我送她回家？女孩的心思真是难猜啊！谁能读懂她们，谁又离得开她们呢？

天色已近黄昏。太阳的余晖照得人眼花缭乱，远方的景致已无法辨别。上方岩石边缘也披上了一层微暗的光，一张灰色的蛛网似要延伸到河对岸的草地上。

前方有声音传来，一个男人带着一个小孩向我走来。那是房东和他的儿子从采石场回来。走近一些后，小男孩向我跑来，手里拿着一个白色的东西。

“这是你的信。”他喊道。

“我的信？”

“是的，我想这是一封你要寄出的信，”房东说，“因为收信地址写的丹麦。”

“他们凿洞时我在你们坐过的地方发现的。”汉斯说。

我接过已经湿透了的信，心中顿感不悦。

我借着黄昏将近时的光线，费力地辨出信封上那模糊的收信人“艺术家亚克瑟尔·斯蒂芬森先生”。我想再确认一下我对上面字迹的怀疑是否正确，可是那道光迷乱了我的眼。

“是的，正是我的，谢谢，再见。”

“那个丹麦画家”的名字赫然而现。我此时所感，比突然发现身后站着鬼魂还要寒冷。

确实是亚克瑟尔·斯蒂芬森！我当然知道他。我怎么会不知道我们国家年轻一辈的艺术家们呢，即便是最不出名的！这于我算是些许慰藉，因为无论如何，我要应对的不是一个天才。我知道他，我是说我曾在一家咖啡店里遇到过他；我也还记得学校里他画的一幅漂亮的风景画；我还偶尔听到别人提起他，尽管都不是吹捧，因为人们都说他很放荡不羁。可更为巧合的是：就在今天，我收到一封来自表哥的信，他在信中含沙射影地骂他，他说那个巴黎的花花公子，整天和我们所识的一个女人调情，而她的钱包比她的长相更为吸引人。他为她画了一幅肖像，画得如此谄媚，那个被献殷勤的女人和她的家人都非常满意。对那个画家来说非常不幸的是，对那幅肖像尤为满意的是它命中注定的拥有者——一个测试合格的海军军官，作为奖励，他们已经宣布订婚。

那么斯蒂芬森就是那个在明娜生命中占据重要位置的人！从校长那里我了解到，从明娜和他在德累斯顿认识到现在应该已经好几年了，而他们至今还在通信。除了意味着一种爱意，一种秘密的谅解，或诸如此类，还会有什么呢？可另一方面，她对我说的那些知心话，她那天真的风情，这个吻——这个她显然愿意让我偷掠的吻，我如何能将这与这种亲密调和，除非她是个天性轻贱的女孩！我越深入去想这些矛盾，就越难明白。

最终，我的遐想被一阵链船发出的清脆声音打断了。

天色已晚。

河对岸上方，冷杉梢头，月亮依稀可见；月光还未照及水面，还看不见小船，只见灯列在水面拉出长长的倒影，缓慢向前漂移，又让我想起那由镶着红绿宝石的金桶领头、有着大头饰的桶队。

这些景象唤起了我对河畔快乐生活的生动记忆，使我更感沮丧。

我拿着那封毁灭性的信慢慢地回到家。

到家后，点上灯，我便开始认真琢磨这封信。水汽已把胶水浸开，信封口子上只有一小处地方还粘着。

我可以不费吹灰之力地将其打开来看后重新封好，而且还不会被发现。

这种想法使我直冒冷汗。我害怕地把它扔到桌上，在屋子来回踱步，一边走还不停地瞥它两眼。

我突然拿起信，想要用指甲挑开信封，可如同神情恍惚般，我迅速地掩上信，急切地查看了地址。

如果到刚才为止我还在怀疑这封信是否是明娜所写，那么此时我的不确定便迅速地消失了。

可我脑中忽然闪现一个念头。地址和那本诗歌本子上那几行歌德的诗句都是用红色的墨水写的，颜色都很暗淡，我猜想这种墨水很可能是在莱森的商店里买的。毫无疑问，如果真是这样，如果明娜的那段美妙摘抄是因我而起，这样的想法足以让我泰然面对这封令人生厌的信。

我拿出一张便笺纸给明娜写信，告诉她这封信是她掉的，被人找到后拿来给我，可我不想没经她同意就将它寄出，因为地址已经变得模糊不清了，我想她会宁愿我把信还给她。

于是我在两封信外面包了一层大包装纸，把地址写好，立刻跑出去放进位于“埃布格西特”的邮筒里。这样一来我便不再被诱惑，也不再烦恼。

清亮的月光照耀着沉睡的小村庄，村子里只有几处屋顶较高的房子能让月光铺满它们的小玻璃窗。村后矗立着陡峭的岩石，这些岩石朦胧的形状在月影中显现得更加亲近、密集。采石场在远处的河湾的外沿泛着微光，这样我便能辨识出我们在白天一起游玩过的地方。

这种安静而沁凉的美使我心境平和下来，而当我又开始往山上的出租屋走去时，突然来袭的倦意增强了这种平和。

我想着那些“即将发生的事”，很快便沉沉睡去。

第十二章

第二天一早，我立刻下山跑到商店，买了一瓶店里售卖的唯一一种墨水，假定这为corpus delicti（德语：犯罪证据）。我的调查得到了想象中的结论：那封信和笔记本上的摘抄使用的都是这种inslmmento（德语“工具”），我很快便开始以更愉快的眼光来看待这些事。

我开始想着那些“即将发生的事”。她也许已经收到了我的信，而且我相信她定会做一些解释。在我看来，她最有可能选择写信。她会亲自送来吗？可那容易招致闲话。然而，她不可能在收信当天就来得及回信，并能赶上当天邮差的送信。这一整天我都深陷耐心的磨炼。

我该怎样打发这可怕的时间呢？最初，我想进行一次长途远足，可一想到在路途中，我还会在头脑里来回地纠缠于同样的问题，我就不寒而栗。因此，我宁愿带着最纯净的目的，带着一种欣慰，去细细品味一本具有本民族风格的德国小说——将时间仁慈地从记忆中抹去。接着，我叫了外卖。

天气渐渐变得酷热难耐，没有一丝风。我一件件地脱掉衣服，只穿了件衬衫躺在床上，这与小说中描述的人物大不相符，他们都是优雅之典范。我并不担心其他人来访，老赫兹夫妇不会冒险走这么远的路爬上山来。可突然一个想法浮现：假如她自己亲自来看我呢！这似乎不可能，可在这种情况下，必须随时为任一种紧急情况做好准备。

于是我立刻极为小心地穿上衣服。要是阳光不这么刺眼的话，我甚至还要刮一下胡子。当我的眼睛看向那条桦林小道时，又一个想法闪现出来——那个叫做“索菲行宫”的岩洞！她说过这时别墅里的人们不会去那里。我凭着记忆机敏地猜想，要是她期待着在那里见到我呢！她肯定会这样做。这就像一个惊人的新发现！于是我飞奔下山。

为了控制我的情绪，我在离那里几码远的地方停了一会儿，那时，一个留着a la Kaiser Wilhelm（德语：德皇威廉式）胡子的高大绅士从岩洞里走出来，带着一种被扰的不快。

“对不起，”我结结巴巴地说，“也许……也许这是私人地段——”

“绝对是私人的，先生。”那个留着德皇式胡子的绅士以一种极其威严的口吻说道，于是我在他傲慢而愤怒的注视中仓皇离开。

我返回家中开始阅读小说的第二册，情绪并不太好。就在那个最关键的时刻，我头脑中又闪过另一个念头：她也许和赫兹夫妇在一起呢，我之前怎么就没想到这点呢？不——她昨天说过她不会去那儿。小说中的伤感情节又带着忘川之水的浪卷洗刷着我的头脑，直至蜡烛燃尽，睡意将我从高贵的伯爵和更高贵牧师女儿们的故事里送走。

第二天，送信的时间来了又去。

“心啊心，邮差没有带来你的信。”[舒伯特，《邮差》

（*Die Post*）]

我开始看第三册，和前两册一样，第三册也有五百页之多。看完之后，我察觉阳光已经照过了一根窗框，于是我匆忙地准备刮胡子，考虑到一个精致描述的场景已经迫在眉睫，此时刮掉脸上的胡碴儿非常明智。第二次和最后一次送信的时间迅速到来，我并未想过如果结果再度令人失望该怎么做，并且我一直相信这样的结果在等着我。我已经刮完了右脸颊上的胡碴儿，突然手抖得厉害，所以我不得不放下刮胡刀，只因我看到那位瘦高的邮差从“之”字形山路爬上来，他穿着邮差制服，戴着军帽，活像莫特科拙劣的画像。我屏住呼吸站在窗旁期待着，我看到他绕到房屋角落的后面，仔细地聆听着是否有声音从楼梯上传来，可什么也没有，只看见他的身影走下了陡坡。

一阵可怕的失望向我袭来，叫人难以忍受，我猛地躺倒在床上。这时我听到楼梯平台处传来赤脚的“啪嗒”声，随后又听到敲门声，门是锁着的，为了避免看小说时让人看到我négligé（德语：不雅）的着装。我一打开门，就有一只又大又湿的手猛地塞进了一封厚厚的信。

第十三章

果真是她写的！我撕开信封，抽出几张写得密密麻麻的信纸，一封小点的信掉出来——那是写给斯蒂芬森先生的信，信封是打开的。这样的坦白让我吃惊，可这似乎是一个很好的预兆。刚开始，我自然没有去细读它。

这是一封带着女性特征的信，信上没有写明日期，信的内容如下：

亲爱的芬格尔先生——我在想，我在你心中到底是什么样的呢，尽管我确定你也不知道该怎样去想我。我清楚地知道你之所以没有把这封信寄出去不是因为地址被雨水淋湿了，而是因为你想问我“这是怎么回事”。我想你有权要求这样的解释，或者说，不管怎样都希望听到个解释。就算没发生这件事，我也早该找个合适的机会告诉你，或者无论如何让你知道这信中的大部分内容。我一直在想，当面跟你讲也许不大好——我们单独在一起的机会很多，而且还可以兼顾小孩子——可最终，我想最好还是写信，因为我真的有些事要向你坦白。看完这封信后，你就会发现我不像你想象中的那么好。可也正是因为那样，我才有必要让你了解我，不管破坏你美好的幻想多么令人伤心。

因机缘巧合我曾详细地跟你介绍过我的家庭和我的成长经历。其实也并非完全巧合，因为之前我就决定让你知道我的那些经历，而我之前所讲只是其中的一部分。因此，请你尽力回想一下我跟你讲过的事情，我想其中的一些关键点足以让你对我的经历有一个明晰的印象——即便我讲得非常模糊，可要是没有这些，你也许会更加苛刻地评判我，哪怕不是我应得的。

可我仍然要讲。噢！我多希望你现在正坐在我对面，要写下这些真不容易。

我不知是否告诉过你我母亲有六个姐妹。她们的父亲是一个有钱的小旅馆老板，旅馆里接待的主要是当地人。她们都得帮家里分担些家务，所以没受过什么教育。一家人几乎没有什么家庭娱乐活动，因为母亲忙着料理家务，而父亲忙于生意。他有时用棍子棒打自己的女儿，这就是她们所受的全部教育，可教育成果却不怎么好。（而我现在还会书写，真是谢天谢地。）她们七姐妹中有五个都是未婚生子，只有我母亲和她妹妹认为任何事都可以做，唯独这样的错误不能犯。

我就是由这样的母亲带大的，而且我和她十分亲近。

我自小便是她的知己，分享着她的欢乐和痛苦，可父亲却从不理会我。我还是个小女孩时，她就开始给我讲她的爱情故事，于是从小我都有这样一个观念——一个人在别人心目中的地位，取决于他倾慕者的多少。

在我接受了坚信礼后不久，重识了之前的一位校友，她比我大几岁。我们两家的花园只有一墙之隔，她就经常叫我去她家。很快我就察觉到，每当我们出去散步时，艾米丽的眼睛都会偷偷看向旁边花园里的房子，不久她便向我吐露了“她的爱人”住在那里，她还叫我不要告诉她妈妈。一天，两个年轻男子正在窗户边上往外看，那是“她的爱人”和他的朋友，他朋友对我点头时我简直不敢相信自己的眼睛。我把这一切都告诉了母亲，她非常开心。我已不记得当时是怎么回事，只知道是母亲陪我一起去赴的约，我仍能清晰地记起和那个陌生人走在一起时那种既厌恶又骄傲的复杂感觉。从那以后，他就常来看我们。那时我才不过十四岁。他坐在我旁边，亲了我，我们还一起散步。噢，亲爱的朋友，多可怕啊！你想象一下，我相信这并没有错，可这个人却对我如此无情。他走了，我们偶尔通信——天知道都写了些什么！我总隐约觉得事情不该是这样的，尤其是这次与男生的初次接触完全欺瞒着我的父亲。

在这以后不久，来了一位年轻的音乐家，和我们住在一起。我不得不像服侍其他客人那样服侍他。与其他客人相比，他和我们的关系要亲密得多，不幸的是我发现自己越来越喜欢他，但这只是一种——亲爱的芬格尔先生，请绝对相信我——单纯的喜欢而已。每当听到他准备出门时，我便会迅速戴上帽子，穿上外套，假装母亲让我出门办事，实则希望和他一起上街。一天，我的堂姊妹们安排了一次野餐，我问她们是否可以让那个音乐家参加，可她们不同意外人加入，所以我也没有去。于是他邀请我单独和他一起去洛施维茨，母亲并不反对，和往常一样，也瞒着父亲。

此后有一天晚上，我们在玩处罚游戏，他被指定吻我，而我断然拒绝了。他回到屋里，不知是故意还是怎么，母亲叫我去他房间。他再次要求吻我，而且真的吻了我，从那天起，我就深陷进了这种爱恋——以我十五岁的想法看来，我再也不会像爱他那样爱别人了。之前的那段暧昧在此刻极为困扰，可我却无法摆脱它。然而我们不久后就断绝了通信。

那位年轻音乐家请求母亲让我们订婚，可母亲告诉他订婚之事非同小可，而我还太小，无法思考这么严肃的问题。不久后，我听说他和别人订婚了——不过，最后得知这消息是假的——我感到无比绝望。可他还是离开了我们，两星期后，斯蒂芬森先生住进了那间屋子。那个音乐家走的那晚，我跪在地板上撕扯着一个花环，那是他在一次射击比赛中赢得的，他将它留着作为纪念。

然后，斯蒂芬森先生来了。后来，他告诉我他是因为我才租的那间屋，事实上他并不喜欢它。他说他已被我深深吸引，后来他告诉我，他视我高高在上，遥不可及。为了这几位先生的名誉，我得申明，他们从未冒昧地亲近我。因此，我后来得以理解蜜妮安的激情——它同样如此纯洁。

斯蒂芬森和我们一起住了两个星期后的一天晚上，那位音乐家回来道别。我送他到门口。他要我吻他，以示告别，我照做了，斯蒂芬森——

此处本来要写“亚克瑟尔”，却又画掉了——

“出于嫉妒，在门后偷听。他告诉我从那以后他就认为我与其他人并无两样，并想要我按照他自己的“观点”成为他的。

噢，亲爱的朋友，一时间听到这样的话真不好受，我不知道自己哪里做错了，我失去了一个人的爱与尊重，在他眼里，我降到一个毫无价值的女人的层次。我永远也无法忘记那种感觉——当我意识到我在一个知我甚少却视我尤高的人眼里竟被贬低到如此程度——而后来我甚至还爱上了他！我曾千百次流下苦涩而绝望的泪水。我知道自己是清白的，而我也只能以此安慰自己。每当我认真思考这件事，便会想到当一个男人根据直觉对一个女人形成如此纯洁而美丽的印象之后，他就不该因为某个偶然状况就改变看法，并使之完全颠倒，而应该等到冷静下来后再作出理智的判断。我认为一个真正的爱人不应该推开我，而应该包容我孩子式的不慎重，并考虑到我会犯错是因为我的成长经历和周遭环境，进而保护我不受伤害并且把我提升到他业已形成的完美形象。也许是我的期望过高，而我之所以这样想，只因我对情感一无所知。读到这里，你也许会更加理解斯蒂芬森先生，而不是我，你或许会觉得要是你站在他的角度，你也会那样想。

那次，让你亲了我后，这些回忆便猛烈地涌上来。如果你知道你所亲吻的是怎样的一个女人，如果你知道那不是——噢，远远不是——我的初吻！甚至是不是这个吻也证明了他把我看成一个轻浮的女人是对的？或许你也发现了，因此利用了这一点。可经过我们清白的交往后，我认为你不是那样的。这样的吻与之前大不相同。或许这是一个童真的吻，一个随性而发的吻，一个戏谑的吻，而并不是一个犹大的爱吻。然而，我并不了解你，也不了解我自己，我为我们两人担心。回到家里，我哭得撕心裂肺，却不知为何而哭。

我又要讲到我的过去。关于我之前对你所讲的内容，斯蒂芬森先生说了很多，他指出这一切错得多么离谱儿，他纠正了我跟随母亲长大所形成的不当观点，他使我对之前闻所未闻之事大开眼界。他还同我探讨他的艺术，并且发现我对于艺术有着与生俱来的鉴赏力（魏玛时代的画家雅格曼——席勒的朋友，你也许见过他的作品——是我的祖先之一，我父亲年轻时也偶尔画些画）。我常与斯蒂芬森先生一道出没于我们漂亮的画廊，那时他在临摹里面的两幅画。那段时间，我一直强烈抗议着他对我越发明显地流露出来的爱意，而我只能容忍，因为我如此喜欢他。此外，我期待着他能娶我，可他总不愿与我谈起这个。他说他没钱，还说家事会拖累他的艺术。可当我承诺会做一个好妻子、不会让他比单身时花费更多时，他回答说艺术家要四处旅行、要全身心投入作品和灵感中，不能受这样的约束。他不断努力说服我，想让我明白我的这个想让关系更进一步的想法既庸俗又自私，而在这种情况下，男女自由交往，是很有价值的，甚至是一种理想的关系。对此，我绝不苟同，可他总有一些好的托词，他总说我缺乏道德教育，可我最终发现他的道德观是如此松懈——或许我是出于偏见，可无论如何，我都不能接受他的观点。我也知道，我毫无心计，也不世故聪明，只怀着一种难以克服的情感，还明白这个痛苦的事实——他爱我远不如我爱他深沉。当然，他还有他的艺术，而我却只有我的爱。

他的莱森之旅一结束，我们就分开了，我们也都知道彼此还会是好朋友、还会互通书信。我试着好好嫁人并告诉他我的经历，以致我不再走错路。

这就是我的情况，你能想象我多么孤独吗？对于母亲，我产生了厌恶。世上最亲的人、我唯一能谈心的人，离开了我，而我甚至无权期盼他回来。我试着再去弹钢琴，可每一曲美妙的旋律都会让我感到无法言喻的悲伤，于是我不得不放弃了。

也就在这时，父亲去世了（我想我告诉过你），而我认识了赫兹夫妇，和他们在一起，我感到一种与我家里完全不同的气氛——另一方面——也别于和你的同胞在一起时那种艺术氛围，而这带给我一种说不出的平静。可我永远不会忘记是斯蒂芬森先生——出于同情和对我的兴趣——最早唤起了我的骄傲感，同时使我不至于被不良氛围毁掉——而它很可能会毁了我。

我们一直保持着通信，中间或有间断，一年半载写上一封。他总是很快回复我的信并要我尽快回信给他；他有时会寄一幅素描画，上个圣诞节则寄了一幅漂亮的油画。为了让你了解这种通信，我想请你看看这曾经过你手且未封好的信。我并非因你产生了怀疑，而以这样的方式澄清自己，而是为了使你即便不懂也不致误解我的意图。也许我自己都不明白是出于什么意图，只觉该让你知道，我感到目前的状况使你有权知道，而如若我撕掉这封信，就会剥夺你的权利。我也不会将其寄出，因为看日期就知道，它已经写了快两星期了；我也希望我已经把信寄出去，最好事情逆转，邮差带来一封他的回信。

到此为止吧，再见！我已经写了大半夜了，不甚疲惫。只是希望此番交流后，你不至于太过苛刻地评判我，可不管怎样，你必须坦白告诉我这封信给你留下什么印象，别太仁慈。除非你坦白地回复我，不然我写它有什么用呢？你知道的，我是如此在意你的评价，你还可以在我写给斯蒂芬森先生的信里看出。

——你的朋友，明娜·雅格曼

尽管看了这封信后，其中矛盾的情感让我有些混乱，可我并不急于进一步理清它，而是立刻打开那封两天前就让我手痒的信。我毫不怀疑信中会有对我的描述。

我迅速浏览了开头几句，都是些关于久未写信的托词和对天气与乡村的描述。信中稍微多描述了一番这家德高望重的人，却并无恭维之意，我发现她并不像在扮演小说家——年轻的女子写信时都喜欢扮演小说家的角色，尤其是女教师之流，容易沉迷于这样的情境。之后，我开始读接下来几行，心怦怦直跳——

我认识了一位叫芬格尔的学生，他是你祖国的同胞。也就是这个、一点——你也能理解——最初使我们相识，并让我们快速熟络起来。我经常在赫兹夫妇家碰到他。他算不上英俊，可长着一张明朗的脸，招人喜欢，尤其是他笑的时候。他很高，但稍微有点驼背，有时我感觉他的胸膛不是很强壮。如果真是这样，我会非常难过。他对我十分关注，我明显察觉到他很欣赏我。然而，时间会证明这是否只是暑假转瞬而逝的幻想。他还很年轻，才二十四岁，可看起来还要更年轻一些，似乎还未经历过生活的磨炼。在我看来，我自己也不知道，万一事情大扭转我将处于什么境地，我无法准确应对并为自己找寻一个相应的位置，这与我性格不符。当然，当某个人因为“鼓舞”了一个年轻男子——我想就是这样表达的——甚至是和他“调情”而受到指责，这通常只意味着放荡、出于天性，或者情绪使然，而若是与之保持距离，就意味着不愿随他到天涯海角。当然，这个人就会是一个遭人厌恶，或至少受人鄙视的人。就我而言，若两个熟识的人因为最终会相爱而连互相看一眼都不敢，就是愚蠢至极，毕竟这个结果不一定不愉快。再者，男女之间存在纯粹的友谊，这种友谊能起到最大的作用。不，我不会想得如此深远，那样只会让我感到自负且愚蠢。总之，我非常喜欢这位芬格尔先生，和他说话既愉快又受益匪浅。可或许你认为我虽不算走错了路，却也踏出了危险的一步吧？

接下来是一些结语，和署名“你的朋友”。

第十四章

为了逐字逐句地仔细阅读，我又一次拿起明娜的信。读第一遍时，我被一阵恐惧席卷，事实上，因为她提醒过我，她要揭露的一些事情会贬低我对她的看法，我每读一行，这种恐惧就不安地缠绕着我，我的眼睛也不住地往前看。可我越往下看，这种恐惧感就越小。她几近夸张的忏悔竟是因为这些无罪的纠缠，这让我半笑半怜，而让我眉头紧锁的是我对这个斯蒂芬森的愤慨。可我不禁要感激他一番，幸好他并没将她束缚。

我同时感到一阵欢喜：我意识到她通过这封信把自己的命运交到了我手里。整个信中充满了这样的感觉：我们走到了决定性的一步，过去的一切都清楚明了。她想要告诉她自己："在事情进一步发展前，我已经把一切告诉了他。"

那么，如果我现在说——我强烈感到我可以而且必须这样说！——“听了这些后，你在我心中还似以前，只是你于我更加珍贵了，因为我更多地知道也更深地了解了你。”那么她会怎么回复呢？这次坦白不正允许我说一些流露爱意的话吗？

从她写给斯蒂芬森的信中可知，她自己也曾想过我们俩的结合，尽管在这点上，她的表达不尽令人满意。可我们也就是在上两星期内才变得日渐亲密，而正如她所说，那封信是两星期前写的了，从这个线索可以得知我的不满意已经失效了。

我想立刻回信给她。

但是，我必须得强迫自己先把左半边脸颊刮完——上面还残留着泡沫的干痕，因为阳光已经打上窗棂，很快就会刮不动了。在刮脸的过程中，我整理了思绪，刮完后立即提起笔，飞速写完如下信件——

莱森，8月14日

亲爱的朋友——你甜蜜的回信多么令我感动，你的坦白使你在我心中的形象变得更加完整且美好，我只能通过一种方式让你相信。

你说你会重新给斯蒂芬森先生写一封信。而现在我认为你可以把之前那封信抄上去，抄到你说你认为我的胸膛不结实之处，因为我能确定这是毫无根据的。

然后你接着——按照以下内容——继续抄——

“他已经对我表示了如此深切的关注，以致我无法怀疑他对我的感觉。因此当他今天要我和他在一起时，我并不感到吃惊。他没有自己的私人财产，可在一两年内必定会有一笔可观的收入，很可能是在英格兰，他在那儿有一位可以帮助他的有钱舅舅。在这一瞬间，我坚信应该把我自己的命运和他联系在一起。”等等。

如果你决定寄出这样的信，那么请在平常时间到赫兹夫妇家来。要是我来的时候没有看到你，我将认为这预示着我只能永久地想念你，而我们的友谊，不再是永恒的幸福的开始，而只会是一个已逝的美梦。

倘若如此，那么再见了，祝你幸福！——挚爱你的，

哈罗德·芬格尔

我把这封信和写给斯蒂芬森的信一起装进信封，叫一个小男孩送去别墅。

第十五章

我下山时，午后的景致依然很美，天气也还暖和。我沿着小道一路小跑，跑过村舍和树篱，穿过花园围墙间通往绚烂明亮易北河的小路。似每一个步伐都将我与命运拉近，而快要到时，我放缓了脚步，当看到眼前那从狭窄的草地通向小屋的石阶时，我完全顿住了。再移一小步我就可以看到屋角，凉亭在邻近花园里的果树枝叶后凸显出来。像是某人掐住了我的喉咙，而我身下的双腿也好像不见了。

闪闪发光的瓦片下，阳光照亮了石灰墙，凉亭笼罩在葡萄藤和树影下，灰绿色的桌布上映着弯曲的金黄色的光带——我盯着这个光带看了良久，只是为了让那紧张的时刻迟一些到来；果树的部分枝叶遮住了桌布一角，桌上的咖啡壶冒着热气。我已经看到了那位白胡子老人，而现在那位老妇人也出来了，可再无别人。

我继续窥视着，希望最终能看到她。哪怕太阳炙热，我仍感觉自己就像站在傍晚的雾气中，可我又再次控制住了自己，而在此之前，我都一直无法办到这一点。我的第一个念头就是逃走，因为我知道，如果她要来的话，早该来了。可或许她上楼拿东西去了呢？又或者她有事不能来，还是她给我带了口信。我为自己找了一些她没来的借口，接着又将它们一一否认，我把这视为我灵魂的弱点——不敢直面问题。

石头的一声松响，或是一个移动的模糊影像，使我向相反的方向看了看——看向河道那边。在那个泉井旁边，离我不到五十码远的地方，一个身影浮现在眼前……

是明娜。

我想冲到她身旁，可赫兹已经看到我了，他在喊："芬格尔先生，快来，快来！"我还看到他在向我招手，我不知他为何如此激动，却还是欣然朝他走去。我全速跑过去，到门廊处时，我差点撞到了一个瘦高的女人，她手里拿着一个袋子和一块彩格呢布正冲出来。

"你终于来了！真是太好了！"赫兹先生说。

"我们差点儿就差人去叫你了，可明娜坚持说你一定会来。"

"想想看，我们今晚要去布拉格了！马上就出发。"

"可我们不会因此而叫你回去。反而希望你能送我们一小段。特快列车不会在这里停，所以我们就不得不先坐船去尚导。天气还不错，你也可以和我们一起去，然后坐九点的火车返回。明娜已经答应了要一起去。"

我当然急着答应了。

我脑中思绪万千，一瞬间闪过这样的想法：明娜可能没有收到我的信，她的出现并不意味着什么，而今晚我还是会失望而归。可赫兹先生的话让我平静下来——明娜坚信我一定会来。

这时，她也走上来，仍然穿着去采石场那天穿的浅岩羚羊色的裙子。

她深长而坚定地和我握了一下手——她握手的方式如此真诚而独特——她在笑，可只有眼睛在笑，她眼睛直入我的灵魂，她的目光不同于往日，正如“我的爱人”不同于“我的朋友”一般。我全身的血液都冲上了头顶。她放开我的手后，我的手脚就直哆嗦。现在，当我确信了某件事并冷静下来、沉浸在欢喜中时，我才第一次感受到那可怕的紧张与害怕对我的身体影响多大。

明娜也察觉到了，她不住地偷笑，甚是欢乐，她还一边给赫兹先生倒冷水，他总喜欢和着这冷泉水喝咖啡——就像我们在咖啡屋一样。他呷一口咖啡，再喝一口水，还一边激动地说——

“有件事情必须得告诉你，你肯定会感兴趣，而且也许它还能吸引你和我们一起去布拉格。你会去吗？不过你去会好些，那样明娜回来时也能有个伴，把她交给你，我们也放心。对了，有人在布拉格发现了《浮士德》的手稿，是《浮士德》啊！亲爱的孩子，也就是说那是第一场的一部分——只有细节上略有不同，可这也正是兴趣点所在。据说措辞很尖锐，很可能是初稿的一部分。一个怪老头，他是一位领着抚恤金的上校，天知道那是多久以前，从哪位姑婆或是谁那里继承的，那个人在魏玛皇室任职——她与歌德到底有多亲近，就不好说了！不过，这不重要。顺便提一句，从这一点你也就可以看出我们当代军事德国是什么样的了！他继承了一个箱子，里面装满了信件和草稿，如若他不是这般无知的话，早该猜到那是歌德留下的东西了。可由于他蔑视一切与文学有关的东西，致使他甚至没有开过那个箱子。他需要钱，很显然是一个挥霍无度的人，肯定早已负债累累，尽管在他阁楼上还有一些足够他买下一座城堡的宝藏。也不是没人暗示过他，我们也想到他也许会留下一些东西，或许不是手稿就是信件和资料——我自己就亲自写过信给他。可他不同意，家信，或许是一些会损害家族名誉的秘密——他认为这些资料不能交到那些可恶的文人手里的——他一定是这样想的。于是，他就成天待在酒窖里用他的高级白葡萄酒愉悦自己，他是一个臭名昭著的品酒行家。他任由一座城堡尘封在阁楼上。真是报应！这个家伙真讨人厌！可今天，亲爱的朋友，我收到一封信，叫我过去，以专家的身份前往，你可以想象……”

就像明娜的一颦一笑、一举一动都逃不过我的眼，他说的每一句话我也听得清清楚楚。我感到我的头脑宽广而柔韧，可以同时兼蓄各种印象——只要是悦人且纯净的。这位老人从没遇到过如此默契而专注的听众，而他的兴奋也确实感染了我。我所处的状况就像被鸦片轻度迷醉，听起音乐来也更觉美妙了。我一边祝贺他即将踏上意义非凡的旅程——这令他倍感荣耀，一边询问他并且回应他滔滔不绝的话语，同时喝完了明娜递给我的咖啡。我不止发现我爱人之手调制的“棕色琼浆”举世无双，还在心里暗自认定明娜一定是忠于她的萨克森渊源而调制的“布莱明翰咖啡”，总有一天，她会习惯于不再节约咖啡豆。

要不是我听到河面传来沉闷的螺旋桨声，我定不会有心拒绝再来一杯。其他人都认为时间还早，可不久后我们就看到汽船的烟囱爬上绿野，就像一条黑线闯进一张白幕——采石场下荒芜的斜坡。

很快我们就坐在了甲板上的雨篷下，看着房屋逐渐向后退去，绿色的桌布仍在凉亭的阴影中闪闪发光。我们向百合岩和它的孪生兄弟岩康尼格岩方向行去，它与百合岩相对而立，阳光照上了岩边和岩上的瞭望台。黄色采石场发出的强光在水面闪烁着，上方紫罗兰色的光线，在此变成了一道明晃晃的光带。沿岸，梯田、灌木和果树在河面投下深深的绿影。船首破浪而行，贻贝状的水波分向两边划开，水波荡到岸边，反射的光线就如同液体遇到管道一样流进了发光的蓝色水波凹面，在拉长的曲影中形成一幅复杂的画面，直至一切混合：水纹颤动，形成一种舌状和螺旋状的色彩，清明如镜。

老赫兹先生非常兴奋，他不厌其烦地谈论着布拉格的奇观：泰恩教堂——我著名的同胞第谷·布拉赫就葬在那里；肮脏的犹太区和那里阴暗的犹太教堂，以及拥挤不堪的墓地，平实的东方墓碑紧挨在一起斜矗着，拥挤不堪，看上去似要将彼此推出墓园之外；波希米亚卫城赫拉钦和它梯状的宫殿式花园，从岩边高耸而上。如果我说服自己和他们一起去的话，对于这些奇观，我第二天就能领略到。他一直假装我最终会和他们一起去，还一边好脾气地听我拒绝他反复邀请的各种含糊借口。

他总是兴奋地说："是啊，是啊，有个人陪明娜也好，尽管我非常确定她不会因此独自返程而害怕。"接着，她也开始向我们保证，她非常愿意去做这样一种胆大的尝试，而我也"没必要为了她而放弃这次愉快的旅程，何况还有这么好的同伴作陪"。明娜边开着我的玩笑边自顾自笑着，眼睛半眯着，不停地眨动，致使最后我无以应答。我们尽情地享受着事实背后的愉悦：那个好脾气的老人在和我们开玩笑的同时，自己却被蒙在鼓里，他绝对想不到这是怎么一回事——今晚，我是绝不可能离开她的。而赫兹太太坐在我们对面的长椅上，时而甩过她的花白卷发对着我们微笑，似乎听累了，可同时又以一种质疑的眼光看着我们，似乎在寻找这场话剧中隐藏的秘密。

到尚导后，我们的时间极少，只够在河边旅馆的花园里吃一顿晚餐。天色很快暗下来。赫兹提醒我们该回家了。可明娜说汽船班次和火车班次的时间差不多，通常在火车开出前一刻钟出发，我们可以通过火车时刻表来判定汽船时间。由于火车站在河对岸，离镇中心和船靠岸的地方都有半英里之遥，要过河只有乘坐小汽船。这种小汽船让赫兹先生非常不安。他的旅行焦躁症开始了——每隔一分钟就会掏出金怀表来看一次。

最后，明娜终于承认我们可以动身了。

栈桥边不见船影。黑色水面上泛着微光——灯塔上的灯光积聚在旋涡中，水自如地流过桥板，桥板上也没有箱子和行李包。

“我们定是走错了桥，这肯定是汽船过的栈桥。”赫兹太太说。

“不是，我们只是来早了。”明娜回答说，我们的质疑似乎让她有些受伤。

我们来回磨蹭了几分钟，没人，也没有别的东西。赫兹走到敞棚里坐下——那是一个候船屋。一个工人在角落里睡着了，帽檐盖着眼睛，因为那冒烟的油灯还是有些晃眼。赫兹先生站起来，看了两三次表后，他走近那个陌生人，围着他边晃悠边咳嗽，最后小心翼翼地问那位先生是否也在等着坐那艘小汽船去坐到德累斯顿的火车。

“Nach Brag（德语：去普拉格）！”那个陌生人呆滞地嘟哝道，他并未抬头，也没有睁开眼睛。

我感到了一丝微弱的希望。我看到一个搬运工无精打采地走上桥来，于是走上去向他打探情况。“去火车站的小汽船十分钟前就开走了。”他回答说。我强装不悦却内心窃喜地走过去告诉赫兹夫人和明娜这个消息。她们近靠小灯而站，为此我能看清明娜脸上因之前的担保而羞恼的表情，同时还有一种无法掩饰的喜悦——幸运的是，她的这种喜悦我完全明白。她似乎在有意地躲避我的眼睛。

“时间还早，还会有船来的，也许他的消息并不准确……看，那不是？”

一盏红灯笼从对岸火车站旁向我们靠过来。隐约可见两根绳子，汽船冒出的蒸汽被风吹着飘向前方，而汽船慢慢地逆流而至，像玫瑰色的小云朵漂浮在水面上。还能听到螺旋桨的声音。

我顿感受挫，不耐烦地看着老赫兹，他在嘴里叨念着“谢天谢地”，一边匆忙地走到桥上，好像时间来不及了似的，又好像只有他一个人要到德累斯顿去。

汽船从黑暗中出现，“呜呜”声还在萦绕，搬运工回应了船上传来的叫喊，接着，一根套绳从桥灯旁掠过，落在赫兹先生身后几码处，还差点打到他。小汽船停在栈桥边，它煤黑的船身还在晃动；机房里的“噗噗”声还未停下，房内的光映在低矮而脏乱的船舱墙上；让人恶心的燃油味，混合着煤烟，流进黑夜清新的空气里。

“是去赶到德累斯顿的火车吗？”

“不是，是到维也纳的快车。时间还早，我们会在这里停靠半小时。”

“哦，可我要去坐德累斯顿的火车怎么办呢？”

“我们刚刚把去德累斯顿的人载过去。”

“可还有时间，我们能找一条小船过河吗？”

“都这么晚了，我想你们找不到小船了，喂，亨利，能找一条小船吗？”

“没有，当然没有小船了，”那个搬运工边回答边往水里吐口水，“要及时在这里等汽船。”

我心里的石头终于落地了，我想明娜同样也可以松一口气了。可赫兹先生却神情严肃。他显然认为是他使我们陷入这样的困境，让我们被迫留在那里。

“可你也有错，明娜！你怎么如此肯定？这种时候是不能只凭记忆的，时刻表每年都会更改。我自己也该想到那点。真烦人。”

“哦，亲爱的！”赫兹太太安慰道，“毕竟这也不是什么可怕的事。你在这里住一晚就可以了，尚导有很多旅馆；这里最多的就是旅馆了。”

这几句可行的话语让他平静了下来。

“幸好明天还有一班早车。但也许你们赶不到了。”赫兹对明娜说。

“哦，我可以在大家还没起床的时候就往回赶。”她回答到。

我们来回走了几分钟，赫兹把我叫到一边。

“亲爱的芬格尔先生，毫无准备就遇到这种情况，你也没想到会在这里过夜——我是指，你带够钱了吗？”

我急切地回答说，我“意料之外”地带了足够多的钱。

那位老人吃惊地看着我，迟疑地把已经拿起的钱包放进深深的衣兜里，同时抽动着下唇像是要说些什么。

“先生小姐们今晚恐怕要在这里过夜了，”汽船上的伙计喊道，“没有北上的船了。”

“可是，我们要往南。我们要到布拉格。”

“可你问的是到德累斯顿的火车。”

赫兹开始解释我们的情况。

一艘汽船在河对岸上空鸣笛，火车隆隆地开过，像一条发光的蜈蚣。我们就是要坐那趟车回莱森。我独自站在明娜身旁，我见没人看到我们，便欢快地朝开过的火车做了一个鬼脸。明娜笑出声来，就在我们旁边不远，一阵沙哑的笑声附和而来。我转过头，吃惊地发现那个搬运工在那里，他似乎明白了当时的状况。

“你究竟在笑什么呢？”赫兹太太问道。

赫兹先生正忙着上船，好像害怕汽船会扔下他们一样。他们依旧站在船舷栏杆旁，我们时不时地说着话，寻找着话题，我们都等得有些不耐烦了。赫兹推荐了一家好的旅馆，他认为很“合适”。最后，铃声响了。赫兹想起了候船屋里的那个人。

“如果他想就让他上来吧。”那个伙计说。

可老人却很兴奋。我跑过去叫醒那个呆板的陌生人，他没好气地跟着我。他一上舷梯，梯子就收起来了，汽船随之划出，渐渐消失在黑夜里。明娜不停地挥动着手帕告别。

在我正想拥抱她之际，我突然想起他们在船上或许还能看见我们。此外，那个搬运工还跨坐在几码外的栏杆上。

第十六章

我们慢慢地往回走。棚屋的一角有一个蓝色的大邮筒。明娜笑着从衣兜里抽出一封信，拿到我前面，使我能看清上面的地址，我猜，是斯蒂芬森的地址。然后，她询问似的看着我，好像在说：“我可以寄吗？”她伸出手将信往邮筒口盖下塞。那封信于是“啪”的一声落进邮筒里。尽管这声音给了我想要的回答，可同时又如一个不祥的预兆，引起了我的不安。我尤记得这种一闪而过的、不请自来的清晰感觉，尽管我从不曾向它屈服。我已然将她拥揽入怀，很快就感到我的拥抱得到了强烈的回应，这回应与其说是激情不如说是深深的柔情。她有力的臂膀紧紧地抱着我，似要让我们紧紧地捆绑在一起，任何事物都无法将我们分开。当她意识到我呼吸急促后，便猛地松开了我。

“弄疼你了吗？我真是太粗鲁了。”

她看起来很害怕，好像我真的会在她的手臂之下碎裂，于是我不禁笑起来，吻住了她的脸，直到她“嘘”的一声把我推开，将手指放在半张开的唇上、睁大眼睛四处张望，她故作惊讶的样子更显调皮。可附近并没有人，棚屋的角落把我们遮在一道三角阴影下。

最后，我们离开那里。我想带她沿河再走一段，可她不喜欢黑暗，想要朝小镇方向走。“我们得适可而止。”她说。而我们之间的言语更像是关爱的传递。

我们手挽手慢慢地走在宽阔的码头，走向明亮的小镇，小镇上的灯光像零落的火花，直接星辰。在我们前方不远处，紧靠河湾的地方，金色河边上散落着如绿色瓷釉般的旅馆花园。河对岸只见两盏彩色的信号灯，幽暗的岩堆就像一处没有星光的天际。

河对岸，列车疾驰而过，提醒我们某个时刻已到。就在那时，我们前方的光线开始变亮，呈现出珍珠母的形状，而山脉的深色转角也在光照下显现出来。易北河上，几只木筏的桅杆屹立在天空下。光线快速地越来越红，像火焰一般；要是在莱茵河旁，你会把它想成是布伦希尔德的岩石好似发光的穹顶高耸在温特贝格绵延的树林上方，而树林的低凹处还会在半途显现。几分钟后，月亮浮上来，不久就退去金色锋芒，变得越发清澈，月下是一片山河环绕的景色，这场景就像是在混沌之中开辟出黑夜并渐渐把它雕琢完美。

这一切太过美好以致我们无法思及分别。我们沿着河边来回地走，从那个孤独的候船屋一直走到最近旅馆的花园外，看见黑色外套和五颜六色的帽子在树丛下穿梭。

在这陌生的地方，我们就像一对度蜜月的夫妻，我由衷地感谢那个迫使我们留宿于此的愉快插曲。

“我开始也很高兴，”明娜说，“可随后我便感到一阵焦虑，有点良心不安。我不该如此肯定的。我自己衣兜里只有几分钱，要是你也没有的话，我的鲁莽将让我们进退两难。当看到你和赫兹先生说话，知道你不必和他借钱时，我确实松了口气。我真的吓了一跳……哦，哈罗德，钱！也许这是一个警示：出门时，必须要想到它。”

我们迅速沉醉在计划将来和计算如何花费最少的问题中。这显然是一个乏味的话题，可对于年轻夫妻（贫穷而恩爱的夫妻）来说，这甚至比令人激动的浪漫爱情更具吸引力。虽然我们热情满满，可我也在怀疑，月亮洒在黑暗河面上的金色光芒是否真的比房主要求我们及时缴纳的东西更具诗意呢？而我也不得不承认这两者其实都不真实，不切合实际。

第十七章

最后，我们终于下定决心先找旅馆。我们找的旅馆的正面并不是易北河，而是一个长方形广场——那些档次高一些的旅馆兄弟们则背对着这个广场——广场的一半被东面不远处的教堂遮住了。教堂的钟刚刚敲过十二点，塔顶上的小小瓦片犹如泛光的鱼鳞。

一盏昏暗的灯照亮了门廊，而楼梯处却依旧十分昏暗。一个长着招风耳、脸上满是粉刺的服务生怒视着我们，好像在等着我们给他小费或是看我们有没有行李，而后者是肯定没有的。接着，他边挤着小眼睛，边抓着红头发，极不友善地问：

“两间房？我想它们是连在一起的？好吧，我也不太确定——”

“那就确定下来，在不同的楼层也没关系，可是快一点，尚导的旅馆也不只你这一家。”我凶巴巴地说道，努力控制自己不去扯他的耳朵。明娜被他无礼的态度吓得脸都红了，看上去有些惊恐。

一个女人的脸——映在伦勃朗式的光线里——从楼梯的第二块平台往下探出头来。我们听到那女人在楼梯平台上对着服务生喊了一串数字。那服务生随即变得十分老练——他优雅地比画了一个邀请我们上楼的手势，楼梯上铺着褐色的旧垫子。然后，他把我们连同蜡烛一起交给那个女人——大块蜡油滴在了他燕尾服的红灰色衣肩上，而他却丝毫没有察觉，仍低哑地报出我们的房间号。我们让他第二天一早务必及时叫醒我们去坐第一趟火车，之后，就跟着他的号令上了楼。

我们的房间挨在一起，而且还是互通的，虽然我早就说过要两间不同楼层的，可我不得不承认我因突然与明娜成为邻居而高兴。不知是否出于偶然，我们同时把鞋子脱下来放在黑暗的空走廊上——走廊上只有一盏灯，而且在距离我们很远的地方。我们悄悄地溜到中间位置，给了对方一个深长的晚安之吻。

我又回到我的房间里，在脱外套和马甲的时候，我才想起房门钥匙还挂在她那一面的门上。这一发现让我的心立马进入了一种愉悦的紧张状态，但是想起侍者的让人恶心的斜睨我又非常生气。但是随后我又想起了那时明娜脸上的羞红，想到她那显然是故作镇定，试图压抑内心惊恐的表情，这一画面让我开心不已。我一时想入非非，马甲还挂在手臂上，眼睛一直盯着那个异常重要的钥匙孔。钥匙在转动吗？我蹑手蹑脚地走到门边，双手放在门把上，但是还是没有勇气拧开它，因为害怕吓到她。

我只好走回来，继续脱衣服。我始终还是忍不住偷偷地瞄两眼门上的钥匙，一如前两天晚上偷看她的信。但是我并没有动她的信，于是在今天，我获得了得以一看的权利，作为我良好美德的奖赏，同时也增强了我的道德心。“这些障碍在将来某一天也会消失，只要我有耐心，而且我们也不会再为任何事情而彼此责怪。”

正当我关了灯躺在床上准备睡觉之时，一阵轻柔的笃笃声把我吓了我一跳。我正要起床，此刻我突然反应过来声音是从床头传过来的，我才想起我们的床都依靠在同一面墙上。我立刻回应了她的叩击，然后她又以一种更加温柔而且更加坚定的敲击声回应我，那是指关节和手掌叩击墙面的声音。电报似的声音通过不同的节奏和韵律继续着，就好像两个“敲击精灵”在彼此交流。这次对话没有任何言语，却比任何的话语都要表达得更为清晰，传递了我们之间分离的亲密，我们的渴望，以及我们的期待。

我知道，墙的两边没有修女的监视，而在墙两边的人怀着同样的心境、同样的感觉和想法——尽管这些于她都不那么具有诱惑、不那么强烈。这一刻神奇般地将我们拉近。我当前的欢愉便是——意识到自己被允许去爱，而此刻，被爱的幸福又将我包围，成为别人心目中的渴望与私密心愿的感觉也让我陶醉。

第十八章

我发现明娜早已在旅馆的小起居室里等着我了。她从一个失去光泽的咖啡壶里倒出咖啡，我们像一对新婚夫妻一样坐在茶几旁，而托盘上碗里的蜂蜜正像是蜜月的标志。屋子里非常昏暗，窗户上雾气蒙蒙，像挂着窗帘。像这样不同寻常地早起，让我感到头昏脑涨、焦躁不安。

我们走出旅馆时还看不清教堂，广场另一边的房子也只能隐约可见。路面很滑，使得明娜差点跌倒，于是抓住了我的手臂。两个清洁工在乳白色的晨光中笨拙地移动。理发师的招牌像飘浮的月亮，下方是一扇玻璃门，门“叮当”一声被人踢开了。远处角落的杂货店里传来阵阵杂糅的香味，时不时地迎面袭来。

我们到达时，汽船正要出发。

船刚从栈桥出发，河岸就被湮没在了迷雾中，令我们不禁觉得自己置身于大海之中。只见细小的浪花像鱼鳞一样泛着光朝我们荡过来，迷雾如蒸汽般弥漫在水面上。烟囱里冒出乌黑的煤烟，散落到甲板上。汽船的鸣笛不绝于耳，时而长长地嘶鸣，时而短暂地尖叫和叹息。间或会有另一辆汽船的鸣笛或长啸随之附和，紧接着就会有一个巨大的黑影如幽灵般滑过。

明娜走近我，手搭在我肩膀上。

“千万不要撞船。”

“当然不会！”我向她保证。

可我暗自问道：这个小汽船真的不会翻吗？在易北河中，人很容易就会被淹死——就像在大西洋中一样。

这种对于危险的害怕比所有未来的梦让我们靠得更近。可也就是造成这种害怕的迷雾用它一阵阵彻骨的寒气驱散了我们的害怕。对于咳嗽和感冒的恐惧湮没了浪漫的惊恐，连带携手共亡的愿望也一并湮没。

这趟迷雾中的旅程如此混乱，因此船在轻撞河岸后停靠下来之时，我们仍然十分茫然，还以为又回到了尚导。我们站在月台上，一辆去德累斯顿的火车在“噗噗”声中缓缓进站，我们还想着这是要去博登巴赫的那趟列车。

然而，我们很快发现这就是我们要坐的那趟，而幸亏我们给了丰厚的小费，得以为自己在二等车厢找到座位。灰色的枝叶和灌丛的影子从雾气弥漫的玻璃窗上飞划而过，一滴滴水珠也相继滑落。

火车摇动得厉害，我们的肩膀总会碰到一起，我拉着明娜的手，可她并未作任何回应，而且不怎么说话。我想把她拉过来靠着我，可她躲开了，同时羞答答地指着车窗，上面映射出了列车员的身影。

验过票后，我关掉了窗户转过身来，正为没人打扰我们而高兴，这时，明娜站了起来。火车的一阵摇晃使我倒在了软垫上，明娜也突然跪倒在我脚下。我笑着地想要扶起她，可她脸上那惊恐而哀求的表情使我停下来。

“哈拉德！我要告诉你一件事。可是你要保证不生气……不，或许你不用保证，也许你根本就无法控制自己的怒气。”

“明娜，你说什么呢？快起来，亲爱的！”

“不，不，你先听我说。昨天我太可恶了……我骗了他们，也骗了你。”

“你在说什么呀？什么时候？”

“你不知道吗？你猜不到吗？”

“猜不到，我向你保证。”

“好好想想！”她继续说道，脸上带着心碎般的表情，“你肯定想不到我会这么坏……你知道了以后，说不定会认为我总是这个样子。”

“那么，究竟什么事呢？你还什么都没告诉我呢。”

“就是昨天晚上。没能搭上渡船是我的错。我清楚地知道小汽船出发的时间比我告诉你们的要早，我装作——”

“就是这样吗？”我笑着打断她。

“你在取笑我！你打我几下都要好些！娶一个会说谎并且像这样欺骗你的妻子很好吗？……你不觉得这样很不对吗？”

我解释了一番，可她又迅速接下——

“赫兹先生还为此感到不安，他还因为把我们置于危险境地而自责。我还没有想到，我要在没经你同意之下花你的钱，如果你的钱不够，那还会置你于尴尬的境地。这些都很不对。可最坏的是——你在说起那个幸运的错误时，我竟没有勇气坦白，反而继续对我亲爱的朋友说谎。所以，我非常厌恶自己。”

“可你为什么不敢‘坦白’呢？”

“那时，我可能不敢这样做，可现在我必须得说了。尽管我也决定一直不说出来，或者，等到很久很久以后……噢，可能你不能完全理解！可我们单独在一起真的很快乐不是吗——因为那时我们确实没有单独说话的机会——不过这总比在挤满人的船上或是沉闷的火车上好。那火车总是拥挤不堪，很讨厌，你知道吧！还有——”她压低声音悄悄说道，还将脸靠在我的膝盖上，“晚上时候，我们如此亲近，不是有点——那么一点点——甜蜜吗？”

我朝她躬下身子。

“你敲墙的时候。”

“嘘！”她惊呼道，还一边把手指放在唇上，奇怪而有些惊恐地看着我。可她的表情又突然变得愠怒。

“可你还那么冷静地说房间在不在同一层楼没什么关系。”

“那是在服务生面前，亲爱的。”

“是的，是的，我明白。”

她跳起来，突然匆匆地在我脸上亲了一下，像一个软软的球击中了我的脸。

“你不再生气了？”

我扶她坐在我旁边。

“不再？明娜，我向你保证，我压根儿就没有生气。”

“可你真该生气的，是的，你就该生气的。”

“噢，别胡说了！现在，我知道了那不是偶然而是你的意愿后，更感甜蜜了。”

“真拿你没办法，你肯定会惯坏我的，我都不敢想象结果会怎样！”

明娜说着温柔地揽过我。“看，天气真清爽，不管怎样，我们今天一定会很愉快。”

透过窗前弥漫开来的白雾，依稀可见果树的树冠、冷杉的树梢，以及有着明亮天窗的屋顶轮廓，而近地面的一切都模糊不清，就像画里刚开始成形的幻灯。

这一切之上是一团黑影——那是百合岩的高台，它像悬浮的空中岛屿；迷雾如溪，沿粗糙的岩边流动；岩石的紫色裂缝狭长而幽暗；无数的冷杉尖指向天空，而天空透着蛋白石般的淡蓝色彩。

“我们今天做些什么呢？”我问，“明天下午我们要去接赫兹夫妇，可在那之前我必须要见到你。”

“是啊，我们得抓紧时间——‘我们的阿兰胡埃斯之旅就要结束了。’[①]那么，后天你真的要走了吗？”

“是的，亲爱的明娜，不得不走啊！假期结束了，我的女房东已经把我住的屋子租给别人了。”

“一周后我也如小鸟般自由了……我想想，我要带孩子们出去走走。如果你有时间，可以来林间小道见我，折道左走就是，你知道，就在学校后面。我会过来和你会合。”

火车呼啸着停下来。我们已经到莱森了。

我们走下渡口，只见迷雾如蛛丝飘散，太阳在湿润草地上闪烁着光芒。

---

① 席勒，《唐·卡洛斯》（*Don Carlos*）。

第十九章

不用说，我早早就出现在了约定的地点。

这是我的第一次约会。我不知道我此时的快乐感是否比之前所幻想的更为强烈——不到四周前，我曾在这里以及其他小道上徘徊，期待着能遇到明娜——可都归徒劳。而现在我感到——即便在那些日子里，阳光也在透过空气欢笑，林荫让我备感舒畅，森林里弥漫着芬芳，飞鸟的鸣叫让一切变得欢乐，清新柔和的微风拂过高高的树冠，枝叶随之沙沙作响。而现在，这同样的自然，光亮依然，夏日气息依旧——昔日的惬意却加倍浓重——使我过度兴奋的感官沉醉痴迷！我把帽子扔向空中，指望它飞至云霄向天空致敬，可它还未触及巨大松树的矮枝。我肆意地对着一只枝头啼鸣的知更鸟喊叫：“啊哈！你这个小东西，你也在等人吗？我在等我爱的人，我最亲爱的，我的小明娜。”

随即，我四处窥望，生怕有人看到我幼稚的样子。就在那一刻，明娜带着孩子们从路的转角出来，我极力平静下来，匆忙地跑过去接应她。

“我有女伴陪护哦，”明娜说，又迅速补充道，“记得叫我雅格曼小姐，如果你忍不住要说一些她们不能听的话，就用丹麦语，我能听懂。”

“小孩子耳朵尖。”我说。

明娜会心一笑，指着前方大一点的孩子，她天生的招风耳在阳光下显得透亮发红。

明娜是多么欢乐且精力充沛啊！尽管她看起来总是比实际年龄大，可此刻她显得如此童真，我不自觉对自己说：“这会是那个如女人般爱着我，而不幸地也曾被爱过的女孩吗？”她戴着黑稻草编织的兜状田园帽——我曾在“索菲行宫”看到过它——一个很实用的头饰，它覆盖了她的脸至脸颊处。帽檐下沉静的影子被森林投映了一抹绿光，她清澈而深邃的眼睛看着四周的花花草草，看着我。她的裙子质地轻盈，花色是蓝白相间的条纹，长长的褶皱垂到腰际，用一条浅蓝色的丝带——而不是她惯用的腰带——扎起来。

几分钟内，我已用丹麦语说了好几个无关紧要的话题，可明娜的灾难性预言灵验了：我如此亢奋以致脱口而出：“明娜，你和这条裙子真配，你穿着它漂亮极了！”我已习惯于用德语表达我的爱意——这个小小的丘比特，穿着恰当的语言外衣，从我的唇间飞出。我最初意识到这个是由于明娜使劲捏我的胳膊，只见前面的小孩侧身朝我们这边竖起了一只耳朵。

明娜咬了咬唇。同时，那个小点儿的孩子转过身拿着洋娃娃走向她。

“雅格曼小姐，我们能到阴凉的地方去吗？不然卡洛琳会长雀斑的。”

我们为终于有机会笑出来而倍感高兴，可小女孩却因为我们爆发出笑声而感到屈辱。

“那我就会说是你的错，妈妈就会给卡洛琳喷化妆水。”

“你好啊，明娜表妹，”身后突然传来一个声音，“天气真不错！你好，芬——芬格尔先生！”是那个校长，他穿着衬衫、外套挂在肩头的手杖上，他走到我们身旁，明娜拘谨地回应了他的招呼。

“噢，是你，斯托奇先生。”我叫道，好像掉进陷阱里被他抓到。

“是的。”他回答，还朝我递了个眼色，意思是：“喏，你看到她了吧，这位小小女家教，我漂亮的明娜表妹！我说过的对吧？”

“天气不错，只是有点热——‘呼’（他吹了一口气）！这是我最后一天的假期了。”他叹息一声说道。

“你要去哪儿呢？”

“我要去海恩斯坦，你和我一起去吗？”

“多谢了，改天吧。”

“芬格尔先生，不要因为我——”明娜说。

“天哪！约会就是约会，最好是怎样就怎样。如若我是你，我也不去——‘何须远望，看这里——美好就在身旁。’幸亏还懂得一些名人名句。只要一个人还可以引用歌德的话，可以喝慕尼黑啤酒，可以抽阿尔斯塔德·泽吉尔烟草，可以爬越群山，还有——这是我不敢在明娜表妹面前提及的——只要波兰不失守，纵使不得不每天六小时往那些愚蠢的年轻人头脑里塞进知识，或用一种时髦的表达——教育人们的高尚服务工作，又算得了什么呢。噢，再见！”

他哼着小曲，很快就不见了——

痛快玩一夜，

痛快玩一天，

痛快玩一生……

“这人真有趣！”最小的女孩说，“他还叫你表妹！”

“面包店的缇卡说他总是打她们耳光，”最大的孩子附和道，“好一个表哥啊！他的衬衣可真脏！”

“妈妈总要我们说‘内衣’。”

“那不一样，苏菲！”

明娜并不十分和善地透过树桩看了一眼那个穿着衬衣的人，略带恼怒地说——

“你们怎么能如此不礼貌地对待我尊敬的亲戚呢？”

我对她讲了我们是怎么认识的，又怎么会和他一起散步，以及我的期望是如何得到了回报。

“所以，你那时就调查过我了，”她边说边摆弄着手指，笑得格外开心，“要是我早知道的话！”

“你要怎样？”

明娜又笑，她放下太阳伞，用它指着一条阴凉的小路，只见它在灼热的阳光中散发着冷气。

“我们到那儿去吧，这样卡洛琳就不会长雀斑，我们看起来也很像游客了。”

路面杂草丛生，草叶深长，看不见车轮的痕迹。沟渠上长满了小小的绿色星形苔藓，其上晨露晶莹闪烁，一整块长满各色蕨类的树篱将橄榄棕色的苔藓草垫围起来，而没有围住的另一边则突现出来。

“看，多漂亮啊！”明娜惊呼道，指向那长着柳叶刀状叶子的单梗蕨类。通常情况下，这种蕨类只有不到九英寸高，而在这里有些竟有一英尺高。“我想要一两株，连根一起。我已经有几株蕨类了。这种也非常漂亮。”

她褪下丝缎手套，跪下身来。同时，我成功地跳到另一边。

“要是我们能把它们完整地拔起来该有多好！你有刀吗？”

“没有，可我们丹麦有句俗话：‘五指可当船钩使。’”

她笑着甩了甩散落脸庞的头发，接着我们开始刨土。我们最终将其挖出地面，而当我穿过水沟时，不小心打湿了一只脚。明娜小心翼翼地用手帕包起蕨株，使根土不致散落。我们伸出沾满泥土的手给对方看，然后边像孩子一样笑着跑去追那两个女孩——她们已经走出视线外，开始呼叫我们了。

暗色的冷杉梢之上，苍穹蓝中泛红。太阳光线似金色的长矛，倾斜着刺入灰色树桩间的深棕色阴影里，幽光如银，闪闪地倾泻在大株蕨类上，宛如巨鸟张开的双翅；硫黄般的虎耳草发出明黄色的光，沿树间的岩石边缘洒射——像一座小房子——花园里长满了蕨类，微斜而平整的屋顶上长着小山毛榉。空气里混合着冷杉的清香和初生菌类的鲜味。

我如今已记不起我们接下来谈论的是什么话题了，可即便话题再有趣，也是白费唇舌，因为我发现明娜不住地盯着我看，还带着一种奇异而散漫的笑容——其中一定包含着某些非常有趣事，她笑得越来越厉害，像舒展开来的光线。

“你笑什么？”我感到有些窘迫，便问她，“我说得不对吗？”

“什么？”

“噢——当然——”

“我不知道，我什么也没听见。我完全不知道你在说什么，也一点都不在意，”她匆匆地说，“可是，你继续说吧。我在听你的声音——只是听你的声音。我无心去听懂；我在看你的嘴唇和轮廓。哈拉德，你知道吗，你的轮廓很好看，你说话的时候嘴巴很有意思。你的下唇——像这样——说话时每停顿一下都会往上撅。可这样很好，这使你的酒窝显得更深了，鼻子也弯曲得恰到好处，这是最好的。简直就是席勒的鼻子，你和他一样也是个理想主义者——亲爱的，还真是的。”

她迅速往前瞥了一眼，见孩子们不在眼前，于是迅速地亲了我一下。

“明娜，你说的不会是真的吧！”

她的赞美让我欣喜若狂。这还是我生平第一次因这副躯壳而产生虚荣之感。而在此之前，我屡屡听到的都是“鹰钩鼻”，我的下颌也有些凸出——可在我看来，只是有一点点而已——可现在！这位漂亮的女孩能在我身上发现迷人之处，而正是这些独特之处——就像童话故事一般。我感到自己仿佛到了第七重天，天知道我的举动多么愚蠢，要是孩子们没有跑过来告诉我们她们找到了漂亮的熟山莓该多好——在这第七重天上！

低矮的灌木丛长在覆满青苔的石阶上，森林也不再那般密集。我们所走的路已变为狭窄小道，我们在路旁停下，头顶是新生岩石投下的阴影，小女孩们则在灌木丛中爬来爬去。明娜摘下帽子，抬头望着天空。她突然笑了一声。

“笑什么？”

她半起身，一只手臂撑着，说：“哈拉德，你还记得吗，茨温格宫里有一些小人像——我想他们叫做农牧神——他们长着山羊腿，胖乎乎的，你说，他们也长着小尾巴吗？”

“嗯？”

“我在想，要是这些小家伙们能蹦蹦跳跳的多好啊！我可以把他们放在膝盖上，爱抚他们。”

“是啊，我倒也想看看。你可真逗！”

“我吗？”她刻意戏剧性地加重了“我”的发音。

就在那会儿，一个活物在灌木丛中乱跳。最小的那个孩子吓得尖声叫出来，随之一条温驯的猎狗钻出来，它嘴唇干燥，长长的舌头耷拉在嘴角。接着，一个长着胡子的护林员扛着猎枪站在离我们几码远的地方，绷着脸审视着我们。在他宽阔的胸膛下，肯定不具有人性的情感，因为他竟可以这样瞪着明娜——她正要抬手整理头发和帽子，可在他的怒视下，她吓得用半裸的手臂紧紧抓住裙子上衣。简直就是一个森林妖怪！

“你们在这儿干什么？”他厉声问道，“这不是游客的路。”

“可是，你要原谅我们，路口并没有布告牌，没有写着‘擅入者严惩不贷’。”

“难道你们看不到这只是一条木道吗！……岂有此理，还有那么多路供你们走。”

“大路朝天，却不让人走吗？在我看来，真是太不通情理了！”我开始失控地吼道。

“不，见鬼，就是不能过！”他气得满脸通红，回叫道。

“我们确实不知道，不然也不会走到这里，”明娜和气而坚定地说，“可我们并没有惹麻烦。”

“也不是你的错，”他嘟哝道，稍微不那么暴躁了，“再过去几步，有许多钉子大小的冷杉树苗，孩子才不会管自己踩的是什么。我想你们也一样——你们心里装的是别的事情。”他为自己平息下来作这番解释而感到恼怒，接着又补充道，“那现在你们知道该怎么做了吧。”

他吹口哨把狗唤过来，轻蔑地吐了口水，从一条岔道向森林深处走去，还偶尔转过身来看我们是否离开了。

我们垂头丧气地往回走，这种情绪——不管是否合理——是人们在遇到这种情况下都会有的。

“那是来驱赶我们的老人潘[①]，而不是你想要的小农牧神。”

① 老人潘，半人半羊的司山林和畜牧的神。

明娜模仿他粗哑的声音气愤地说：“真是狗熊！”

孩子们大笑起来。

“我想，尽管是该挂一个布告牌，可他毕竟是对的，”她说，“如果我是守林员的话，我也讨厌人们在森林里跑来跑去。可你该比我更能体会吧——作为一个守林员的儿子。你父亲也是那样吗，哈拉德？”

“我父亲可是皇室守林员，而他只是个粗鲁的看管员。”

“贵族！”

“可你自己从不像民主人士那样谈论在森里里乱逛的人。”

“那又是另一回事。”

“不，不是。”

我们就这样轻声地争论着走完了剩余的路程。最后还和孩子们玩起了捉迷藏游戏，回到家时，不仅很热，而且还喘不过气来，真是滑稽至极。

第二十章

第二天，赫兹太太已经在凉亭里铺好了桌布，而他丈夫正坐着看报纸，我们手挽手出现，远远地就暴露了我们的秘密。

即便明娜是他们的亲生女儿，而我又是一个百万富翁，也不会收到比这更为衷心的祝福了。旅馆送来一瓶莱茵葡萄酒，我们沉醉在这小小的凉亭里，向晚的光辉偷偷穿过叶丛，在棕绿色的玻璃上闪耀如金。赫兹先生说了许多关于有趣的《浮士德》手稿之事，他毫不怀疑手稿的真实性。然而，其与成稿的差别比他想象中还要少、还要微不足道。这自然使我们开始讨论诸如是否该出版这最早的手稿——或是按作者自己的说法——一篇未完成的名诗手稿等问题。那位老人提出了许多不错的新颖观点来驳斥那些尊崇成品而坚持抵制其源泉——手稿的人们，而这些手稿有着深深的人性关注，同时对于所有的艺术心理学来说意义非凡。

可是他说得极慢，比平时吃力了一些，还总被一阵咳嗽打断——这显然让他的妻子担忧。易北河河边的雾气变得异乎寻常的稀薄——像是著名的莱茵迷雾，而它却依然与莫尔道峡谷有着缕缕联系；狭窄的布拉格小镇上，迷雾也久久不散，湿冷的雾气浸透了整个小镇。此外，赫兹夫妇在阁楼上一连待了数小时，潮湿的雾气伴着可怕的气流让他们的身体有些吃不消。

谁也没有预先考虑到要将这奇特盒子里的东西搬到更适合居住的屋子里，此外，还有许多书柜和箱子也不让赫兹先生省心，他在这些箱柜里找到一件又一件东西：卡尔·奥古斯特和公爵夫人阿玛利亚的书信，几本维兰德和赫尔德的书籍原稿，还附带着献词和剧目等。其中几件是他花钱买来的，日落前一小会儿，我们走进屋子，他就高兴地拿出来向我们展示。可我们听不见他的咳嗽声——尽管它不时会打断他欢乐的讲解，也不担心他买这些宝贝的代价太过昂贵。

我们走在回家路上，比平常时刻早一些，明娜露出担忧的神色——

“赫兹先生很虚弱，他受不了那么重的寒气。”

“是啊，可我们不能总往坏处想。”

“唉，哈拉德，我就是这样！我会将你乐观的天性消磨殆尽的。我总会在半途胡思乱想，可这种胡思乱想却根本就无法解决问题。看我，我现在正沉浸那位亲爱的老人已经去世的悲痛之中。”

“事实上，不管是对于他的妻子还是我的朋友伊曼努尔来说，这都是一次艰苦的磨难。我从没见过父子之间如此深切的亲密关系。这让我想到了古代的家长们。”

“是啊！这也让我感触很深，因为这和我在自己家里的经历大不相同。”

“你不喜欢伊曼努尔吗？他这个人真的很不错。”

“是啊，确实——很不错——”

令我惊讶的是她从没如此多地谈论过赫兹的儿子，还感惊讶的是他也从未向我提起过明娜，我去他家里也从没见过明娜。很可能那些天她不是很经常去他家，或是总在固定的时间。事实上，只是在年末他去莱比锡之前，我们关系才日渐紧密。

我倒愿意继续这个话题，可明娜早就将其置之一边。

“对了，你去镇上时，可以打电话约见我母亲——我写过信给她——不要太过严厉地评判她。”

“可是，亲爱的姑娘，你怎能这样想——”

“是啊！我自己也没想让你期望太高。可她也有一些好的方面，她不会故意伤害别人，她很爱我——真的很爱。”

“对我来说，最后一点就足够了。”

“你知道吗，哈拉德，有一点很让我欣慰。”

“是什么？”

“可先别高兴，我一点都不好，反而非常自私。你知道吗，你父母不在了，我非常高兴。”

“噢？为什么？他们也会很喜欢你的。”

“不，不。”她以一种惊恐的语调叫出来。

“要是他们还活着的话，他们会怎样呢？他们想要的肯定是一个与我完全不同的媳妇——他们是对的。可只有你一人可以要求我，要是你能如我自己一般满意我就好了。”

“我的爱妻！你是在哭吗？”我的唇触上她脸颊的泪水，说道。

“没关系！可听起来真甜蜜，再叫一遍！”

“我的妻！”

我们已经在小村庄来回走了好几遍。夜已深。

峡谷两旁零星的孤窗，透出点点灯光，为这里——就明亮度而言——增添了舒适感。朦胧的岩石和高地上星光闪耀——热情而永无休止，时而还会有一颗流星划过天际。除了我们的脚步声外，只闻得溪水在石间淙淙流动之声，河畔的垂柳不时摇曳一阵，就如巨兽突然抖动身子。

我们第三次走到泽德利兹别墅旁——里面的灯光在召唤着我们，便渐渐放慢了脚步。

“你在叹气？”明娜问，最终我们极不情愿地停下了脚步。

“我有一种像预感一样的感觉，这种感觉无法控制。对我来说，离开莱森似乎是一件非常悲伤而且沮丧的事情——我想，我是在害怕某些事。”

“我们在这儿确实非常快乐。可我们要去的是我自己的城镇，我一直期待着在那儿和你一起漫步。”

“正是这样。我们的爱宛如在这儿长大的植物，如今不得不移植。”

明娜平和而明智地笑了笑。

“不，只是搬个家而已。因为这棵植物扎根在心里，而不是其他特定的地方。”

长长地拥抱之后，她从我身边溜走，然后消失在黑夜中，她踩在碎石小道上，细小的嫩枝还在她脚下“噼啪”作响——突然，一切戛然而止。

空气中传来她清越的声音——“晚安，我的爱！”——如在耳畔。

“晚安，小心灵！”

这声音又响起了，可这次是从更远处传来的——

“晚安！”

第二十一章

次日下午五时，我已在德累斯顿了。我放下行李，在我常去的那家餐馆吃过饭后，立刻就想起去见我未来的岳母——并非出于礼貌，也不是要调查什么——只因这样就如同我在间接和明娜交流。

没走几分钟就到了雅格曼太太住的“热拉咖息”。左邻右舍的房子都是一个样子。穿过敞开的前门，便来到一条刷白了的拱形走廊，走廊通向花园，中间有一个被磨白了的螺旋形石梯，它直通楼上。我驻足在第一个楼梯平台的窗前，往窗外看去——屋内的陈设已让我感到熟悉般的愉快，外面的景致亦然——这使我想起了我住过的几处地方，想起了朋友的家。总之，这就是一座典型的德累斯顿市民之家。

庭院三面都与别家相连，而别家的又与其邻近的连在一起——这样就形成了一个大庭院广场，广场四周围着低矮的两层小楼。德累斯顿人们在这样的布局之下采获空气和光线，即便古老而狭窄的地方也可以。西沉的夕阳在各色树木上空辉耀，人行道和小草坪静卧在单调的阴影里。几个小男孩在邻近的庭院里相互追逐，另一边也有几个女孩在玩耍；某处，晾晒的衣服在晚风中飘摇；刺槐和漂亮的樱桃树伸展出它们的枝丫，几乎覆盖了整个空间，“der Hollunder（接骨木）”也必不可少——自克莱斯特时代后，人们几乎无法不把它与恋爱场景想象在一起。接骨木并没有开花，可时值八月末，这也是无可厚非的。

一楼挂着一张装框的退色名片——表明雅格曼教授住在这里。我一次又一次地按门铃，终无人应答。我不能离开这里——在这美丽的小镇上，这是我唯一能找到与明娜有关联之事物的地方，于是我走出庭院，在凉亭里坐下。

四周寂静一如旷野，唯有马车的“踢踏”声提醒我正身处城镇。小女孩们玩耍的庭院中不断传来歌声——

> 绕着桑树跑啊跑，
> 绕着桑树跑啊跑，
> 绕着桑树跑啊跑，
> 看我起得多么早。

这童趣的嬉戏让我想起了十年前在这儿发生的事。

其中有一个是属于明娜的声音，透过灌丛，可见她粉红的裙子如陀螺般旋转。她到一个伙伴家去了，因她父亲之故，她不敢在这儿和其他伙伴玩耍。可又一次她在玩耍时差点儿被发现，于是我就想她是从哪一家毗邻的庭院里逃走的呢。我身后是木板——完全阻隔了道路；向左是一个山楂树篱——在一道栏杆后，看起来刚种不久；我对面的栏杆稍高一些，而角落处地面往上抬高，以便树篱容易盘上；此外，这也是从进门处最不容易看到的角落。我仔细地查看着这一切，就像一位史学家仔细地查看法尔萨利亚的地形，以便清楚地了解恺撒的作战战略；我花了不少心思在邻近的房子以及那扇窗户上——明娜朋友的爱人和他的朋友——明娜的第一个爱慕者——曾站在窗前和她们打招呼。

最终，一棵古老的接骨木吸引了我所有的注意力。它长在角落，倚着邻近的庭院，遮住了一条由两三块木板拼成的小长椅——看起来极为古老。我从凉亭挪身到这条凳子上。这于一个想要在正午的热气中打盹儿的老人并不十分舒适，可对于两个并不需要此种舒适的恋人来说，再适合不过了。这浪漫的“Hollunder”（接骨木）！——如今不逢花期，可它也曾开放——为他绽放！我的幸福感和明娜的出现曾将我的嫉妒隔绝在外，而今它却如这灌丛的阴影又将我的灵魂笼罩。我想要完全拥有她，想要看见她小时的模样。我在脑海中想象着这样的画面：她与伙伴们分别，只为了与我相见——将她丰柔的手臂绕过我的颈背，拥住我。如若有前世，这也应该属于我。可现在，就连她的情窦初开都不属于我！另一个人占据了她生命的这段美丽章节，并视之为修饰其虚荣的珍宝。然而，最后，还是我得到了这个宝藏，他则盲目地满足于一些华而不实的东西——这样想，令我宽慰了许多，因这是对我自尊感的一种奉承。

我起身走到街上，暮色深重。街道一边，院墙上方的浅黑树梢披上了夜的玫瑰色光辉，而另一边，房屋之间却是漆黑一片，楼上灯光闪亮如金，楼下则华灯初上。我漫无目的地走向了明亮的一边。

街角自然就是那个啤酒屋。

一个矮小的老妇人，不顾天气炎热，裹着一条羊毛披肩，蹒跚地走进去。这让我想起了明娜口中的她的母亲——将近傍晚时分，她总会去“苏尔卡茨”喝啤酒。这个餐馆的位置我记得尤为清楚，因为早在明娜讲述时我就已经记下了那些有趣的标志。

于是我直接步入小镇中心，不久就走到了灯火通明而又人潮拥挤的施洛斯街。几个老人坐在餐馆里。我一眼看出这是个不会吸引游人的地方，一般都只会有一些老主顾上门。当我走近，一个老人——他面前放着一沓报纸和一个公文包——愤怒地盯着我，好似一条狗怒视靠近它骨头的人一般。一个衣着讲究的、胡子刮得干干净净的绅士对几个堕落的平庸之人讲着皇家剧院最新的丑闻。

里面有一间小房间的门敞开着。我探身进去，看到一个老妇人坐在门边，她对面的大屋子里挂着一面老式镜子。我看着镜中她的影子，又不想被她发现，于是迅速退身出来，坐在那个读报人身边，可这一举动又一次吓到了他。我假装拿起他放在一旁的报纸，但即便他很是反对，也只是愤愤地嘀咕一声而已。接着，服务生在我面前放了一杯啤酒。

然而，我无法想象里屋那位老妇人就是我未来的岳母。明娜说过她们俩有些相像，可我找不到任何相似的地方。她的前额不高，却十分突出，她眼睛也不深邃，嘴唇单薄而缺乏美感，一如她灰白的脸庞。看起来就像是在水里泡久了而变得湿肿的什么东西，这样一种情形——我敢肯定——以前再怎么相似也无法辨认了。

我招来服务生，结账，顺带问他是否知道一位经常来这儿的、雅格曼家的寡妇。“她就在小屋里。”他说，于是我迅速起身走向她。她坐在角落的沙发上，不自在地挪动着身子，我走过去向她问好时，她看似很惊恐——就像一个人待在火车隔间里，突然闯进了一个陌生人。

我向她表明了身份，我想她在信中——

“哦，是的，明娜在信里提到过——那个好孩子，哦，天哪！……我很高兴……你回来了，腾格尔先生——”

“是芬格尔。”

“啊！对，是芬格尔，请千万别见怪。我是在信中看到的，它们的大写字母很像，我眼睛也不太好，明娜又写得模糊不清……你想是不是？我的好丈夫却字迹分明，他还教写作课，还有拉丁语。哦，我的天，他真的很有学问……明娜也是，受到很好的教育，和我们那时大为不同，可如今的年轻人……你不坐？快坐下来。”

我拉过一张椅子放在桌旁，当我见她要给我叫啤酒时，我抢先她一步叫了几杯。

“你真客气。实在是为了陪你，我就喝一小杯吧。我想你喝酒应该很厉害。年轻人嘛！亲爱的雅格曼喝酒也厉害……从学生时代起就是这样。你在丹麦时也喝很多酒吗？”

我试着在喝酒时开始一个实际的话题，可并未成功。有时候她呆滞无力地盯着我看，也不说话，只是嘟哝着“哦，天哪，没错”。之后她又开始——如德国俗语——“吹得天花乱坠”。显然不是因为相谈甚欢，而是由于不安，尤其是害怕不得不谈到我与明娜关系之事。我感到她不太相信我们之间的关系，大概她认为明娜也和她年轻时一样——对待感情很轻率。有时，她认为我走神了，于是挑剔地看着我，好似在想，“明娜找了一个怎样的人啊”，要是我突然看着她，她就猛地把酒杯放到唇边，致使啤酒洒落在她露着染色痕迹的黑色披肩上。

离开啤酒屋时，我要送她回家，可她坚决不同意；我坚持要送她，她就说还要去买些东西。她消失在黑暗的转角处，而我还没来得及允诺，亦或是威胁——我不知她是作何感想——第二天去拜访她。

次日，我径直从理工学院去到她的公寓。

我第二次按门铃时，发现对着楼梯打开的一扇窗户里，小而脏的窗帘被提起一角，而帘后有一双眼睛在向外窥视我，之后窗帘又放下了。等了一会儿，我听到一阵沉闷的脚步声，随后雅格曼太太将门打开，她看到我时表情十分惊慌——即便是看到一个征税者，也不致如此。我正要问她为何如此惊慌，却突然意识到自己才是罪魁祸首。她好像忘了我会来访，或是她认为我仅是礼貌性地说说。我昨晚所见的那条染色披肩裹在她身上，似用来遮盖她的无袖衫，而她的裙子与衬裙极为相像。她边致歉边把我带到客厅，然后就消失了近半小时，“也许她去给我倒咖啡了”。

屋子极小，却明亮而欢快，光线也很充足，正对着我之前提到过的庭院。然而，屋内的家具不仅简朴，而且有些已经破损，整个屋子看起来杂乱无章。立式钢琴的琴盖上已布满灰尘，最上面是一沓乐谱，其上放着一个装了半条熏鲱鱼的盘子。对于它是怎样放上去的，我不得而知，因为我很快发现雅格曼太太从不住这间屋，而是一整天都稀里糊涂地待在厨房里——在那儿吃饭、睡觉、看《德累斯顿新闻》。角落里立着一个书架，上面排满了绿封面的书，我立刻认出那便是明娜的古典宝贝——来自严厉姑婆的礼物——要是明娜变卖了或者丢弃了它们，她的鬼魂就会缠着她。其中一面墙的中间有一道门，门上挂着绿毯，门前是一个沙发。绿毯上挂着一幅油画，画面是沙丘下、河湾旁的一部分渔村景色。画面的前景是几个少女坐着织着渔网，同时还与一个城市的花花公子调情——他最显眼的地方就是拿了一个画箱——像极了斯蒂芬森。他向上弯指的食指和她们的笑表明了此情此景别有深意。这些人物的画法老套而庸俗，可也有一些鲜活的描画和对于沙丘上的沙滩、阳光的刻画，整幅画面在小屋里闪着明丽的光辉，与屋内朴素的陈设形成鲜明的对比。任谁都会揣测这幅画的来源。而于我这个早就知道答案的人而言，这又勾起了我对那些宁愿忘记之事的回忆。他定是十分珍惜她和他们的友谊，因为数年后，他还能送她这样一幅成品。可同时，他竟在送给她的画上暗示他和年轻渔妇们调情，真是无礼又轻浮！这会带给这个心中充满对这个丹麦画家的爱，而幻想中又满是海涅的诗歌的女孩什么样的感受呢！《渔家姑娘》和《美丽的磨坊少女》会不断从这幅画中对着她引吭高歌，唤起她对他祖国的强烈向往，这又引发了一种永无止境的嫉妒。他的自视清高和目中无人使他在石头上刻上了他姓名的首字母缩写，他又将那从未走过泥泞之路的闪亮皮靴踩踏在这块石头上。

除此外，还有另外两幅出自同一人之手的画作。它们一上一下地挂在窗户和写字台之间：一幅是明娜的彩蜡画像，另一幅是一个中年男人的铅笔画像，他高额、挺鼻，小小的嘴唇紧闭着——再加上突出的眉毛和深嵌的眼睛，让他看上去苦涩而不快——他头发稀薄，长着大胡子——却并未遮住他干净整洁的小下巴。尤其是下巴和前额和明娜极为相像，我走近一看，唇形也很像；可她的鼻子要更宽而短一些。这幅画画得很传神，像是经过了很好的训练。

可我无论如何不能苟同于那幅彩蜡肖像。那是一幅只有头与肩的半身像。她穿着黑色的裙子，全身上下没有一处光鲜色彩，这让本就被画得过分苍白的脸更为骇人，整幅画面犹如飘浮在蓝雾里，人们会以为那是一个正抽着烟陶醉在烟雾里的年轻女子，只是烟气并不是从她紧抿的、毫无血色的唇间冒出来，而是从她迷蒙而空洞的眼睛里——这真是一种独创的艺术。多年前的这种迷雾般的画法在此再度流行起来。而这就是他为心爱的人所画的像！所有爱的细节体现在哪里？即便是最小的细节中也应保留有一种唯恐失去的忧虑，因为爱见证了其背后的最伟大一面，画家在作画时忘我地迷失其中，爱的写实主义只有在爱里才能容下爱的理想主义，这种理想主义远非要隐藏个性，而是要将爱置于最清晰和真切的光环中。而这幅画中没有这些。画里的一切都很粗糙，只为了在上面嵌上模糊的潮流，卖弄一种艺术“意图（vue）”，而没有在人性层面进行刻画。我越是看着这幅画，对那个人的恶心感和愤怒感就越强烈——他竟然以这样的方式来描画明娜，他竟如此大胆地用剩余的配色来布置这幅画，他竟把她的爱人当做“物品”，还避开所有的难点——事实上，所有的东西都该被画清楚。就好像，要是他走进这间屋子，我会抓住他的衣领，把他拖到这幅万恶的画前，使劲地摇晃他，并对着他的耳朵大喊：“你真是一头具有现代化和艺术性的残暴蠢驴！看看吧，你这个调色盘的玩家，你调制的色彩是多么鬼魅啊，这就是你眼里，甚至是心中，最美的造物主之作吗？鬼才相信！”而我听到他回答：“你这家伙是谁啊，你又能做什么呢？我至少能为她画一幅肖像，而怎么也能认出是她，人人都知道这是一个漂亮女孩，艺术家也能从中看出我的天分……Maintenant d vous, monsieur（法语：现在交给你，先生）。不妨拿出你的颜料和画布，带着你‘忘我的’迷失和‘爱的现实主义’去画吧，看你能画出怎样的惊世之作！可是，没关系，还是要试一下：我敢保证，这滋味好受极了。你面前坐着一个甜美的女孩，你可以尽情地看她。她会脸红，你就必须稍微调和色彩了。我建议你把色调调冷一些……”这样的想法让我的嫉恨感越发不可收拾，要不是雅格曼太太端着咖啡出现的话，我真想撕下那幅画摔在地上。

她见我站着，吓了一跳，于是急忙叫我坐在陈旧的桃木桌后面的小沙发上，并将萨克森咖啡放在桌上。她完全变了个样子，身着一条蓝底白斑纹毛棉裙，头戴一顶有着紫丁香色缎带的宽檐帽，得体且庄重。她在我对面的椅子边上坐下，把头凑向杯口，慢慢地抿着咖啡。我早已闻到一股甜香，香味不断浓厚，而后我意识到有人在这覆了垫子的门的另一边抽着某种常见的烟草。雅格曼太太似猜到了我的心思，随即就开始咳嗽——

“哦，天哪，是的……就是这烟味，它会飘到这里来。我们的租客住在这里，是个不错的年轻人，可他整天都在抽烟，你也抽吗？请不要因为我而犹豫。听人说，烟味和咖啡混在一起很好闻。我们会接收一些租客，不然就无法支付公寓的开支，你要知道，当人们习惯了过好日子……可也有些不便——就像现在——这种烟味。当然有时也会遇到抽烟较少的房客，或者很少待在家的……甚至有根本不抽烟的，可他们也会有其他缺点。哦，芬格尔先生，世上坏人真是多啊！比如，这位房客，他倒是没什么不好，每次都会付房租，尽管有时会迟一个月，可是，天哪，也有从不给房租的。我曾遇到过许多这样的人：他们突然搬走，当然，会许下诺言，说什么会回来付钱……哦，天，真是些坏人，芬格尔先生！”

我又开始盯着那幅恼人的肖像，突然脱口而出：“真是个野蛮的现代艺术蠢货！”雅格曼太太见我盯着那幅画，便立刻开始赞美它。

“对，你看，那是明娜的画像。真不错，就像照片一样。哦，天哪，真不错！画得真好！他们现在真能干，芬格尔先生！报纸上说，在美国，已经可以拍彩色照片了。天，那些可怜的画家们会怎样呢？他们又去做什么？俗话说：艺术在前行，一浪高过一浪，一种艺术的灭亡也是另一种艺术的新生。对了，那是你的一个祖国同胞画的，他也曾是我们的房客……他叫斯蒂芬森，在这儿住了六个月。”

她讲得很慢，说话也不利索，一会儿又顿住，她边说还边用迟钝的眼睛狡猾地看着我。

“斯蒂芬森的事我全都知道。明娜都告诉我了，她对我没有秘密。”我说。

“没有，当然没有！不错，他和你是一国人，还是一位艺术家——当然你也听说了。”她迅速说完，显然因为我听懂她说什么而感高兴，可她又担心我们会继续谈这个话题。

“哦，是，他很有才华，”她胡乱地说道，“你说得一点没错！”我并没有谈及他的才华。“他人很好，很好相处！他总是准时付给我房租，有时甚至会提前付；不是我要他这么做的，可生活不容易，他考虑很周到。他只抽卷烟……和我们现在这个房客不同。对了，他还是一位画家，也就是说，他来自荷尔斯特茵。他会装饰房子、阁楼还有墙……可斯蒂芬森先生只抽卷烟。那时人们只要一进屋，就像闻到了天主教堂的焚香。对，你去过那儿吗？天，它真的好高，对吧，还有祭台上的蜡烛？对，里面的歌声多美妙啊！像是天使在歌唱。我和明娜一起去过那里。她说他们用拉丁语唱歌；我的好丈夫就是一位杰出的拉丁语学者。另外，我平时都去附近的安娜教堂，那里有一个很好的牧师；一天，他和我握手，还问起了明娜。他为明娜施坚信礼，可不知何故，她不喜欢他。她容易幻想……可也许她是对的，因为坏人太多了。天哪，在坏人间周旋真难，所以才有了宗教。要是我们没有宗教会怎么样呢，芬格尔先生？”

“非常遗憾的是我不常去教堂，可我觉得明娜和我在那一方面——”

“哦，天，是啊，你看，都是年轻人嘛！我年轻时……也一样……只顾自己开心。可，在我看来，又为什么非得去呢，又没做什么坏事！”

“不管怎样，我也想赚点钱，想尽快结婚。我有个舅舅在英格兰办厂，他希望我过去。”

“哦，去英格兰，我就说！我有个姐妹在英格兰待了几年了。哦，天，她讲的事真是吓人！那一定是座可怕的城市——伦敦！到处是烟雾！他们住的房子楼层很高，全家人一起在厨房里吃饭。”

最终我发现自己无法插嘴引入一个有意义的话题，只能任她尽情地谈论，也不再想阻止她了。开始她发音还算正确，可她越说越激动，明显的地方口音也就冒出来了。她把“wir（维尔）”发成“mr（穆尔）”，把“sein（是）”发成“sind（信德）”，其中还夹杂着许多俚语和俗词；我想到明娜玩笑般地说起德累斯顿方言时，和她母亲极像，连神情都一模一样，真是有趣。最后，如她所愿，我成为了一个耐心而虔诚的听众。

我走时，她并没留我，只是送我到门口，客套而有礼地道别。

好啦，如今我已见过我的未来岳母，结果不甚理想，却也并非令人全然不满。因为，我构思了这样一幅未来画面：我将一个所爱的女人娶回家，心中充满欢喜，可岳母的想法总让我不寒而栗，可怕的是还有一大堆的连襟姻兄弟、姑嫂、叔伯等。而今这些显然都不存在；如若明娜不能带给我钱财做嫁妆，她也同样不会带来累赘的亲戚。我明白，明娜已在心中对于母亲有着不寻常却很理智的评判：她性情温和，她宁愿安静地在厨房闲逛，或是在“苏尔卡茨”打个小盹儿，德累斯顿风俗已渗透进她的生活，根本别想把她带去英格兰。设若我的“妈妈”是一位威严的女人，她像母亲一样拥抱我、指责我的坏习惯、为我的前程担忧、为家务事忙得手忙脚乱，甚至让她的女儿尽量和我作对，还要坚持定期去做礼拜！天哪，有了这个祥和的女人，我多么轻易就可摆脱这些！

要是我那时写日记的话，那天我肯定会在日记中写上：“在某种程度上，可以放宽心了，岳母如此随和。”

第二十二章

两天后，五点，明娜坐汽船抵达。我当然去了码头接她。在走过街道的时候，我发现她心事重重，可还是决定在她到家之前什么也不问。此外，我感到她的心情是由于赫兹的情况恶化所致。

吃过饭，母亲出去了以后，我亲爱的明娜便越来越沉默了。她时不时长久而忧伤地看着我，几乎让我快要落下泪来。不久之后她又开始凝视着某处，思绪飘忽，而我也感到非常沮丧。

“你是在害怕赫兹的病情加重吗？”我最终忍不住问她。

“嗯，我想是的，他就快死了。可这也难怪，他病得如此严重，都是因为去布拉格寻找歌德的手稿。是他的爱好害死了他——其中不乏美好。”

“可他的妻子也很可怜！”

明娜起身叹了口气，走到窗前。

她在那儿站了良久，看着下方的庭院。夕阳的余晖映在她脸上，那严肃而忧郁的神情使她看起来老了许多。她那轻盈上衣的前褶飘起来又胡乱地垂下去。她右手紧握一张小手帕；她时而抬起左手遮住眉眼，似在找寻某种特别的东西。可她很快又忘记了，要么转而把额前的头发拨开，要么敲着窗棂。

“亲爱的，还有什么让你烦心的吗？”

“我收到一封信——是他写的，那晚那封的回信。”

“然后呢？”

“这让我很痛苦，根本不是我所期望的那样。他并不把我当做好朋友。似乎他想伤害我。我不明白。”

“他都写了些什么，明娜？”

“你自己看吧。”

她回到屋里，跪着打开的放在地板中间的手提包，然后从记事本里拿出一封信给我。信是用一种很讲究的信纸写的，上面只有几行无关紧要的海涅诗的介绍，我不知道这首诗。诗的内容如下：

你温柔之心再度将我驱遣，
我爱之深，如斯疯狂。
你温柔之心再度将我驱遣，
它在我身旁欢快萦绕。

马车滚滚，桥梁晃动，
其下，溪流悲伤流淌；
我再度放下欢欣，
如此狂爱你温柔之心。

天堂之上，群星闪耀，
犹如飞过我悲伤之前——
亲爱的，再见！
我爱你之心仍将在远方叹息。

“不可理喻！”我吼道，同时本能地把它揉作一团。可明娜一把从我手里抢过它，立刻将其展平。

“你把它当做宝吧！”我难掩苦涩地说道。

她责备地看着我。

“如果你离开我，甚至说更尖酸的话，我也会这样对待你写的信，哈拉德。”她说着把信放回记事本里。

从她言语和行为中透露出她对心中回忆的触动人心的忠诚——这使我平息下来，可留下了一种尖锐的反感。

“我错了，原谅我——可这封信连天使都会咒骂，真是无聊至极。”

“不，我不明白他的意思。是他说我和他只维持朋友关系，他叫我嫁一个老实人，可现在他竟指责我这样做。”

“而且竟是以此般愚蠢的方式！他为何不表明他的感受呢？一首海涅的诗！就算再贴切也是愚蠢的，何况，它还不贴切。”

“正是，就是这点让我觉得异常怪异。它要么会伤我更深，要么会让我回心转意。可这样我只觉恼怒。”

“你因为另一个人忘了他，使他的虚荣心受到伤害，仅此而已。因此，他也无话可说。大部分人都会找‘书信大全’，而他是个艺术家，所以找了海涅的诗作为幌子。”

“可要是他还爱着我，并且深感痛苦呢！”她握紧双手叫道。

“爱，爱的方式如此之多，为何他会选择离开你呢？”

“为了他的艺术。那不是比我重要吗？”

“不，千万个不是！为了他的艺术？这话真愚蠢！他真可怜！他怎么会认为自己能创造出有价值的东西——他这个胆小如鼠的笨蛋，不敢面对生活，又怎么能在画作中表达真实情感——这个对待你甚至自己都不认真的家伙？”

“可是假如他只是这样说。假如有一天他不得不独身外出工作，因而不愿束缚我，可他相信我爱他坚定不移，而他也真诚地边工作边等待，可他现在失望了？”

我在小屋里愤愤地来回踱步。她竟认为亚克瑟尔·斯蒂芬森先生是一个忠诚的爱人——他身处丹麦，努力工作，只为了和她在一起——这想法在我看来，完全与事实相离（毕竟我听说过他的事），我就要讥讽地笑出来，可看着深爱的女孩——她错位的信念给灵魂带来深深的自豪感——我怒气稍减，只得长叹一声。

明娜依旧站在窗前，背窗而立。她靠着一张带抽屉的桌子，上面放着一些小摆设和褪色的旧照片。她双手撑在桌边，看着地面。

“我不会幸福，还会让别人也不幸福。”她似喃喃自语道。

“明娜！明娜！”我绝望地呼喊她，还一边走到她跟前，朝她伸出手臂，“不准这么说，还有我，有我在，你不能那么说。”

她轻轻摇了摇头，可并没有抬起头。

“可他认为我很轻浮，我不能让他这么想。他必须明白——”

“可看了这封信后，你不会再跟他写信了吧？”我打断她。

“哈拉德，我就是要写。”

“可为什么，亲爱的朋友？那封信带给我们的只有痛苦。结束你们的通信吧，它已经持续太久了。”

“再写一封也无妨，最后一封了。”

“我求你了，明娜！为了我，别管它。我无法向你说明，因为我自己也不知道，可那确实让我惊慌。”

“我要写，”她以一种宿命般肯定的语气说……“他和我不能就那样分开。”

“我倒希望你们不曾相遇。”我大声说。

她带着不解地神情看了我一会儿，似不明其深意。然后，她走近，环住我的脖子。

“是啊，我真希望我们从不曾遇见。那时你为何不出现呢？为什么我们没有认识在先呢？那样的话，一切就都好了。”

“亲爱的，一切都会好起来。”我说着并亲吻了她的前额。

我们坐在开着的窗前，说起了亲爱的莱森。明娜逗我说，我前几天写信给她时把几处乡村风景弄混了。我不承认，还要求看信。

“哦，不要麻烦了，每个人写信时都会出错。”她说，看起来有些慌乱。

“可我确定我没写错。让我看看信吧。”

“那就是我看错了吧，没关系。”她又说，脸红起来，显然她不让我看必定有其因。

在我们整个谈话过程中，我的恼怒一直存在，因为她竟这般小心地保存着他的信，而我因嫉妒而怀疑她没有仔细保存我的信，以致把它弄丢了。我无法对她宽宏大量，即便我知道就算是最珍贵的信也可能弄丢——尤其是在旅途中。

“不要那么懒。你的记事本在桌上。”

“不，不在那儿，”她站起来，说道，“你真固执！我还得去走廊拿我的旅行袋。”

“不用了，我已经把它拿进来了，就挂在门边。”

她看向那袋子。

“我想它也许在箱子里吧，”她耸耸肩说道，“‘Tant de bruit pour une omelette!（法语：无事张皇）’”

我略带讽刺地说“谢谢！”可她并没在意，因为她欢笑着跪下在箱子里翻找。对我来说，这笑声听起来有些不自然，因为这情形显然十分痛苦。

“哈拉德，你别看，知道吗？我的箱子太乱了。”

“那好吧。”我说，然后愤怒地看向窗外。最后我听到她起身朝我走来。她把信递给我，那本来坚挺的纸被弄得皱巴巴的。

“我想你用它来包东西了吧。”我苦涩地说，把信凑到她跟前。

她没有说话，只是奇怪地笑笑，这笑容和她真配，让我又恼又爱。

“你好像并没有好好保管我的信——像保管斯蒂芬森先生的信那般在意。”

明娜咬了咬唇，带着痛苦却宠爱的表情偷偷看着我。我不知她怎么这般态度，要不是我不确定，并且怀疑我自己在丢丑，我定会愤怒如暴君。

“可你完全忘了要查看它，哈拉德。”当我又拿着信在她面前晃时，她说。

“哦，就算你是对的。”我不屑去看它，于是将信扔在地上。

明娜静静地弯下身捡起它。

她责备地看着我，让我感到羞愧，于是我移开视线，尽管我还自觉有理。而她还是盯着我，笑得越来越温柔，接着，她解开罩衣上方纽扣，露出胸衣最上端，然后把信放进怀里——信和余晖的最后一道玫瑰色光彩一同消失在她胸前。我急切地拥她入怀，吻遍了她的脸颊和颈子，还一边吞吞吐吐地为我无理的行为、我的嫉妒和我愚蠢的怀疑开脱，而她却以如此温馨动人的方式，让我自惭形秽。我开始忏悔，但更感开心，因我是这样真诚而甜蜜地被她爱着，这使我不由得落下泪来，明娜开玩笑说我的眼泪会将这珍贵的信上的字迹磨灭。我们又笑又哭，她也泪眼盈盈。我们吻干了对方脸颊上的泪水。

我们还没来得及分开，她母亲就进屋来了。我们尴尬地分开，明娜迅速转过身以掩饰她不整的衣装。老人歉意地咳嗽了一声，接着她端着咖啡杯走出去，她步伐小心，破旧的拖鞋好似安静地低语："没关系，孩子们，我不是修女。我也曾年轻。继续谈情说爱吧！天哪，不要出格就好！"

我们莫名其妙地被认为应该得到道德的宽恕——而我们并不需要，我为之感到恼怒，而且我们还为此进行了卑微的——冤枉的——解释。明娜也定深有同感，因为她在扣紧罩衫上方纽扣时，耸着肩，愤愤而滑稽地嘀咕着——

"这老太太总进来得不是时候。"

"弹一段吧，明娜，"我说，"我还没听你弹过呢，我可一直盼望着。"

明娜恳求我不要这样，可我把她拉到钢琴前。乐谱清晰可见。明娜打开舒伯特的专辑开始弹《音乐的瞬间》中的一段，她并非不带感情，只是由于紧张，她看上去犹似生怕触到琴键一样。

"弹得不好，"她弹完最后一个和音后惊呼道，"我可以停下吗？你不要装作很好听。"

"不，我可以，你在我面前还紧张，真是羞人。"

"紧张？我全身都在颤抖！"

"你可能看不清楚了。我去拿灯。"

"不用，就这样吧，至少我还能有个借口。"

那极为生动、富于幻想又感人至深的即兴曲——她正在弹的——如今弹得更为轻松而勇敢，尽管她时而会出错，其悦耳的弹奏仍让我由衷感到愉快。我想弹完这曲后，她可能会停下来，而我已准备好说服她继续。可她弹完后，手并未离开琴键，而是从钢琴顶部拿下贝多芬的《奏鸣曲》。

“该是怎样就怎样吧，”她欢快地呼叫道，“也该勇敢一点。请你帮我拿一下灯吧，哈拉德，这样我才能看到我哪里弹错了。”

我原以为她会弹《葬礼进行曲》、《月光奏鸣曲》的第一部分，或是诸如此类简单的曲调——这些都是客厅常摆放的，可令我惊讶的是，当我拿着灯走在过道上时，却听到她在弹宏大的《瓦特斯坦因奏鸣曲》，而且十分激昂。显然她故意让我去拿灯，以便我回来时她已经开始弹了。她心里想着：既然已经跳下去，双脚又无法触及地面，就不得不游泳了。而她也确实游了，即使是深水和翻涌的浪花也都在支撑着她。

我进去时，她已从那狂热激越的节奏和猛烈的八度音跳到了平静的和弦音，而后旋律绵延如颂歌，她脸上铿锵而热情的表情使我震惊。她演绎这曲贝多芬赞歌时的摸样深深打动了我，本想鼓励她的话刚到唇边，又被我吞了回去。我轻轻地将灯放在她身后带抽屉的柜子上，由于灯罩缺了一大块，我把缺口处转过来，使光线能透过缺口照在乐谱上。这样做是必要的，因为灯的光线并不明亮，看起来就像是整个夏天都没有清理过。我坐得远远的，这样才不致打扰到她，可我仍能看到她脸颊柔软而优美的曲线，她搭在颈上的发结在灯火照耀下闪着柔光，而我沉醉在这样的享受中——这也许是世上最高贵的享受——贝多芬的曲调由我爱人之手弹出。

在这种心境之下，那未完成的演奏反而比之前更有用。周围的一切都很契合情境，却并不与音乐会一致，如同沉浸在征服困难的喜悦中——哪怕于音调之军队，这胜利并非不损一兵一卒；她如一位音乐家弹奏着从谱架上拿出的一张高难度的手稿；她有时会因弹错音而抱怨，有时会为了一个敲错的和弦而惊呼，一如轻微的咒骂，每当她手指疲软却灵感来袭时，她就会大声地哼出曲调，似要让手指羞愧并且迫使其跟上节奏。她如疾风骤雨般以快板奏出了一幅阳光下的山川景致，又转而降到用慢板和缓地营造出一种寂寞幽谷之象——谷影幽深，绕水而立，清明如镜的水面还闪烁着寂寥的光辉——人们透过这水面寻找精神之髓，却仍然渴望地望向期盼中的光彩；接着，琴声又如飞入天际，回旋曲飘荡在其神圣而祥和的光彩中，其声婉转悠颤如栖居星辰间的云雀之灵。

明娜坐在椅子上，我起身走向她，并在她额前印上深深一吻。“谢谢。”我柔声说。

“我有什么值得你谢的啊！”她吃惊地看着我，犹似怕我取笑她。

“你怎能那样说！我着实惊讶。我只知你有音乐天赋，却没想到你能弹得这般好。”

我看到她眼里突然洋溢出一阵真心的欢喜，可她立即又低下头，嘴唇扭成一个温婉而略带嘲讽的笑容。

“不，不会！我弹错调时，就像鲁宾斯坦。”

“你为何这般嘲弄呢？我知道你弹得不算完美，可仍旧非常美妙。”

“噢！让我绝望的是，听到它如此美妙，可就是弹不出来——尤其是当我想到当初要是坚持练习的话，我就能弹得非常好。”

“嗯，可如今还不算晚，依我看，你的人生正在你面前展开。”

“也许吧，可总会出现同样的障碍。我无法忍受那种精神紧张感——你不知道它对我影响有多大，我现在已用尽了整夜的精力。我为何如此脆弱？哦，要是你能想象那些年我每一次弹钢琴时所陷入的那般愁思就好了！就像是要将我淹没，音乐越是美妙，笼罩在我身边的黑暗就越深。有时我停不下来，可更多时候我感到非常害怕，因而不敢弹下去。”

“可是，亲爱的，这些都过去了！我会让你健康强大起来，当你的弹奏让我快乐时，你也就会高兴了。我是一个很好的听众——即便你永远不会弹得比现在好，我也会心怀感激，将来你也能够全身心投入音乐之中。”

我的话似乎并未让她释怀。她把灯放在桌上，在我刚才坐过的椅子上坐下来，将头靠在手上。

“我能感觉它在我的头脑中，它在那儿抽紧，在那儿重击。”她灵机一笑，“你知道吗，如果我想摆脱这种感觉，我想我可以通过弹琴驱散它。”

“这是什么想法啊！”

“事实上，这也是一种自杀方式。这是弗朗茨·摩尔用于自杀的方式——‘通过毁灭一个人的心灵来毁灭他的肉体’。”

“明娜，千万别那样说——这玩笑可不好玩。”

“可不管怎样，它实行起来却是一个真实的‘恶作剧’。可人们不知道生活需要什么样的把戏。‘要玩这个把戏，你就得发明它’。”明娜戏剧般地模仿着一位流行演员。“你在皇家剧院见过他吗？他可真做作！啊哈！……”她边说边做着弗朗茨·摩尔在第二幕开场的姿势，滑稽地模仿一个流氓的脸，我忍不住笑起来。受到这样的鼓舞，她开始模仿上述演员为这个沉思的对白发明的虚拟效果：她装出两种声音——一种高假声和一种低腹音，前者提问，后者回答，她站在这边问了，又到那边去答。“我该表露什么样的情感呢？生气吗？——那匹饿狼太易饱足。关爱吗？——那条虫子咬得太慢。悲痛吗？——那条毒蛇太过慵懒。还是害怕？——希望会摧毁它的力量。什么啊！人类的刽子手就只有这些吗？怎么办？哦，不！啊哈！还有音乐！有什么是音乐办不到的呢？它甚至能让顽石点头，还杀不了一个明娜吗？”

她欢快地笑着拥抱我。

“哈拉德，我太顽皮了吧，你真好，你还因为我的音乐这般谢我，你这个甜心朋友！可尽管说了这么多废话，我还是喜欢它。我拿它没辙，它常常会带给我很多痛苦；在我看来，它是一种美好的艺术，它能让别人爱和敬仰那些感人至深的东西。可我承诺会做一个好妻子！别介意我之前所说的；只要你和我在一起，而且关心我，我就不会用这甜蜜的毒药毁了自己。可是，哈拉德，要是有一天，你对别人比对我——”

我吻上她的唇，使她闭嘴——这情节实在不合乎逻辑，可在这种情况下，这也许是最有效的。

她母亲走进来招待我，手里端着茶、拿着白面包，以及用来蘸面包的蜂蜜和新鲜黄油。吃完后，她在角落处一把奇怪的三角直边椅上坐下。这原是沙发的其中之一，沙发的其他disjecta membra（部分）散落在房间各处。不到几分钟，老人就睡着了。

明娜也旅途劳顿了，衣柜上方奇怪的雪花石高柱时钟，聒噪了很久后，终于决心敲击四下，其回声在钢琴上久久绵延，从而提醒我们已经十点了，我坚持要她上床睡觉。

明娜没有叫醒她母亲，而是自己拿灯照我出去。她俯身站在栏杆旁，灯光把她的笑脸照得通亮，而我走在陡峭的回旋楼梯上，眼睛却从没离开过她，据她表述——“眼睛贴在背上”，这让她为我捏一把冷汗。

我站在下面，向她送去飞吻，久久不离开。她开始责备我，可这不起作用，于是她开始做鬼脸，做出可怕的威廉·布施式讽刺画的样子，逗得我大笑着离开。

第二十三章

第二天，明娜把要寄给斯蒂芬森的信抄了一份给我看。

我们一起在小凉亭里看信，因为她的一位阿姨来了——“不该是那个样子”的那个阿姨，明娜不想让她和我们待在一起。

那封信平定了我的情绪，它好像恰到好处地结束了这一切误会。其中并无苦涩也无伤感，而且写得比我预想的要平静且有尊严——我本以为，在情感与回忆被深深触动的情况下，她是不会这般平静且自尊的。

我们还在莱森时，我就时常盼望着和她一起在她美丽的故乡漫步，因此现在我迫不及待地邀她同往。

我们穿过几条平常的街道，它们大致相似：道路两旁都插满了旗帜，没有下水道和地下室楼梯，留给人干净而整洁的印象——比丹麦人心中这个时节的景象要干净、整洁。房子都是两层，大同小异，只有灰色或黄色的微小差别；可不时会看到一些房顶大面积凹陷的低矮建筑群，那凹陷的屋顶透过许多正宗的萨克森式花格窗向下窥视着街道，窗户像半闭着的眼睛，紧挨在一起，铺瓦的屋顶宛如一道道长长的波浪。那些低矮的建筑是古老的农舍，可见不久前这里是小镇的郊区。

四周弥漫着舒适而悠闲的气息。底楼一扇开着的窗户里，年轻妇女正在给孩子喂奶；对面二楼阳光照耀的窗台前，一个穿衬衣的男人抽着烟越过邻家的屋顶望向前方，一只白猫小心翼翼地走在屋顶边缘。一名衣着讲究的男子手里端着一杯冒泡的啤酒——那是从角落的啤酒屋买来的，他从我们身边走过，看起来像是学生。

房前嬉戏的孩子们跟明娜打着招呼，其中一个淘气的女孩，约莫三四岁，卷发，脸上长着酒窝，向明娜飞奔过来，她赤裸的小腿像弯曲的剑一般。明娜把她追至过道处，捉住了她，她还意犹未尽。

大一点的孩子们投来的目光就不那么友好了。一个秃头、穿着脏袜子和旧拖鞋的高个女孩不住地在明娜身后大喊："他是谁？"鞋匠的儿子走在街中央，令我吃惊的是，他吹口哨的调子竟然是《仲夏夜之梦》里的演员进行曲，口哨的声音传遍了四邻，他定是认为我在某些地方长得像犹太人，因而停止口哨声，朝我喊着"Itzig（德语：犹太人，口语，贬义）"。时而，一辆马车开过，它巨大的隆隆声淹没了周围一切声音。马车筒状的帆布顶与底楼的窗户一般高；几匹颈背粗大、腰身强壮的大马，缓慢地拉着马车前行，还一边摇着它们闪亮的黄铜铃铛和顶饰；车链咯吱作响，每一个链环都会发出这种声音，车轮摩擦而过，鹅卵石在这庞然大物的轧碾下也发出吱嘎吱嘎的声音，让人直想捂住耳朵。这些于我都不陌生，可有明娜作陪，又是另一番感触了，我把爱融进每一个细节里，因为这些连接着她的童年，还曾影响她的幻想。

舒适宜人的老城一下子就被著名的普拉格街切断了，这是住宅区的现代化主干道，道上车水马龙，街上人潮拥挤，行人衣着亮丽，店铺也装饰得很精美。我们走上另一条宽阔的街道，街上尤为冷清，只有几个孤独的行人和几辆缓慢行驶的出租车。阳台上成排的花朵在灰色阴影的映衬下更显明艳。街上几乎没有商店；每两扇门上都写着“养老公寓”，其旁边都是一些“旅馆”；这并不符合我们的品位；如果这些矩形的街区之间的距离都不尽相同的话，为了找到我们所戏谑的“猎房”中的别墅区，我们本该选择最近的捷径。

我们很快便走上一条枫叶小道，走在枫叶的阴影里，脚下铺满了碎石。街道两旁是栅栏、树篱和矮墙，其后高耸着深色的洋槐，闪闪发光的银色白杨，透明的桦树稍，巨大的穹顶，酸橙叶、山毛榉，还混杂着各种稀有的灌丛和树木。雕像的四肢不时从花叶间显露出来，丰茂的叶群中央，喷泉喷出漂亮的水花。别墅连着别墅，乡村宅邸与豪华住宅交相辉映，其黄灰色的砂岩表面上，沙粒闪着晶亮的光。巨大的玻璃窗开着，露出干净的奶油色窗帘，被风吹得轻轻飘荡。房间暗处，枝形吊灯的棱镜透着光芒，金色框架的边缘发出幽光。

一些人在一处有着多立克式柱子、庞培式墙绘和卡赛特式天花板的凉廊里喝着咖啡。开花植物簇拥着的两个“之”字形楼梯下，一位苗条的女士手挽骑装，身旁陪伴着一个穿着青铜色丝绒衣服的骑士。有棚的车道在别墅一边形成模仿伊斯特别墅的漂亮走廊。一辆马车停在那儿，两匹栗色马不耐烦地腾跃，还一边刨着地上的红色碎石粒。

这种车道让我们尤为欢欣，而我们也绝不会喜欢那些由铁或者玻璃制作而成的。我们决定在那些奢侈的计划实现之时，我们还要有一辆马车。之前的那对栗色马很是讨我们欢欣；同时我们也很喜欢一对黑马。我们自然对别墅的风格有着许多想法，关于这点我们不谋而合，我们都喜欢文艺复兴式风格不太浓重的建筑。我们在临近公园的角落里看到一栋理想的别墅。那是一幢颇具规模的宏大建筑，有着贵族式的简约风格而毫无暴发户一般的狂妄感；看上去就像出自森佩尔或是他的得意门生之手。

“就是它，它就是我们的别墅。”明娜立刻惊呼起来。她在她的空中城堡里喜不自禁，而我却有了严肃的想法。那怎会不可能呢？我沉迷的艺术并非没有利润；此外，我还有富裕的亲戚，也许还能从那里继承一些。最后，为什么我不在工作一辈子后，成为一个有钱人回到这里呢？我年轻人的勇气好似拥有无限的力量。我知道自己已拥有了年轻人所想达到的安全目标，于是我所有想法与梦想开始转到成年人层面：积极工作的辉煌成就。明娜的怀疑几乎伤害了我，因为那是对我能力的不信任。

“不过，说真的，哈拉德，我不认为它会适合我。就想想这样的大房子会牵涉的事情——所有不得不管理的仆人。我还想，有了这么多钱，我就会不断地思考该怎样精明地消费它们，还不得不频繁地设宴。我确定这些一点都不适合我；相反，那些不富裕，可是过着适合自己的生活的人，才让人羡慕。可当我陷入自私情绪时，我会想象这一切都是因我而存在的，是为了和你走在一起时可以看这么多漂亮的事物，好让我们有胡言乱语的借口。”

我们继续沿着动物园漫步，走进“哥洛莎花园”，我们选择了一条人们最不常走的木道般的小径，它在高耸的松树和粗大的橡树间蜿蜒向前。最终我们在一个小山丘上坐下，那里往北可以看到力士大街的美丽景象，大片的酸橙将其阴影投洒在我们前方的残茬地里。左边，阳光耀照之处，易北河对岸高岗林立，河岸和山谷树木丛生，高地向下俯瞰着村庄，而村庄和庄园一起，形成了一幅连绵不断的花园与房屋景象。陡坡被台地和葡萄园的城墙隔断，四处点缀着意大利白杨环绕的高顶村舍，而往上的高地零星分布着葡萄园工人的小农舍，宛如一座座小瞭望塔。这一系列景致不断重复呈现，缩小、模糊、聚拢，直至在山脊斜下平地处融成一种迷蒙的色调。而后，这些就都延伸进一团蓝雾中，远方依稀可见山的轮廓，看上去就像漂浮在大气中的蓝色沉淀，而不像拔地而起。地面上的影子逐渐拉长，山的轮廓就更为清晰，我们可以在这些阴影中清晰地分辨出百合岩那熟悉的山形。右边的洛施维茨岸边，窗玻璃忽闪忽闪，好似华灯初上，我们可以分辨出百合岩下方一线较明亮的采石场，仿佛用针指出那些有过我们快乐经历的地方。我们静静地两手相握，往下凝视时，满眼都充斥着泪水。对我们而言，那美好的田园生活就像一株美丽的花，它无法被移植，我们将其遗置彼处，也只有在那里，我们才能再次找到它；一阵无法抗拒的思乡之情席卷而来，将我们融为一体。

第二十四章

第二天下午，刚出门，明娜就环住我的胳膊，迅速将我转过身去。

“你知道我们今天要去哪里吗？我们要去茨温格宫。我想去看看你告诉我的建筑艺术，尤其是洛可可风格的。现在我们要在现实的伟大图书上再重温一遍。”

那天后，许多个美丽的下午，我们都会去茨温格宫——那里，是展馆与画廊的宫殿，是刻入石头的一篇史诗——来自生命的喜好与欢乐都拒绝接受诗歌，却只接受物质秩序的时代。那时，人们可以迁徙和享受，可以喝酒，可以挥剑和跳舞，可以爱，可以来回地遛马，可以在开阔苍穹下的泉池沐浴。这具有奢华而奇异风格的杰作——之后了无生趣的帝国，教它不俱创造性的子孙，以伪古典的标准去蔑视它，可它的荣光如今已在各地被再次认可。茨温格宫，似由萨克森的精灵所建，由一个爱上了灵感之神的牧羊神引路……

其他的时候，我们会去拜访来自莱森的女神“易北河母亲”，我们来到“她”在镇上的“寓所”，她住在被三座桥梁的柱子分为两边的宴会厅之间，那是一处豪华的寓所。在著名的“布吕尔平台”，我们沉醉在夕阳时分的美景中：绚丽的金属色在河面旋涡间闪耀光辉，直至远方，在蓝色的葡萄山前幻化成一道金色的弧。我们去码头散步，码头上种着长排的卷白杨，像是从孩童的玩具盒里拿出来的。

我想起了那个阴天，太阳在最后一刻突破云层，窗子的倒影也即刻落入河中，瞬息一现；像易北河母亲打开了她的宴会厅——弯曲的柱廊，上面还刻着纯金浮雕。

我们两度搭上一艘小艇，前往充满田园气息的、多藤蔓的洛施维茨，那是《唐·卡洛斯》的故乡，或者去邻近的位于布莱瑟维茨的席勒花园——《华伦斯坦的军营》中的戈斯泰尔就住在那里。

回家时，从镇上走过，明娜总会买些晚上吃的东西。我在整洁的香肠店外等候，而她在大理石柜台前挑选物品。

一天傍晚，我们散步后回到家，她母亲已经出去了，而明娜没带钥匙。我们俩都感到饥饿，看着手里温热的香肠，我们不假犹豫——明娜去一角的面包店，而我去另一角的啤酒屋，带回一条“Zeilen-Semmel（长面包）”和一杯“Kulmbacher（啤酒）”，两人脸上都洋溢着成就感。我们在黑暗的凉亭里玩笑着享用了我一生中吃过的最好的晚餐。

我们并没有去画廊，明娜从不提及，而我也不敢提议，生怕勾起她痛苦的回忆。可我们经常去看石膏模型展，它们很好地再现了各个阶段的古代艺术。

明娜对艺术的本能感官和她的独创批判令我吃惊。她被“AEginets”式呆板的微笑逗乐了，他们不论是杀人还是被杀都面带笑容，同时，她还感叹其处理人体和动作的艺术技艺已经非常先进。让她首度感到吃惊的是——一项艺术竟能达到如此标准——其技艺在某些领域已近乎完美，而在另一些领域，它还在以孩子般跌跌撞撞的步法向更高层次迈进。她还质疑那些我们认为完美的艺术是否还处在较为低级的层面。

在帕特农神庙大厅里尤为打动她的是山形墙上的裸体躯干。可最让她吃惊的还是后古典艺术的杰作：《高卢人》、《模仿工人》、《米罗的维纳斯》——而她总是漠视地走过那些爱神的雕像。她指出了很多我并未注意到的细节，那些在手和脚上表现出来的如生命般的真实触动，还说那些现代艺术家的雕像总是太“美”。

有时，这些雕塑会唤醒她对个人体貌的关心。“有这么漂亮的挺直希腊鼻该多好啊！”她屡屡感叹，“那样，你就会更喜欢我了。哦，你应该更加无法自拔。”

看过了一系列女神的雕像后，她说：“可她们的手臂也不怎么细啊！”

“为什么她们的手臂一定得细呢？”

“我觉得粗手臂难看。”她回答道，而她转身时脸已绯红。

而我们对艺术的欣赏，在这个人们可以享受艺术的小镇里，每当我们听到瓦格纳的《瓦尔基里》时便会心醉神迷。两个瓦尔松格式人物高贵而忧伤的爱情以优美的曲调升腾，调子的热情有着永恒的纯澈与深沉。它从未如此深远地渗透我们的灵魂，以一种无尽的同情将其捆绑！我们的爱情在这神圣的旋律之流中，如水仙般照映其自身——且爱着其自身。

开始时，我们偶尔会低声诉说一些赞美之词；之后两人便渐渐进入沉默。

明娜握着我的手吐出这些话——

在冬日严寒的旷野，

我最先找到了我的朋友。

此时，席格琳德清晰地——以便每一个音调都能在死寂的剧院里被听到——以只有瓦格纳才能赋予的哀婉（只有他曾激发了一个歌剧家的灵感）唱出——

你展露的前额

多么白皙而开阔，

我寻溯你的鬓角

其纹理如此错乱，

我激动地战栗

然后沉迷地安息——

她看了我一眼，我以为自己就要躺上临终之床。可最后，当幕布不是落下而是收拢时……哦！我居然看见她从包厢里站起来，拼命地鼓掌，她眼睛闪烁，脸颊上还有泪痕，比我之前所见的她更为漂亮，比其他我见过或是会见到的事物更具心灵美！

我们走下辉煌的大厅，其大理石墙和柱子在近晚时分闪着光辉。其间挤满了衣着华丽的人们。明娜穿着普通的裙子，但不算是最平凡的，可许多双眼睛转向她。她被感动之深，致使注意她的人们为她担心，而她自己也不曾察觉。

我们走上一个阳台，仲夏的清新空气迎面拂来。敞开的美丽广场被高大的建筑围绕，它安静而空旷地躺在我们眼下，易北河边的桥上人来人往；树木丛生的高地沐浴在阳光中，看起来近在咫尺。我沉浸在一阵无尽的欢乐和富足感中。

“你在叹息！”明娜说，她倚在我身上。

“只因我太过高兴，超乎我应得的程度，”我回答，“你知道吗？我向你求爱很是冒昧。”

她质疑地笑着看向我。

“那时我不了解你，我理应等待，等到我像现在这般了解你。我每天都会发现新的宝藏。我越来越富有。”

明娜一言未发，只是把我的手臂紧紧贴在她胸前。

第二十五章

赫兹夫妇如今已从乡下回来。我们轮流去拜访他们；后来，他们希望我们俩在一个下午一起去喝咖啡——这是莱森人的风俗。这位老人在晚上的时候不得不静养。咳嗽和心痛不断困扰着他；他只能在中午起来，即便这样也不是说他感觉好些可以下床了，而是他不肯服输的顽固决心在作祟，医生则希望他不要下床。

赫兹太太甚是担心他，她认为我们最好一两个星期后再来，可老人偏不听："为什么？别因为我，好像我谁也不能见了似的！他们必须明天就来，要是我累了，会让他们走的。因为最近我晚上总是比之前稍早感到疲乏。"他向我解释道。

那天我们听完《瓦尔基里》后，已将近四点，我们开始往旧城中心走去，人们仍能在那儿欢快地看到古老的洛可可式房屋，那种房屋屋顶不规则，其装饰也呈螺贝形。旧城里还可见到巴洛克式风格的小型豪华住宅，壁柱的正面饰以圆形浮雕，而浮雕上是佩戴着头盔和假发的战神和雅典娜。这些建筑之间则是较为普通的房屋，它们的风格不定，可都属于德国风格；温馨的橱窗沿街成排而列，在街角形成六角尖，逐渐削减成精美的尖点——颠倒的锥体，像菠萝皮一般鳞次栉比，然后在下方以一个大节收尾。几家屋子粉饰着花环，或者有石珠帘从窗口垂下；有时还会见到雕刻着矮胖天使的横饰，上面涂了厚厚的颜料，以致不经意看上去整个就像自然枯萎的白菜、蔫了的苹果和脱水的大树枝。

那对老夫妇就住在这样一座位于十字路口的房屋底楼。满载的乡间购物车、铁路货车，一切交通工具的隆隆声不绝于耳，很显然，这繁忙的交通产生的噪声使这一对老科尼斯堡商人感到愉快，也让他选择了这个空气清新却略显萧条的地区。

咖啡桌摆在赫兹的书房——他喜欢放在那里。他很少去客厅，而是叫他太太拿着针线活儿到他身边来做。屋子中等大小，里面只有古老的桃木家具，没有舒适的椅子，只有一条刚从客厅搬过来的扶手椅。

一张有着八条纤腿的普通书桌倚墙而立，靠着墙的还有一张烟桌和一个书柜；对面有一张书桌，它和康德画像里的桌子一模一样（那张古老的彩色画作又挂回了老地方——书桌上方）。桌子两旁挂着两幅珍贵的油画，那是大小如真人的贝多芬和腓特烈大帝年轻时的画像。其上是几张银版相片，然而，除了闪耀的金属斑点外，人们在上面分辨不出任何东西。

在书柜的玻璃门背后，并没有特别醒目的书皮，其中要么是皮面的，要么就是又脏又硬的旧书面，但其下都是原版，其中——在架子中间——是许多歌德的和所有席勒的作品，从《祖特修订版》——其中的《强盗》是画着狂暴狮子的插画，还有题词“在暴君统治下”，到《威廉·泰尔》——上面有席勒的亲笔献词。我们拿出几本书来看，并非出于好奇，因为这个书架并不是第一次向我们敞开，只因我们想让老人高兴。

明娜还被特许打开书桌上的一个抽屉，取出最珍贵的宝藏。那是席勒送给康德的鼻烟盒，一个圆形的大盒子，盒面上印着设计精美的席勒的小像，是格拉夫为席勒所作肖像的摹本。赫兹发现画中人物与我有些相似之处（我是不能和他比的）——尤其是他的长腿和鼻子，这让明娜非常开心，还亲了亲他。

雨下起来，屋内暗如黄昏。老人讲着——有些口齿不清，还会被咳嗽打断，铜壶周围散发的烈酒的蓝色火焰照映着他白色胡须和湿润的下唇——关于里加的生活，他曾在那里学做生意，待了两三年。在交易时有一个风俗，那就是破产者要坐在一种忏悔凳子上，敲响丧钟，以示精神惩罚。

“人们嘲笑这种古老的风俗，觉得它野蛮，”他说，“可其中也许有好的地方。我仍旧如此清晰地记得摩西·迈耶不得不停止发放薪金的那一天。他是两大有钱的犹太商业公司首领之一，和沃尔夫竞争时败下阵来——他们是宿敌。交易市场一片可怕的喧嚣，有人是蓄意的，可所有犹太人都情绪低落。‘沃尔夫会来吗？’人群中到处有人问，可大多数人认为他最终不会看着他的对手接受耻辱。十二点的钟声敲响，仪式该进行了；首领就要去敲钟，沃尔夫的马车疾驰而来，只见沃尔夫冲进大厅气喘吁吁地喊：‘不要敲钟；迈耶不要坐上破产椅。’他在关键时刻——显然经过了艰难的挣扎，毅然决定给他的敌人必要的款项以支持他，不让犹太大众受到屈辱；最后，两个老人相拥而泣。”

我们吃惊地注视着这位老人，此刻，他看上去更显德高望重——因为他那久远且具家族式特征的回忆。

我们带着无比虔诚的冥思注视着瓶中的尘土和碎石，那是来自圣地之土，那是一位来自里加的老人，徒脚踏上去耶路撒冷的朝圣之旅，用手帕包着带回来的。

谈话从犹太故事渐渐转到犹太人对自由主义文学所做的贡献，主要以海涅为中心。

咖啡桌清理干净后，赫兹立即从公文包里拿出海涅的东西。其中包括许多他收发的信件，还有一些校稿、几张小的手稿。我拿起一张校稿，由于桌边太暗，便走到窗前，以便看清被涂抹的一部分。

我不经意看向街角，却大吃一惊。我只觉那个瘦高且穿着时髦，同时有着突出的银白色卷胡子的人就是亚克瑟尔·斯蒂芬森，他从街上走过。可又不是，这人比那个丹麦画家高，年纪也比他大，当遇到认识的人摘下帽子时，我甚至看见他是光头。

我的惊恐感不见了。

同时，赫兹用他孱弱而沙哑的声音大声读了一篇手稿上的内容——

你温柔的心再度将我驱遣，

我爱之深，如斯疯狂！

明娜和我交换了一个眼神；她脸色苍白，尤其是在这暴风雨时刻的光线里更显苍白——那光线似乎透过脏而发黄的灰雨渗透了进来。

“这是一首美丽的诗，”赫兹说，“你们知道吗？”

“是的，我们知道。”

“哦，他们一起读海涅的作品，年轻的心啊，”赫兹惊呼，“真是美妙的时刻！”

我们不久就告辞离开。

我们朝“汉诺威大花园”走去。

雨已经停了。我们走了一小段后，明娜叫道——

“他刚好有那首诗的手稿，真神奇啊！”

"是啊，真是奇妙的巧合！"

"没有这样巧合的事。"[①]

我们走在美丽平坦的街道上——它处在城市与"大花园"之间，走到一半时我突然想起我们定制的戒指——他们承诺今天下午交货。

我们立刻达成一致往回走，尽管我们又要经过我们走过的城区。店铺并非大型金店，而是明娜所知一个在二楼或是三楼的小店。戒指已经准备好了，一位老妇人把戒指给我们，还说了许多祝福恭喜的话，并叫我们向明娜的"妈妈"转达。

这等沮丧，亦或是消沉，自提到那首不幸的诗开始，就开始吞噬着我们，而现在都被这神奇的订婚金戒驱散了。天气转而阳光明媚，我们决定去附近的平台享受阳光。

平台上人潮蜂拥，每逢晴好夏日，便是这般景象。河对岸"维纳花园"的音乐会上传来《瓦尔基里》的终曲，我们停驻下来聆听。距离掩盖了歌声中的瑕疵。在《放弃》这一节中，沃旦之吻带走了布伦希尔德的神力，使她长眠不醒，忧伤的旋律在我们身边此起彼伏。

"我决定去莱森度假的那个晚上就听到了这音乐。"我说。

"那是一个幸福的晚上，"明娜接着说，"尽管那时我不知道它，一个陌生人的决定竟能这般彻底地改变某人的一生，真是奇怪。因此，我不认为这些事是巧合。"

"于我们两人而言，都是一种祝福，"我感叹，"也祝福那个地方。你看，那晚我就坐在那边，在托尼亚蒙小咖啡厅外面的柱子间。看到了吗？就在那位绅士，不是那位老的，而是那位正起身付账的绅士——"

我感到我的手臂突然被人向后拽了一下。

① "Es giebt Keinen Zufall！"——席勒，《华伦斯坦》。

明娜早已停下脚步，凝视着那个方向——可是，天哪，天哪，她脸上是什么表情啊！她不仅脸色苍白，眼睛也瞪得极大——当朝臣请班柯的灵魂就座时，麦克白看他的神情就是如此。

我随她的视线看向我所指的地方。

那位绅士付完账，朝我们看过来，立刻就举起他的高丝绒帽。

第二十六章

这位潇洒的绅士就是亚克瑟尔·斯蒂芬森。

他立马褪下右手手套朝我们走来；明娜也开始脱她的，可套得太紧，因而当他停在我们面前时她还在拉。

“哦，明娜，不要麻烦了，老朋友之间——”

可明娜却决然地盯着——带着一种奇异的笑容——盯着她的手套，也许她感激这手套的顽固。最终，她把手抽出来——手上正戴着我送的戒指。我似乎感到她在用眼睛爱抚这神奇的爱之纪念品，而斯蒂芬森则忧郁地盯着它。和他握手时她瞥了他一眼，然后介绍我们认识——这姿势，正好使戒指闪着光泽。

“我的未婚夫，哈拉德·芬格尔。”

我们几乎过分礼貌地相互鞠躬，并且说了些很高兴见到对方之类的话。可我发现在这样的考验中，他显得比我沉着，这又加深了我的恼怒——自他出现就有的感觉。

“你到这里——”明娜正要像她母亲对我那样说一些不必要的话——可她足够机灵地加上“如此突然”。“你到德累斯顿太突然了。”为了恢复自持，她第一次定定地看着他，“两星期前你给我写信，都不曾提起。”

在德国并不像在丹麦，年轻男女——兄弟的朋友、远亲，甚至熟人——都很少相互称呼教名；因此，明娜并未觉察到斯蒂芬森在她已与一个丹麦人订婚后仍使用这个特权，目的是强调他们的亲密关系或者强调我们处在对等位置。

她转身朝石阶回走。我们陪伴她左右。显然，当着我的面提到那封信，斯蒂芬森感到很恼怒。而他的恼怒又加深了，因为我装作挑衅的样子，犹似在说：“对的，先生，我就是知道你通过海涅的诗抒发的情感。”

“不错，”他说，“我是写完信才接到的委托。我来临摹柯雷乔的《圣母像》。明娜，我想你还记得我两年前临摹的那幅；你对它很感兴趣，还来看我工作。”——说到这儿，他嘴角露出一抹自负而含沙射影的假笑，这让我浑身血液沸腾。“我怎么也忘不了我们一起在画廊度过的快乐时光。”他眼神迷离地看向远方，故意停下来，好让明娜有机会表示同感。可明娜仍沉默地看向地面，他只好用一种比较轻快的语调继续说下去——

“我在信中告诉过你，我把那幅画卖给了一名商人。我们的米西纳斯[①]竟然毫不挑剔地爱上了它。”

“你说得有点过于谦虚，让人无法相信你的谦卑……何况我想也没

① 米西纳斯，文学艺术事业的慷慨资助者。

有理由这样。”我加上最后这句是因为明娜责备地看着我，好像她担心我们的对话会变得针锋相对。

斯蒂芬森笑了，捋了捋胡子。

“我只希望这次的委托人不要太苛刻，因为这样碰运气的事不会总被我遇上。可无论如何，熟悉将要呈现的东西总是好的，至于优秀的柯雷乔，我很早以前就发现：那位女士所读的绝不是《圣经》，而是一本田园小说，我敢说，而且她并不适合小说。”

尽管我感到这个说法十分出奇，还忍不住笑了，可又觉愤怒，对，那伴随他的得意的假笑对明娜甚至是一种侮辱，我随之产生一阵无法抑制的冲动——抓住他的衣领，从我们站的石梯顶端将其推下。我想象着这样是否能折断他的脖子，还在脑中描画了明娜惊恐的样子，围观人群，以及警察如何抓捕我。

他自然不会猜到我的心思，还一直站在那儿细说着展现在我们眼前的镇上的美景。他尤为欣赏天主教堂，教堂前方呈现出由饱经风霜的巨大砂岩建成的两层建筑，属优雅而高贵的巴洛克式风格。在聚集成群的柱子之间，傍晚的黄色光芒在辉耀，铜塔顶之上光芒透过栏杆，如绿野穿过栅栏，成排的雕像在典型的装饰位置露出凌厉的轮廓。斯蒂芬森说明娜曾让他注意位于塔前方不远处的群像，那里，一只裸露的手臂在天空的金光中阴郁地向外伸展着，形成了一种与众不同的效果。

“每当我想到德累斯顿，我就会想象自己此时此刻站在这里，那只手臂总像是在召唤我，也许是因为那些珍贵的回忆都与之有关吧。可那真是个好地方！那是教堂的宝藏，其后是并不算大却有着至高威严的殿塔。很快守塔人就会点亮上面的灯。你还记得吗，那时我们经常在那上面、在人类的匆匆生活之上，思考着看守塔人不同寻常的生活？……我是多么喜欢看人们在乔治走廊上蜂拥进出，然后穿过一所房子进城去……另一边的河区：我们站在古桥上，而玛丽亚桥在闪闪发光的水面上伸展开，还有紫色的鲁兹利瑟山，其山形如此优雅，总让我想起台伯河边的雅尼库鲁姆。可这个比喻一点都不好。人们说德累斯顿是易北河上的佛罗伦萨，可亚诺河旁的佛罗伦萨并没有能与这里媲美的广场，差得远呢！”

我是一个没出过远门的人，自然不能给予明娜的家乡如此恭维，而每一个赞美她亲爱小镇的词都会令她欢欣。她第一次和善地看着他，他迷失在关于小镇的沉思里，并没有抬头，却也感受到了她的眼神；他甚至有时张开双臂想要拥抱它，这般热情，或许不全是虚假，但却与之不相称。

“不能住在这儿，每天欣赏这样的景致真是遗憾！艺术家定要住在艺术的环境，呼吸艺术的空气。每次我从哥本哈根出来都有这样的感觉：人们在那儿会堕落。哥本哈根是个可怕之地，你觉得吗？”

“确实可恶！”尽管我对它没什么看法，可我还是这样回答；只是想要胜过他。

“可它还是将你拉回去了。”明娜说着，却仍旧看着我们正慢慢走下的宽阔石阶。

“可又有什么办法呢？人必须生活啊，明娜！”

“可你刚还说为了能更好地创作，艺术家必须住在这样的地方。”

“是啊，可必须卖画。艺术家与社会自如融合，其作品才容易卖出。那时，我带着沉重的心情告别了这里，如今我又见这小镇，感觉加倍深刻。不，要是我足够幸运能出生在这儿——”

“当然，你可以去柏林啊！”我阴沉着脸说。

他说话时，明娜眼里涌出泪水，也许为了转移话题，她说——

“哦，是的，如果有一天不得不离开这美丽的小镇，真是难以接受。”

“不管怎样，不管你离开家将去哪里，你都不必只身离开。”斯蒂芬森刻意强调说。

“我们也不会永远在外，”我迅速补充道，“即便我不可能将事业转移到德累斯顿——当然，我也不必因货物之故而外出应酬……可是……至少，我们渐老时，我可以问心无愧地带着一些资本退休回来，那时我们一定就住在这儿，我向明娜承诺过的！我们甚至在寻找房子，万一我成了大富豪，我们就会在哥洛莎花园附近修建一幢漂亮的别墅。既然都是老朋友了，也许明娜还会说服你为我们装修。”

尽管这就像一笑而过的笑话，可我并非老于世故之人，因而不能掩藏语气里明目张胆的嘲讽与无礼。我很快就后悔这样说，因为明娜正用惊恐的眼神看着我。

“我可不是设计师！”斯蒂芬森冷冷地说。可他随后又转过身来，带着最温文尔雅的笑容继续说道：“然而，我并非要诋毁那门艺术，否则你就会对我之于事物的感知产生误解。我们丹麦人显然对装饰性画作存有偏见，而我没有；总之，对于许多丹麦偏见，我都不予赞同。相反，我高度欣赏装饰艺术，而人们装作骄傲的样子，对从事这项艺术不屑一顾，实际上仅是因为他们没有这方面的想象力。我亦如此，只不过我不会假装骄傲。一切艺术不都是这样吗？我们不具有效的想象力来装饰生命，因而只能模仿它，然后假装是出于对生命的爱与尊重。胡说！首先，我们是悲观主义者，所以我们对于生命既无爱也无敬仰；此外，就算我们仍有这些——因为我们也很矛盾——la vie c'est une femme（法语：生命是一个女人），她们总喜欢被夸赞。还有，所有艺术原来都是装饰性的。而阿波罗实际上是奥林匹斯山的一个maître de plaisir（法语：有趣的主人）。而装潢！老天！谁能做到？鲁本斯能。如今我们太过热切——也就是说，我们脾气很坏——这也有其缘由，因为我们衰弱且紧张，并且要是整夜装饰的话，我们就会头痛。我们装腔作势，说自己不想再跳舞了，可事实是我们的双腿已经僵硬且疲惫。不过，你也许不赞同这些观点，芬格尔先生，我清楚地知道它们并不流行了。”

“我非常赞同。”——尽管只是部分；我感到高兴，因为他原本有理由期待在这次争论中占上风，而现在我让他的希望落空了。然而，我也知道他说这些废话并没有什么意思，只是自始至终他只想说明他足够世故聪明看出了我的讥讽；最重要的是，他想在明娜面前炫耀。他不住地半睁着眼瞥明娜，那得意的笑容犹似在说：“这傻瓜就要将我们搁浅在沙洲上，而我迅速明白过来，转移了话题，你注意到了吗？我希望你会心存感激。我谈论艺术时是不是特别精彩？他也应该试试，可他只是知趣地保持着沉默。我也知道什么时候该安静。Assez d’esthetique comme ça（法语：这样也足够审美）！”

当我们来到剧院外面时，一些绅士小姐们走到休息厅的阳台上。我想起了昨天；这个时候我和她一起站在那儿，夸耀着我的能耐和我渐增的财富。“他站在他的宫殿之巅——波利克拉提斯，波利克拉提斯！”①

“对了，”斯蒂芬森顿了一下说，“我去拜访过你母亲了，她身体很好，行动也没有不便，我很为她高兴。”

“是吗？你昨天就来了？”

“不，今天，坐早班车来的。”

“又要走了吗？”我脱口而出。

“大概明天出发。”他嘲弄地笑着回答。

“我还以为是的呢，”我说，“因为你那么急着去拜访。”

“可画呢！一天是完不成的。”明娜说。

“只是罗马！幸好那画没人用。我已和监管人联系并安排好了，我想明天开始。”

① 出自席勒的名谣《波利克拉提斯》。

我已将那幅画忘得一干二净，而他显然也是。

我们慢慢走过了茨温格宫，现在正穿过花园走向后庭。一群树干相倚的刺槐后，街灯散出一道晦暗而朦胧的黄光，与夕阳的最后一道余晖抗衡，苏菲教堂精美的哥特式砂岩入口在这光线中凸现，而纤细的露天塔尖如鬼魅般矗立在黄昏天幕中的幽暗树梢之上，天空几近无色，只有几片轻柔的云朵仍辉耀着玫瑰色微光。晚上散步时，我时常看到这地方笼罩在迷人的光线中，可现在，令我厌恶的是，竟然是斯蒂芬森将它提出，并用艺术家的权威将其收纳。

“看，它矗立彼处，真是精妙；简直就是凡·德尔·内尔。”

“哦，这里总能看到美丽的光效，”我说，“有一天我们会在萨克森－瑞士看到‘真正的普桑’。”

明娜咬着唇。我们的话让斯蒂芬森摸不着头脑，他感觉我在嘲弄艺术家的手法。

“是啊，我也全然相信。到处都能找到话题。可，到此为止吧！我住在韦伯旅馆，我要走了。也许我已经打扰到你们了。”

我们当然说没这么回事。他快步离开，碎石在他脚下嘎吱作响。

我们一路沉默着走回家。邮局旁，一群黄色车辆如蜜蜂回巢般拥挤着爬行在回家的路上，喇叭声不绝于耳。

我默默地诅咒着一切信邮和整个邮递系统。

第二十七章

雅格曼太太无比惊慌地打开门。她把明娜拉到黑暗的过道，悄悄说了些什么，我关门时听到明娜说——

“知道了，知道了，我们已经碰到他了。”

“哦，天哪！”她母亲呆呆地惊叹道。

这并没有缓和我的脾气。我不断来回走着，不自觉地向油画里斯蒂芬森的另一个自我挥舞拳头。门打开时，我才察觉到自己的举动，于是抽回手放进衣兜里。

明娜疲倦地坐在沙发上。

“他要把我怎样？”她担忧地喊道。

“你？可他是来画画的。”

她摇了摇头。

“他想要再次占有我，这才是他想要的。”

“真是无稽之谈！你怎能这样想？”

“你不也是这么认为的吗？”她询问似的看着我。

“也许有那么一瞬间是的。在这种特殊情况下，总会有奇怪的想法。可是，也没有理由——”

“你注意到他对我说‘不管你的新家在哪里’时的语气了吗？——这些话太直白了；我太了解他说话的方式了。”

“可是，那他也太放肆了吧。我们已经订婚了！不，说不定要是我们已经结婚几年了，他还满以为自己有希望呢。”

“真羞人，你这样说真讨厌，你没有权利这样说他。”

“你在维护他！”

“很奇怪吗？你自己也知道这样说不公平，还有，你该记得你这样贬低他我会伤心；因为，毕竟，我曾经喜欢他，当然，依旧……整个下午你都不太对劲；你一直针对他，我本来就很紧张了，你还一点都不让我好过些，真是难堪。”

“明娜，是我不对！原谅我。我自己也感觉到了；可你要理解——在这种思维框架中，在这样的情况下。”

“说明你害怕他。你和我一样怕他，一直都是；不只你说的一会儿。”

“不，没有。毕竟，这只说明那个男人的出现让我恼怒，他拥有你过去的一部分，我必须讨厌他。”

“这也是事实啊，他拥有我的过去，一切都还有些价值，致使他认为能够影响我，也许确实如此。”

“明娜啊明娜，你在说什么？”

“哦，我完全糊涂了。”

“你难道不知道你是我的，我也是你的吗？”

她慢慢地点点头，同时紧抿双唇看向前方。

“你爱我！你不知道吗？”

明娜站起来，温柔地拥抱我。

“是，我的爱人，这我知道。”

“所以，没什么可怀疑的，就算对他也一样。他很确定你不会屈服于一场基于利害关系的婚姻，而他也知道，我既不是公爵也不是百万富翁。”

我们手挽手坐在沙发上，我对她说了许多抚慰的话；天色太暗，我几乎看不见她。她极少回答，我怀疑她是在听我说话，还是思绪已经飘散。突然，她握着我的手说——

“哈拉德，让我们离开这儿！马上，就明天。”

“离开，可去哪里呢？”

“去山上，去厄尔士山，去布罗肯山——哪里都可以！”她带着随时会流露出的欢乐笑出来。

“好吧，可明娜，这样好吗？”

“我敢去。我都想过了——我没有什么亲戚可顾及的。我是我自己的主人，我敢。”

“那就好，我很高兴你能在危急之时不顾——不顾这样的观念和俗套，可我认为在这种情况下你该明白你的名誉对我来说才是世上最珍贵的东西，所以我还看不出有这个必要。”

“有必要，就是有必要！”她坚决——几乎是蛮横地说。随后，她将嘴巴凑到我耳边，几乎是讨好地说：“去吧，哈拉德。说‘好’！”

“那好吧，亲爱的——”

“好了吗？”

“那就是说，我们明天真的要出发——”

“是啊，是啊，怎么啦？”

"我几乎没什么钱了，在这么仓促的情况下，我不知道怎样——我在这里也没什么认识的人，只有赫兹——"

"不，天哪！赫兹！他们会怎么说呢？我没考虑过他们；我将多难堪啊！"

"是啊，你说得对，这真是重要的一步，需要全盘考虑；要是草率迈出，后果将不堪设想。"

事情的转机正合我意。我继续宽慰她，感觉差不多就要让她打消那个念头了，可她突然说——

"要是我们自己有钱的话，我还是要去……钱竟然有这般力量，真是可怕！"

就在那会儿，她母亲拿着灯进来了，我被明娜脸上惊恐的表情吓着了，那夸张的表情也许是因为突然而来的晃光。她似被迫要面临那不可避免的命运，而我自己则感到一阵害怕与不适，就像危险迫在眉睫一般——尽管我不能想象它就要来临。不管可怜的明娜与斯蒂芬森见面、听他无理的斥责和无益的陈诉有多么痛苦，可这一切都能克服，整个事情我都能够理解。

我并没有说出我自己的秘密预感，可正因这样才使这些推理得以站得住脚。明娜似乎同意了我的说法。

由于我们在用丹麦语交谈，老人自觉de trop（法语：多余），正要悄悄溜出去，明娜叫她留下并开始和她讲萨克森方言和德累斯顿俚语；她说着这些有趣的语言，笑得如此欢快，还露出各种奇异的表情，使我很快忘记了刚才的沮丧之事，而她母亲则笑得眼泪都出来了。

茶后，老人睡着了，明娜坐在钢琴前，开始弹奏肖邦的一首摇篮曲。她还弹了一首华尔兹舞曲，可她三番两次中断。

"我弹得不顺手，"她说着向我走来，"还是读书给你听吧。"

她拿出《海尔布隆的小凯蒂》，这本书我们已经读过一些了，还期待着去看这场演出。

我们很快就读到那美妙的情节——从小溪蹚过时，凯蒂并没有提起裙角，于是老仆人喊道——

“只提到脚踝就好，孩子，只到鞋底最低处就可以了，凯蒂。”可她还是跑开去找木板。

“是的，赫兹把你称作凯蒂非常正确，”我插嘴道，“你还记得在采石场吗，我们往上爬的时候？”

“哦，当然，我记得。你那么固执，那么可恶！你无法想象你看起来多么好笑，就像带着一个完全不相称的面具——”

然后，她读到那最触动人心的、最纯真烂漫而意境深远的恋爱场面——这也是整个戏剧文学所共有的：凯蒂在接骨木树丛下休憩，半睡半醒地回答伯爵的问题。“Verliebt ja, wie ein Käfer bist du mir（“对，在爱情中，你就像只甲虫。”）

“你就是那样！”明娜喊道，“那些天我就该那样说你。”

我们笑着亲吻对方。

她流利地读了近半小时后，突然停下来，红了脸；我还没察觉到这点，书就迎面打上我的脸；她只想把书丢开，而我坐在对面，书自然就打到我了；也许她是不由自主地感到恼怒，因为我正等着她念下去。

“我都做了什么啊！”她喊道，突然跳起来，跪在我旁边，“我真是无耻之徒！这伤害到你了吗？”

我笑着告诉她我只是吃了一惊而已。

“我不能读给你听——他怎么写这些啊？我甚至不能镇定自若地跳过它。”

我试着捡起书，可她把书夺回去，将书页弄平整，然后放回书架上。

“可怜的人啊！你会遭到报应的！”

“就是，回你老家去——闭门思过吧！”

我们笑得无法自抑。书碰到我的头时，老人就看似要醒了，而我们的笑声则彻底将她吵醒了。

“你们太吵了，孩子们，会把值夜人引上来的，”她说，“已经很晚了。哦，天哪，对！还是去床上睡就好了！”

她拿过柜子上的一小截蜡烛，懒懒地走了出去。

平常时候，到这钟点我就该走了，我很少待得很晚，因为我知道明娜要早起。

可她叫我留下，因为她说接下来她会几个小时都睡不着。

“我已经读过书给你听了，现在该你给我讲故事了，”她说，然后在沙发上坐下，坐在我旁边，“我告诉了你许多我童年的事情，可还没怎么听过你的呢。跟我讲讲吧。”

我跟她讲了泽兰省南部护林之家平静而孤独的生活。对于母亲，我不大记得了，而描述我刚过世不久的父亲时，我心中充满了悲伤，因为我想到，他也许会喜欢我的明娜，而明娜也能把他看做第二个父亲。从某些方面看，他相当奇怪，他是叔本华的信徒，是自然的哲学家；因此他总是和附近的牧师争吵，因为他们热衷于改变他的信仰。我和他一起过着隐逸的生活，而令众邻反感的是，他让我在他自由观点的熏陶下长大。

明娜唱起了《瓦尔基里》中的一段，其中西格蒙德在讲述他的青年生活：

和父亲一起逃亡
无亲无故；
在林间与狼为伴
一过数年
我的青春已逝。

"对了，你们丹麦有狼吗？"

"当然有啦，还有北极熊坐在滑板上跑来跑去。"

明娜敲打着我的手指。

"毕竟，也不是不可能！波兰就有狼。我曾去表姐家待过一阵，她嫁去了那里，那时我就听到过狼嚎。对，就是你看到的那样，我就是这样！——对了，为什么你不学林学呢？我倒想嫁给一个森林学家！"

"哦，那你早该让我知道啊。可你别忘了，那样的话我们就遇不到了。"

"为什么遇不到呢？那样的话你就会去萨兰德读大学。有缘总会相见的。"

"真是个宿命论者！"

"哦，你早该知道我是！可，说真的，我倒真觉得林学挺适合你。"

"我以前对它也很感兴趣，想做建筑师是后来的事。当我母亲的兄弟——伦敦一个大型瓷器厂的负责人之一，说要是我能成为理工学院的学生他就可以帮助我，那时我才决定读理工学院。是啊，机会难得，我父亲也觉得我不该错过这个机会。此外，他认为过一种实际的生活对我来说未尝不是好事，这样就不致成为一个遁世者和梦想家——像他一样。"

"我肯定你仍会成为那样的人。我亲爱的是个热心人。你从没跟我提起过那些你爱过的人。你难道不知道有个风俗，就是——所有订婚夫妻都会立刻向对方夸口他们之前有多少恋人吗？在订婚之前向对方坦白，虽是特例，却也符合此风俗，可你似在想将它们一并打破。"

"并不是这样。我对天发誓，定会向你坦白的。在春心萌动的时候，我曾思慕一个守林员的女儿。"

"哦，还真是田园风情呢！"

"不，只能说一半是。因为她一点都不漂亮，我总是努力维持幻想。但我总觉得该有个人让我带着燃烧的心将她的姓名首字母刻在树上。”

“没错，你们男士总能够冷嘲热讽地谈论你们的爱人，可怜了我们这些女子。那接下来又是谁呢？”

“没有了。”

“你说什么？看这儿，哈拉德，哈拉德！”

“真的，请相信我，没什么可提的。可能我曾迷恋过在街上遇到的漂亮女人。我也曾一两次在梦中构筑空中楼阁……”

“哦，对那些，你一定是个伟大的建筑家。可我确定你在骗我。”

“何出此言？别忘了我社会经历这么少，还没遇到过几个女人呢。”

“对了，那也许就是原因。很可能你也是因为那样才会喜欢我。当你发现我和别人没什么两样——”

“可你和她们不一样。”

“只是你不知道而已！”

“我很确定，你和她们不一样……再说，我又会喜欢上别人的什么呢？”

明娜开心地抱着我。

“说得好，是真心话，所以，该得到一个吻……要是你能一直这样想就好了！不，别承诺任何东西；承诺有什么好呢？吻我！”

十字教堂敲响了十二点的钟声，我真得离开了。

外面的门当然早就关上了。明娜不得不和我一起下去打开它。我们在如地窖一般的冰冷走廊上久久拥抱。打开门后，我并没有流连，而是迅速溜出去，以免行人和邻居看到她。就在她要关门时，过道上的风把她的裙角吹到门外。而我过去帮她时，抵不住诱惑偷亲了她一下，顾不上对面的人行道上还有人了。

她放在走廊上的小灯，发出光亮，将她的昏暗的身影笼罩，灯光忽闪忽闪就不见了。

“再见，再见！”她迅速小声说道，说完就把门关了。

第二十八章

我快速走着，默念："心中有梦，吻在唇边。"如一首德国抒情诗所咏。我高兴地呼吸着夜间的新鲜空气；我的手杖叩在人行道上，坚定的脚步声回荡街中。对面人行道上，只听见一个男人的脚步声与我齐步行进。整个街上只有两盏灯，且都在我这边；我看了一眼那个陌生人，却没看清，而他很可能目睹了那个温馨的场面。他突然穿过马路，清了清嗓子，然后举起他的帽子。认出是斯蒂芬森，我非常惊讶。

"不好意思，芬格尔先生，"他说，"也许这个时候吓到你了，好像……直说吧，我一直在等你。"

"真的吗？那你一定在人行道上站了很久了。"

"你离开你的未婚妻比平时晚了多久，我就等了多久……可见我是多么想见你。"

“你太抬举我了。你想——”

“我想和你谈一谈，谈一个于我们都很重要的话题。”

“好吧。”

“我们去一个我熟悉的地方喝杯啤酒怎么样？我们可以单独谈谈。”

“一杯啤酒当然可以。”我回答道，尽量做出一副欢快而无所谓的样子，尽管我感到像是有人在邀请我喝毒药一样。

“你是要喝比尔森啤酒呢，还是德国棕色啤酒？在我看来，我再也无法忍受我们丹麦的啤酒。”

“对，就像是在开水里加了杜松子酒一样。”

“正是！那还是我们引以为傲的！是啊，à la bonheur（法语：幸福）——如德国人所言，不管怎么说，它还给我们带来了一些雕像。[1]我们去‘三只渡鸦’——你很可能也很熟悉吧？”

“不，我只去过那里几次。”

“真的！我以前几乎每晚都会从你刚出来的那扇门去那儿。你该知道我以前住在那儿吧？当然，我自己有钥匙，因此，没有机会得到那样美好的送别。说到此，你知道那个说法吗，‘一个永远没有自己房门钥匙的天才’？我发现这非常适合用在我们丹麦天才身上，几天前，我就发现了这样一位新作家。我想你了解我们的新文学，对吗？无可否认，其中有许多‘go’，此外，我主要看法国小说。好了，我们到‘三只渡鸦’了，装了灯饰了，这倒挺新鲜。你先请。”

他站在我旁边，让我率先走进被灯照亮的走廊，随后，他由左带我走过一间台球屋——五六个穿衬衫的人在里面打台球，然后就到了一间小空屋。我们还没来得及脱下外套，一个长着羊角形胡子的苍白的胖服务生就进来了，急忙为斯蒂芬森脱下衣服。

① 哥本哈根一位有钱的酿酒师以收集现代雕像为爱好。

“欢迎光临，教授！”他说，又为了让人知道他熟识这位客人，于是追加了一句，“又是为了画画从丹麦赶来的吧？”

“不错，‘三只渡鸦’近来如何，海因里希？”

“没什么变化，教授，托您的福，还和以前一样；只是去年开始我们就不酿比西米亚啤酒了，就是您有时会喝的那种。还有，一个服务员——可也许教授您记得弗朗茨，那个长着红胡子的家伙？”

“没错，他不在这儿了吗？”

“上个复活节，他在弗里德里希开了一家酒吧。听说生意不错，可我认为，‘已到手的东西——’”

“你说得对。你不能离开‘三只渡鸦’，这里没有你可不行。你看，亨利，我能和我朋友单独谈谈吗？”

“哦，天哪，教授，当然可以。比尔森啤酒好吗？”

“好的，两杯——还有——”

“加盖的，当然，教授！”服务员抢先说，随后鞠了一躬，掸了掸他腋下的餐巾，迅速走了出去。

我在一张天鹅绒沙发上坐下，因自卑感而心情低落，和一个常客一起到公共场所，总会有这样的自卑感——他被服务员视作一半王子一半朋友来对待，而对其他人，无论怎样热情都像是施舍。何况这是怎样的客人啊！离开几年后，回到这里，仍能像昨天才走那样被接待。斯蒂芬森，“教授”，显然为此扬扬自得，他伸出腿，瞥一眼沙发上的镜子，手在颈子与硬衣领间拨来拨去。

“那些服务员的记性真是惊人！”他说道，“他竟然记得我常用加盖的杯子喝比尔森啤酒——真是不可思议！对了，我在柏林跟一个搬运工也有奇遇的经历……”

他开始讲一些逸事，以便打发侍者回来前的时间。我感觉他在捉弄我，就像猫捉弄老鼠一样，几欲起身走开。隔壁屋子里传来乏味的点数声。只听一阵嘶哑的喊声——

我调皮，

你调皮，

我们都调皮。

服务员端着啤酒进来又立刻出去了。

斯蒂芬森朝我举了举酒杯，长饮一口。

“嗯——”他开始说，“那个——对了，你抽烟吗？”

“这么晚通常不抽。”我回答，尽管我非常渴望用烟草镇定一下我的神经；可是我兜里并没有烟，而想到要他的东西我就觉得恶心。

“噢，你真有原则，”他一边点烟管一边说，“的确，原则，好比旅行箱，旅行时是不该拖太多……艺术也有原则……然而，我们要谈的是我们共同关心的问题。”

“正是，我想我们可以开始了，”我急切地喊道，“有什么我可以效劳的地方吗？”

斯蒂芬森怪异地笑了笑。

“我敢说你可以，可那不是我想说的……嗯！在平台上时，我说我是来画画的。”

“这我并不感到惊讶，因为你是个画家。”

“一点不错……我是来画画的，可我不是专程为此而来……是明娜写给我的两封信，她在信中告诉我和你订婚之事，我才来的。”

“我不明白为什么你会为了两封信来德累斯顿。”

“也许当你知道我和明娜之间那种关联时你就明白了。”

“你们之间的关系我知道得一清二楚，所以这让你的出现更为令人费解。”

“确实！可我认为你也应该知道，她就要和另外一个人订婚的消息定会令我惊讶不已，而我——”

“请等一下。吃惊？为什么？我认为你该早有准备，这于你该是个好消息。你之前和她调情，不幸的是并非无果；作为回报你赢得了她的爱情，尽管你没能让她成为你的情人——”

“芬格尔先生，这是何等的谴责啊！我必须清楚地反驳这样的暗讽——”

“对不起，你几乎想象不到，你与明娜之间，我更相信明娜。而你，从另一方面讲，你没有足够的道德勇气来承担订婚所蕴含的责任——”

“订婚？那是最后一根稻草。我的好芬格尔先生，你还太年轻，很可能仍保持着丹麦式的看法——仍满足于四年、五年，乃至六年的订婚。而我则不。我会更为了明娜着想，可不会有这种荒谬的看法，去做一个典型的丹麦式未婚夫——不会！”

“很好，这样一来，你也有你的原则了。遗憾的是，德国人对订婚的看法也和丹麦一样，她的德国情感和德国认知可能并不能完全珍视这些动机。更遗憾的是你没有向她表露你自己对于此种情形的看法，而她反而认为你和她之间再没有联系。”

“她是对的……我当然希望她拥有彻底的自由——”

“而你也有你的自由，你的才尤为重要。”

“你那样说是什么意思？”

“你无疑是以你的自由为借口，事实上，我现在就能说出一个足够‘富有’的女人，激起你结婚的愿望。”

斯蒂芬森嘲弄地笑笑。

“我只能说哥本哈根的谣言洞并没有堵住，因为那里的谣言竟传到了萨克森。我能想象你也并没有剥夺明娜知道这些‘珍闻’的权利。”

“你要怎么想都可以，不关我的事！可请你注意这个事实——她使用了她自由的权利，而你感到吃惊甚至恼怒，可见你并非始终如一。”

话题的转折显然让斯蒂芬森感到非常恼怒；可他把到嘴边的话压了回去。他紧锁眉头，一言不发地看着天花板，深呼吸然后叹气，持续了几分钟。“这是什么意思？”我想着。台球屋里的声音越来越吵；音乐会员们用伤感的颤音唱着长长的调子：“Gute Nacht, du mein'he-rz-iges Kind（德语：晚安，我心爱的宝贝）。”几种声音加在一起，绵长却不和谐地高唱着“心爱的（herz）”。斯蒂芬森笑了，他用手揉了揉眼睛，神情茫然地看着我。

“你不了解我。”他分辩道，咬舌声中又带上了温柔甚至甜蜜的语气。“你刚才说什么？我知道，她可以有自己的自由，那也不会让我恼怒。可这不是重点！我一点不觉冤枉。可也不是说她就使用了她自由的权利——如你那般惊人的观察——根本不是这样。如果我知道她是要和一位她认识已久的年轻人订婚，而且她还认识他的家人，并且能很快娶她，比如说那个她常去拜访的犹太人的儿子，姓什么，我不记得了——”

“我想你说的是赫兹吧？”

正如他们在台球屋里嘲弄的合唱——《赫兹好人》。

“就是赫兹。她当然可以嫁给他，为什么不行？虽不算绝配，却也可靠。那样，我就会退出，也默默祝福。事实上，在那种情况下，就无须征求我的同意。”他又说道，带着一种得意而嘲讽的语气。

“你的最后一句话非常中听。在目前这种情形下，也适合吗？”

“并不是这样。请你站在我的角度想一下。明娜和我分开了，可我们仍维持朋友关系，谁都知道我们不仅是朋友，只是没有形式上的约束罢了，我们许诺不要忘了彼此。就这样，我们有规律地维持了一年半的通信，你可能已经知道了。可我并非‘惯于伤感’——即便我们的朋友多少有点，我们自然没用情感的流露和爱的承诺来将彼此束缚。然而，幸运的是，艺术存在于‘字里行间的阅读’，而这样，我可以毫不吹嘘地告诉你，我两三个月前收到的信，是出自一个爱我之人的手。”

我头脑里立刻浮现出那本小小的丹麦字典——那曾是明娜最喜欢的书，于是不敢反驳他了。

“接着，她突然告诉我她要和一个只认识了不到三周的年轻人订婚，而那个人——原谅我这么说——还不能尽快和她结婚，不能给她一个舒适而可靠的家。原谅我，我还得旧话重提——说到你的经济状况我就觉得苦不堪言——我也知道不能在短时间内建立一个家庭，更无法以充足的财物来维持它，本身就是一件耻辱的事，更何况这由他人提及，就加倍耻辱了；可这于我极为重要，这表明她没有考虑过拥有一场基于利害关系的婚姻。”

“正如我跟明娜说过的，也就是说，你该知道这点，最终也该明白这很重要……”我结结巴巴地说着，因为我恼怒自己竟承认明娜和我已经谈论过他可能插足之事。而他，长饮一口后，越过杯盖，偷偷看我，然后满意地吸下沾在他上唇胡须间的啤酒，好像在对自己说：“哦，朋友，你那时就开始想了！你们已经谈论过那种可能性了！”

“重要！哦，毫无疑问。”

“这等于说——我们俩的事——总之，与你无关！”我蛮横地突破这困境，凶巴巴地看着他。

“有关，当然有关！你的推理不太得当……无论如何，我非常清楚是什么使你们误入歧途。当然你蔑视这种‘基于利害关系的婚姻’，你也忘了我并不赞同这种丹麦式偏见——即便这是一种世界性的偏见。相反，总的来说，我认为所谓的‘基于利害关系的婚姻’是最可能得到幸福的，可不要忘了婚姻整个就是一个——我就不说诅咒——畸形的事物……然而，我们都知道，你们之间是根本不存在这种婚姻的；这里面也许是激情、热情或者爱——随你怎么说。可不要误解我！我毫不怀疑，如你所想，这的确存在，我甚至可以进一步承认：明娜也许喜欢你，甚至——我不介意说——是爱你；只是，问题是，这种爱该如何形容呢？”

“这个问题让她来解决最自然不过了，不是吗？”

“你在做梦吧！她根本就无法解决。我确信她迫不及待地打破我和她之间的这种关系已经为你们那突如其来的全新爱情带来了不少的好处——这种她自己感到怀疑与不满足的关系。此外，我甚至怀疑你和我是一国人，这个偶然的情况使她的情感和印象转移起来更加容易——”

我又想起她写给斯蒂芬森的第一封信上的内容，这证明了他的怀疑是对的。我垂下眼，被他质疑的眼光弄糊涂了。

“有利的条件、孤独或许也起到一些作用，接下来，我也毫不怀疑，你身上也有一些优秀、可爱的品质——”

“我们可以不谈这些无聊的话了吗！”我大吼出来，迅速起身，“我明白你的意图，可我究竟为什么要理会这些呢？我不认可你有什么权利扮演明娜的监护人。”

“可我又为什么需要你的认可呢？这毫不相干。我仅仅有权利尽最大能力阻止明娜不要犯这类愚蠢的错误，因为一错就很难挽回，而至于我以前对她的行为——从某种程度看也是我匆匆来此的原因，确实我的责任——我不知道你的嘲笑是何用意。”

“我想这种‘责任’也属于那些世界性的偏见之一，而你是不赞同它们的。”

“相反，这正属于我确实赞同的一类。还有一个动机很可能才是对我影响最大的。那就是我爱她——我爱她！”

他也起身。我们隔着桌子彼此怒目而视。我突然感到目前最自然也是最适合做的事就是跳起来像两只老虎那样打斗，而不是继续争吵，不是继续一起喝啤酒，然后礼貌地道别离开。这想法使我对目前的情形感到愤怒，于是我恢复了自控。“既然已经开始了，就让我们把这出闹剧演下去吧。”我想。我将桌子推开，离开了这使我感到被围其中的狭小空间，开始在屋子里来回踱步。而邻屋的人们用带着日耳曼人般的热情高唱着《莱茵河上的守望者》。

“那你究竟想要做什么呢？”我最终喊出来，“难道你想让我放弃她吗？”

“哦，不，我从不要求不可能的事。”

“真的不吗！那么，你也知道那是不可能的了？”

“当然，就像纽伦堡人不能吊死人那样——他们首先得捉住他。”

“我知道我捉住了明娜，就像我知道她也捉住了我一样。”

“你也只是这样说而已，况且这说法已经过时了。没有人能得到或拥有别人。你真的认为你们订婚就能够吓着我了吗？就好像我早前没可能和她订婚一样。”

“可你竟愚蠢地没有这样做！”

“也许你说对了。可我仍有机会，她将会在我们之间作出选择。”

“她已经选择了。”

“不，她并没有。在她猜想我不会和她结婚的情况下，她才答应你的求婚。你敢说，要是你向她求婚之前，她确定我爱她并且渴望娶她，她还会答应你吗？……很好，可她的猜测是错的，如果你的品德足够高尚，就不该以她在这种情况下做出的允诺来约束她。”

“如果她自己不把它视为约束，我是绝不会在任何情况下把她的允诺视为约束的。”

“哦，可那正是困难所在，先生。我毫不怀疑，明娜就有着这些受人尊敬的偏见，这是柔弱女性的标志性特征。老实说：我对女人也并非没有这些偏见，尽管没有这些，生活会容易些，也更合意些。那是一种何等的奢华，可我们能做什么呢？现代人的天性里就包含着这样的矛盾……因此，明娜很可能会把这样的订婚视作对时间和永恒的束缚。她并不完全是一个可称之为有个性的人，可她也确实具有某种天性——忠诚的天性；最终你就会轻易地——你不必宣告你的权利，不必向她呼吁忠诚——就能保留她温和的、虽有些狭窄却有利于你的责任感，你无须拉紧纽带，仍能紧紧握住它，因为她自己不会解开它。我只要求你自动放开它；请你明白，如你所说'不放弃她'，可不要利用这个半合法的位置赋予你的权利，作为一名绅士，我想要你要明白，不是为了我——你当然希望我吊死！可为了明娜你不能这么希望——我不相信明娜会给予一个男人这样的承诺——不能希望她被迫成为你的，甚至是精神上的被迫，而同时却因为没能成为我的而暗自悲痛。如果你注意到了，或是察觉到了她即将要犯这样愚蠢的错误，那么你有责任不去接受她这样的牺牲，而是，如果可能，让她睁开眼睛，将自由还予她，而这些是她自己没勇气做的。也有可能你已将我从她心中驱逐，那样的话，一切就只能这样了。可也不排除这种可能：她同时爱着我们两个，只是情感各不相同罢了。那样一来她肯定得经历痛苦的挣扎而得出结论；可她必须自己解决矛盾，我们就最好不要逼她，不要把她往相反方向拖，从而使得这场争斗更复杂……明娜必须在我们之间作出选择，世上没有什么力量能使她免受抉择之苦。可她必须自由选择——我想要的就这么多。"

"我不会在她自由之路上设置任何障碍，不论是直接的还是间接的，我会尊崇她的决定，不会试着动摇它。我相信你也一样……我想你今晚跟我见面的目的就是要听我这么说，既然我都这样说了，那么，我觉得我们现在可以告别了——以情敌的身份。"

"可至少，作为诚信的情敌，公开作战，并且使用平等的武器。"

我从挂钩上取下帽子，僵硬地鞠了一躬，离开了那间屋子。台球屋里的游戏也结束了；两个穿衬衫的人，手搭在对方肩上，相互诉诸"绝对的喜欢与无尽的尊重"。音乐会员们坐在台球屋的角落里，唱着：

“Kin’ feste Burg ist unser Gott（德语：神是我们坚固的城堡）。”从他们的行为可以看出，他们已经醉得不省人事了。夜已然深了。

我幸运地找到那名胖服务生，并付了自己那份酒钱。

第二十九章

我，彻夜无眠。

十字教堂的钟声敲了一下又一下，而我却辗转难眠。有时我的思绪开始飘忽不定，这正是入眠的先兆，可一阵兴奋涌上来，我就又睁大了眼睛。沉重的绝望感占据了我的心，一切都好似无望，不久，眼泪就开始流下。

厄运越是看似不可能，可一旦它在可能的最大范围内出现时，它就越快成为现实，因为既然它已经越过了最宽广的悬崖，就无法怀疑它也有能力战胜更小的裂缝。既然能将其从无变有，又为何不能将其从有变成全部呢？必然之事——那在我们看来不可否认的东西，是存在的，可当我们从根本上对其进行争论，它就会被驳倒；因为那样一来，它们最内在的东西就会和它们的无可争辩性一道消失。

有什么能比一个忠贞的女人之爱更具确定的拥有感，更加远离危险呢？我感觉明娜是爱我的，我知道她具有——如斯蒂芬森也曾说过的——忠贞的天性。

可如复仇女神一般的可怕事实是——这种忠贞将会自食其果：正是她对旧感情的忠贞激起了旧感情与新感情——和我建立的感情——之间的争斗。

我是多么稳妥地在躺在幸福之中！而现在，一个陌生人明确地告诉我，他要将它从我身边夺走。而我是怎么想的呢？我是把他当做一个可怜的傻瓜朝他大笑或是逃避他吗？不，我还和他吵起来，好像我的幸福真的需要捍卫一样；更糟的是，我还真的和他商定了怎样在以后表现得最好，这样就等于我认同了他获胜的可能性，并且承认我已不再拥有这等幸福，而是首先要赢得它。

这危险不只是有可能，而是实际存在的；它在我之上，而我在其重压下呻吟，就如同被噩梦缠绕。

我是多么稳妥地躺在我的幸福之中！然则我发现事实上自己如今正在担忧着危险的降临，而此时明净的阳光之上总有阴影悬停。我仍记得那封可疑的信件是怎样将我从初吻的醉人幸福中惊醒。我突然又感到了在尚导时，听到明娜的信落入邮筒时那种莫名其妙的恐惧。我第一次独自去她家拜访时，就有一种嫉妒感将我笼罩，而现在它又如鬼魅般出现。另外，我还没来得及享受重聚的欢喜，它就因明娜的悲伤而变得苦恼，他责备的信又引起了我愚蠢的嫉妒，或是不甚愚蠢的恐惧；我是怎么频繁地求她不要回那封信，可她还是回了，她带着独有的宿命论语气说：“我必须回！”这种语气似乎也对我有所影响。第二天，她写好信给我看，我们一起坐在“哥洛莎花园”的小山上，看着远处的百合岩，那时就有一朵孤独的暗影爬上我们的心头，就像回顾一座失去的天堂那样吗？

这样一来，敌对的命运似乎自我们相识那天起就已注定，并且威胁着逼近，直到现在——正如斯蒂芬森说的——“敲着我们存在的门”。而他肯定能进去；那个强者的威胁并不是徒劳无功。

我忘记了，命运敲我们的门那会儿，就说明了我们能够接受它，而如若必要，还可将它扔下楼；相信我们的弱点，否则，事实也许容易被命运的外衣所遮蔽。

一边受着这种混乱思绪的侵袭，一副没精打采的样子，然后一阵纯身体上的恐惧使我痛苦地站起来。我看到，或是感觉到一个灰白色的、大而无形的东西从黑暗中出现，然后不断慢慢地向我靠近。可这种模糊的印象并不能说明我目前的状况，因为这种神经性的印象确实难以描述，甚至是深不可测；它似从我意识深处的天性中冒出来，我们狭隘的观念和想象是无法将其束缚的，如同史前巨大的生物要在现今生存的物种之间找寻一个位置。

不久后，我摆脱了这种不适感，穿好衣服出门。

那是一个雨雾迷蒙的清冷黎明。咖啡店的门都还关着。我的头晕眩而沉重，还伴随着太早起床所致的下沉感，同时还得空腹行走一个多小时。

最终，我发现一家通风又干净的咖啡屋。我坐在角落里，还不待我开口，侍者就自顾建议我喝“苏打水”。

“咖啡。”我断然要了咖啡。

可火还没生起，所以我不得不等一下。我有一种身在旅途之感，但并不愉快，而是犹如周旋在各个旅馆间、奔走着坐早班火车那种仓皇失措的感觉。去旅行，离开这儿！……明娜昨天就是这么想的。后来，我几度劝说她——可现在，如果我们已经启程，她就坐在我旁边，我们让出租车载我们去赶早班车，我还有什么不能放下的呢？我们会去哪里呢？哪里都好，只要离开这儿！

然而现在不可能了，即便是我有钱也不行。斯蒂芬森的坦白，已经成功地让我瘫痪；很可能这就是他的意图，尽管他尚未察觉我们曾密谋离开。阻止我离开的并非我的自尊心，而是因为斯蒂芬森会抗议我的行为，这让我感到厌恶；更甚的是我害怕以欺骗的方式获得我的至宝；又更甚者，我会因为对她不公平而充满罪恶感。在我而言，逃走只是意味着明娜在考虑之后，仍喜欢斯蒂芬森。可即便在她同意的情况下，我又有什么权利去阻止这个决定呢？

设若日后证明逃走太过草率；假如她后来发现自己弄错了感情，那种悔已晚之感是何等苦涩啊！不，我们留下来，不管将会发生什么。还有一个内在之音不断低语："走吧！她肯定还愿意走。"

我的渴望与恐惧在催促着我，可我理智判断却在说："为何这么早去打扰她？我会吓到她，会扰乱她，她需要平静，需要想清楚。此外，那只会说明我自己乱了套；还会让我紧张，甚至显得不可信赖！倘若我不去，她便会单独和他说话；而这是我无论如何也不能阻止的，所以早晚都一样……是的，他们必须谈一谈，该死的，我竟这般为他打算。唉，我要么和她一同逃走，要么停止扮演白眼巨人的角色。"

我决定按往常时刻去理工学院，推迟到晚饭后才去见明娜。

第三十章

我进入那间小屋时，明娜坐在开着的窗前。我能够立即从她看我的眼神里看出，她已哭了很久。

“他来见过你了？”我立马就问，同时握着她颤抖的双手。

“嗯。”

她让我握住她的右手，而左手揪着手帕，紧紧捂在胸前，好似在忍着剧痛。

“他都和你说了什么？亲爱的明娜，昨天他和我谈过之后我就知道他要……他——毕竟——你昨天是对的，关于他来此的目的……不幸的是……尽管我这样说有些自私……”

我几乎不知道自己在说什么了，最平常的话语也不在我控制之下了，而是卡在我僵硬的喉咙处。我看着她扭曲的脸，等着她说话。她紧握我一下，又突然抽回手，沉坐在椅子上，双手捂面痛哭起来。这撕心裂肺的哭声，这猛烈抽动着的柔弱女儿身，如此触动我，我已忘却一切。我跪在她身边，紧紧抱住她，一再呼唤她的名字，还给她讲愚蠢的笑话，求她不要这般哭泣，求她振作起来，怜惜自己，别哭坏了身子。不久，我的眼泪也如她那般自如落下。渐渐地，哭声过去，她疲倦地笑了，还用小手帕擦干了我的眼泪，而手帕已经被她的泪水沾湿了；她温柔地握着我的手，小声重复了几次——

“我最亲爱的朋友。”

“我在，明娜，不管发生什么，我都在这儿……可你不能这样，听到了吗？你不要不开心，因为你不会不开心的……我什么都可以忍受，我宁可失去你，也不愿见你那样，我敢肯定，他也一样……别这么傻了，你要坚强起来……你丝毫不用为我考虑……只要想着你自己，什么对你来说最好，也就是对我们来说最好。做你该做的，跟着你的本能指示，那才是最重要的……倘若你能高兴，我们俩都会满意。”

“我——不，我才是最后一个该考虑的……如果我能放弃你们两个，不让你们两个伤心，我真的想——是的，我确定——我能做那样的牺牲，而不是让你们之一失望……可现在，我将手给你们其中一个，就得从另一个手中收回；那样我又怎能快乐？那是不可能的。”

“亲爱的，事实上，那就是唯一的问题。我知道刚开始你不会快乐，因为你注定要深深伤害我们之一，可时间一久，你就会快乐起来，因为快乐关系到你的一生……当你做了于你最好的选择，你就会慢慢高兴起来；没人有权利剥夺你的快乐——他会及时接受那不可避免之事。可如果你选错了，如果你弄错了自己的感情，那样我们三个都不会快乐。”

“真可怕！不得不做这样一个选择！要是有人能替我选就好了，要是其中有一个义务存在，并且对我说：‘你必须这样做，不然就错了！’该多好啊……可我不管怎样做都是错，因为我已经做错了，而且还会继续错。”

“不，不是的！你不能屈从于这个想法！不要把这些顾虑带进其他东西里——”

“哈拉德！”她叫道，同时站起来，定定地看着我的眼睛，“你敢为我选择吗？你有勇气吗？我是说你是否如此确信，以致可以问心无愧地说：‘你的义务就是跟我走。你已经向我承诺过，我不允许你收回。我相信如果你不这么做，就会毁了你自己。’你可以吗？……”

我全身蹿过一阵欢喜的颤悸，因为我突然看见我们的命运就放在我手头，而我只需抓住它，这个令人欣慰的迹象使我暂时忘却了责任的重要性。可我还没来得及回答，明娜就用手捂住我的嘴，用担忧而恳求的语气继续说——

“可哈拉德，记住，尽管你娶到这样一个爱你的妻子，一个不值得你这么爱的妻子——事实上我也知道——她不能让你快乐，因为她心中已有难愈的创伤、致命的创伤。我也永远不能原谅自己，不能原谅自己对初恋的不忠……家庭的幸福不能将他的影像驱除，是他唤起了我最初的意识、我最初的想法和我的独立意识，还有我最好、最纯真的感觉——这是该属于他的生命和情感。哦，他的影像于我是多么珍贵——可现在，它该如幽鬼一样来指责我把这些给了另一个人，而他还在安心地等我，为我们和我们的将来而工作！不，不，我不能真的幸福也不能给予你该得的幸福！”

我惊恐地站定，几乎被这绝望的言辞喷发震住；我把眼睛从她脸上移开，努力整理思绪，努力解开我头脑中的结。我也十分清楚，像这样一个天性纯良而忠贞的女孩自然会对斯蒂芬森的行为做一个尤为美好的解释。由于那封信上海涅的《悲歌》之故，她就已经推测出了他的忠诚，而自我昨晚和他谈话后，我毫不怀疑他会利用对明娜天性的了解把借口说得更加美好，简直就像戏剧似的：光照在昏暗的时间幕布上——那曾使他们分开的幕布。而我透过明断的棱镜看来，却不具一点浪漫的色彩；我也感到她会及时看清事实的真相，这也是那幽鬼的危险于我并不如她想象之大的原因。可，不幸的是，就算我再怎么确定，我都不得不承认，我对斯蒂芬森有着自然的敌意，所以我对他做不公平的评判也并非不可能。那样一来……

我仍在犹豫，可最佳时机已经溜走。

“看吧，你犹豫了，你不敢！”她说道，“而你也只考虑到了我们两个人。第三个人呢，那个你会带去最大伤害的人，对你来说可能只是个陌生人，甚是是你讨厌的人……想想做这个决定于我有多可怕吧，不管我转向哪一边，都会伤害其中一个我爱的人。”

“也正是这让我不能站在你的角度想。我不明白……你说你爱我，我感觉得到，也并不怀疑，可同时你又说爱斯蒂芬森。我就不懂了。我不认为你现在对斯蒂芬森的感情是爱，只是对过去的爱之记忆罢了，很显然，那种爱太过脆弱，是不能在其上建立婚姻生活的，尤其是在新的感情已经迸发并且与旧感情对抗时。”

明娜摇了摇头。

“你爱，真的爱吗，两个都爱？不可能。”

“我不知道什么叫做可能或不可能，我的朋友！可想想你自己也知道的那些，就得承认，即便你不相信，我也必须爱他。我已经尽可能让你了解，他对我意味着什么，你也知道，在那段冗长的分开岁月里，我的爱一直都在。没错，哪怕我认为他的感情已经改变，我的爱也不曾停歇，你看到的——就是你第一次见我时——即便是一本小小的字典也能通过这种方式支撑我：使我学会他的语言，给我制造一个幻想——我学它，只为了能与他谈话……而我又怎能，仅在几周后，就对他漠不关心！要是我听到过什么诋毁他的话，或甚至他爱上了别人——可我什么也没听说！而他在活跃的社会生活中，又面临各种各样强烈的诱惑，还能比我更好地保留他的感情，一点都没有移情的心思。哦，我的行为多么低贱而可悲啊！他最好能蔑视我！哦，我无心这样想，可也许这样对我们都要好一些！然而，他不但没有，还来到这里，好像他的生命和幸福都取决于我的决定——我的！天哪！如此深沉的爱对一个人来说竟会是一种诅咒——可爱，本该是最伟大的赐福。”

她转过身，努力抑制住泪水。

“我最亲爱的明娜，”我将手放在她颤抖的肩上，开始说，“你说得对，我可以预见，也本该预见。我此刻感到你对我的情感不过是一种热烈的友谊，而非真正的爱情。”

“怎么这样说？”她喊出来，同时泪眼盈盈地对着我——“为什么我不能爱你们两个人？也可能是爱的方式不同，你们不一样，情况也就不一样了。也许事实上我最爱的是你——”

“哦，明娜！”

“而爱得最深的是他。”她垂着眼，幽幽地说道。

我伸出的手臂又落下来，她的话如当头一棒，使我愣住。此刻，我感到我的嫉妒心曾暗自恐惧过的本能力量在攻击我，驱散了我的希望，推翻了我所有即将胜利的果实，带走了与生俱来不可抗拒的爱的权利。可明娜立刻又以真挚的柔情抱着我。

“不，哈拉德，不要那样想。天哪，我伤害了你！我并不是那个意思。我只是想到什么就说什么，可我表达得如此糟糕……也许一点都不像我说的那样，我也不知道，我完全糊涂了。我只觉得，你们俩都属于我生命的一部分。我被分成了两半。哦，天哪，我会得到个什么样的结果！”

“我亲爱的女孩，你通过自己的力量战胜了这些挣扎和困扰，就会变成一个健康、真实的女人……天知道我是多么愿意帮你，可你也知道，我不能帮你。没人能帮你，即便是百般爱你的赫兹太太也不能。我很想劝你向她倾诉——至少有很大可能她的建议于我有利，可那并不重要。我想你不该去问任何人，除了你自己。你的天性会迅速而本能地做出于你最好的选择……最重要的是，从现在起斯蒂芬森和我都不能增加你的不安，尤其不要像今天一样，我们轮流出现，让你更难决断。你无法忍受，很可能还会做出仓促的决定，就像刚才一样。而现在我们俩都已单独和你见面，并且各自陈述自己的理由。从此刻起……"

"陈述你的理由！"明娜喊道，带着坦率的笑容看着我，"可，我最亲爱的哈拉德，你并未如此。"

"没有吗？"我怯怯地问，"你认为我太平静了吗？"

"不，不是，亲爱的，我如此了解你，你是多么温和、可爱，对我也十分关切，你想让我免受你本可施加于我的责备；哦，可我确定，这样我会更加自责！"

"不要顾及我，明娜！你没有权利那样做……我该责备你什么呢？就好像即使我知道我们没有未来，可我仍然希望我们能够相识！我很感激你让我感受到的爱——"

"不，哈拉德！哦，不要那么说——"

"这会让你感到痛苦吗？那我就再也不说了。我也不该让这种因要失去你而形成的悲伤场景吓到你……该来的还是要来，相反，我答应你我会尽全力理智地克服它——还有——尽管我无法试着忘记你——也不会——"我的唇角开始颤抖，已然眼泪盈眶。"不，不，"我继续说道，"我想说的不是这个。此外，你的心会告诉你一切……我建议在你作出决定之前，我和斯蒂芬森都不再见你。要是你现在能离开这里，如果你在乡下有亲戚可以去拜访，那样会好一些——"

"我有个表姐在迈森附近，她丈夫在那儿有个农场。我去那儿也方便，他们夏天才邀请了我，我甚至不用提前写信。"

“如此甚好。你明天可以走吗？”

“明天？哦，我想不能。”

“赶紧去吧，明娜。最好不要拖了。我相信你下定决心后，会写下你的决定。”

明娜点点头。她又坐回窗前的椅子上，凝视着花园。

我拿起放在桌上的帽子，在手里来回翻转，等着明娜四下环顾。最后，我走到她身边，轻触她的肩膀。她转过头，迷蒙的泪眼吃惊地看着我伸出的手，和另一只不安地拿着帽子的手。

“怎么了？你不去？”

“是的，明娜，我必须——已经——我是说，你明天就要走了，我想你有很多东西要收拾。”

“我又不是去西伯利亚。”

“不会比那里远，可我必须走了——为了——”

“这不是真的，哈拉德！也许你留下我一个人是对的，尽管我就害怕这样，可我必须习惯……你什么时候再来？”

“我不会再来了。”

她跳起来。

“不再来了？你那样说什么意思？……你今晚不在这儿陪我了吗？”

“我想这不太合适，因为我们已不再有婚约。”

“不再有婚约？我觉得我们还是，直到……不管怎样，现在还什么都没发生。”

“‘还是’，直到你‘和我分手’。可你不必勉强，永远不要觉得你是在背弃承诺。不管做出什么样的决定，你都会拥有一次新的结合。解除我们婚约的是我，你无须感到不自在。”

“噢，哈拉德，真让人悲痛欲绝！我们交换戒指时，谁曾想到会有这么一刻呢？”

她看着手上的戒指，她双手紧握时，戒指就会闪闪发光。

“对了，戒指。”我说道，开始充满英雄气概般地扭动指关节处的戒指。

“不，不要，”她哭喊道，并且按住我的手，阻止我那样做，“哦，不要把戒指还我，也不要将你的要回！——我们为何要对彼此这般残忍呢？”

我叹了口气，笑了，温柔地握起她的手亲吻着，感谢她准确的本能使我们免受一种不必要的痛苦，或许也是最为苦涩的一种；因为一旦触碰这神奇的象征，订婚誓言的深意就都呈现出来。骑士在接到耻辱的死亡通告时的可怕感觉与行刑人的双手打破他的盾牌相比，又有多少差别呢。

“你不会再来了吗，哈拉德？不管是否有回婚约，我们都是一如既往的。”

“亲爱的明娜，请你想象一下，我下了多大的决心才决定不再来。当我意识到这也许是和你在一起的最后一个晚上时，我自己也不堪忍受。”

我心中感慨万千；我抿紧双唇，为了躲避她的眼光，我将视线移开，眼睛却落到了简约灰色壁纸上一处靴形的污块上。要说它有什么漂亮之处，显然不真实，只是思绪中仍有一种真切的惧怕，好似在说：“也许你再也见不到它了。”明娜无助地看着我痛苦的表情，而我也注意到了她的表情，尽管我仍盯着那块污迹。一两分钟过去了，我才继续说道——

“可毕竟最好是这样……没错，我们仍和往常一样，可我们对彼此又要和以前不同，而那于我们都很痛苦。此外，既然我们已经做了这样的决定，我就不该再来了——我是指这样对斯蒂芬森来说更公平些。”

“可万一他今晚要来呢？”

"他说过吗？"

"不，只是我想他也许会来，也许只是为了阻止我和你单独在一起。他很可能认为你会一如既往地过来。"

"你说对了，不管怎样我都不会任他恣意妄为。要是他来了，就通知我；我想，隔这么近，你应该能找人送个信……看，这是我的小笔记簿，我把它留给你。如果你把这个给我送来，我就知道该来这里。送来时要让他知道，好让他明白我不是不请自来……再见了，我的爱人，没人能阻止我那样叫你。"

我把手伸向她，她急切地握住我的手，她带着惊恐而质疑的笑容看着我，目光似要穿透我的眼眸，她稍稍将脸靠近我，也许已经神志不清了。于是我将她拉至胸前，长长地拥吻，好像我们彼此在猛烈地吸取对方的生命，为了保护它，使它不被摧毁。最后，我感到她从我怀里松开，向后退步，而我的手还挽着她，我察觉到她几乎站不稳了，她头垂在肩上，呼吸开始急促，全身发抖。我小心翼翼地将她扶至小沙发旁，任她瘫软在沙发上，然后拿垫子让她枕着。

于是我打开门请她母亲进来。她立刻从昏暗的厨房出来，当我告诉她明娜不舒服，她便又出去取水。她迅速冲进客厅，动作敏捷而慌乱，就像舞台上的侏儒；她脸上惊恐的表情同时让她难看的容貌更加扭曲，可又为其增添了不少心灵之美，因为由此可见她对明娜深深的关切。我见她照料那个半昏半醒的女孩，便匆匆离开，因为我感到，要是我在场的话，明娜的心境是无法平静的。

第三十一章

我小屋的桌上放着两封信，一封盖着英格兰邮戳，另一封盖着德国邮戳。两封信的笔迹我都认得，于是我迅速打开舅舅的来信。

他以惯用的简短而似商人般的方式写道，由于工厂人事有所变动，我最好在四周之内赶去伦敦。这样我就不得不放弃理工学院的学业，提前通过考试，可这不会妨碍我的事业，而我也没有必要放弃从事实际工作这样绝好的机会。几天后他会寄给我足够的钱，用作衣物购置和途中盘缠。他要我回信给他，以确定他的信已及时送达。这次交谈，或是命令，让我进入兴奋状态。

很显然，即便出现最糟的情况，即便我与明娜之间的关系要中断，最理想的事莫过于——如果愿望和希冀还能被说出——这次安排。我也可以立刻离开周围的一切，离开这充满令人心碎的地方，而在这里，我很可能会遇见她——为了在新的条件下投身工作——而这种条件要求我竭尽全力。可我的思想自然不愿流连于这种愿望——基于如此痛苦的假设的愿望——之上。再者，如果她选择的是我，那么在她仍遭受着刚度过的情感危机的震撼之际，在她比任何时候都需要支撑之际——也就是在她正强烈而逐渐更新地感受到：她正沉湎其中的爱情，那既不能也不会抛弃她的爱情，于她的幸福有着非凡的价值时——离开她是极为困难的，而且是不可能的。将她独自留下，或许一留就是数年，留给她的只有信件——还有那本丹麦字典！虽然我有可能比我想象中要快地得到一个允许提前结婚的职位，可这也不能弥补此刻就分别所造成的悲伤。

我和舅舅之间的关系还不致使我敢于让他改变决定，因我们仅是保持通信而已，我甚至不能说了解他。

如果我身受致命伤，这就是一块英格兰橡皮膏；而如果我胜利了，这就是一个不容抵抗的命令，将我从已然赢得的幸福中拉走，这根本就不像信中所承诺的那般美好。我感到一阵比刚进屋时还强烈的忧郁。

屋外下着大雨，狭窄的街道使屋子黑暗不已，我不得不走到窗前，以便能看清另一封信。那是我远在莱比锡的朋友伊曼努尔·赫兹的来信（他以康德的名字命名）。

他首先祝贺我订婚之喜（他请求我原谅他迟到的祝福，因为他——“太忙了”），之后又写道他听他母亲说起父亲在布拉格患了感冒，至今仍未好转，尤感苦恼；他担心母亲为了不惊扰他而隐瞒了父亲的病情，于是请我如实向他描述他父亲的病情。

当然，我太过自私地沉浸在自己的痛苦中，竟没意识到赫兹的病情已经达到致命程度了。因此，我没怎么思及他的询问，而是以演绎者似的深沉思索着他祝福的话语，尽力去想象出这些话语的勉强程度。老实的伊曼努尔·赫兹竟开始关注我了。我记得明娜总是避免谈起他；加上昨晚斯蒂芬森关于他和明娜的一席话，似乎暗指其后有什么隐情。这些都指向同一处；此外，在我眼里，了解明娜和爱明娜是两件紧密联系的事，而我的猜测也渐渐变得确定了。

那么，他也曾激情燃烧过！——他是怎么度过的呢？他断不是个性随和之人，但也许他的自控力胜过他的热情，因此创伤尚未达到不可治愈之地步。也许新的环境和繁忙的工作，对他来说是治伤良药。

而一想到我也有可能需要这等灵丹妙药就觉厌恶，然而，我渐渐沉迷于未来的英格兰之梦中，在这梦想中，最重要一项——工作——已是既定之事；但是，作为对自己的奖赏，我开始想象两三年以后的自己：和骑行队一起策马穿过海德公园（我想象中的海德公园应该和哥洛莎花园差不多），在不同的舞会上潇洒起舞，舞会上随处可见钻石和“上流社会”的重要人物，或者在隐匿在茂盛树林和鹿苑之中的古老乡间别墅里做客；一位尊贵的客人，网球比赛冠军，策马打猎，而且身着晚礼服，等待吃饭铃的通知，就像拜伦所说“灵魂的警钟”。当然，无论是在海德公园，在网球室，还是在乡间别墅，我周围永远都围有一群年轻的女士，她们有着世界上最美的名字，都是百万富翁继承人，即便是最为卑微的心，即便这颗心已经伤痕累累，都会为她们的美丽和吸引力所折服……但是，在这样的想象中，我的眼前始终都晃动着明娜栩栩如生的影子，呈现出朴实无华，大方得体的优雅，就像一张隐藏了其光辉的奇异挂毯，犹如出自艺术家寻求效果之手的奢华哥白林（译者注：一个挂毯品牌）中绘制的神秘且沉静的人像——于是，这些幻想立马消失为无物。不是因为我认为它们不可能实现，而是因为与我那纯净而温柔的理想相比，即使这一切都成为现实也注定只是虚无，没有任何价值。在我的理想面前，我体内一切高贵的成分似乎都浮于了表面，我天性中所有的根基和低俗成分都沉入了灵魂的无意识深渊。

我耻于在这个时刻不忠地任由自己被这离题的幻想带入歧途，于是我把它们当做祭品置于明娜的祭坛之上，然后迅速丢掉这些荣耀（这是处于瓷器厂次要位置的年轻人自然会有的），而融身进拥有她的幸福或者失去她的悲痛中。

我急切地想要见到她，更无法想象怎么去忍受这样一个没有她的孤寂夜晚，何况我知道她也是独自一人，而且就在我几步之遥的地方。夜幕已然落下，好像她并没托人叫我过去。此刻我清楚地意识到，一直以来都有个希望支撑着我，那就是——要是他在雅格曼家出现，那么我也必然会在那儿出现。

最终我开始点灯，为了回信给舅舅。与此同时，门铃响了。

我把灯罩放在桌上——干脆说是放在桌边上——然后冲出去开门，我还没走到门边就听到它在地板上摔碎的声音。我看清是搬煤工人来敲我的门之后，既感绝望又感愤怒，我正要关门，就听到一个稚嫩的声音在和仆人交流，他们的谈话中有几个字和我名字极为相似。

我屏住呼吸听着。一阵细碎的脚步声临近，只听一声温柔的敲门声。

我再次打开门；我前面站着一个约莫七岁的小女孩，脸上还挂着泪痕，我认识她；这孩子和雅格曼家住在同一所房子里，老雅格曼太太很喜欢她和她的小姐妹们。

“你是来找我的吗，小朋友？”

小孩低下头，抽着鼻子。

“你有什么话要对我说吗，还是有什么东西要带给我？”

她一边用一只手揉眼睛一边哭泣；而另一只手裹在一张手帕里。我拉她进屋。

“这是什么呢？你是带一个小本子来给我的吗？”

可她又号啕大哭起来。

“天哪，这是怎么回事？”我想，开始绝望而心慌意乱了。

“不是我的错，”她终于开口了，“我——我是来——是小雅格曼——她给我一个小本子，老雅格曼给了我一块蛋糕——我一路吃着蛋糕，后来——”

我冲过去拿起我的帽子。小孩拿出左手上的手帕，把那弄脏的小笔记簿递给我。

“我没办法，都是那个讨厌的男孩——他推我，那小本子就掉出来了——掉进了一个池子里——呜！在迪贝德广场——呜呜！”

我快速找出一个银币，放到她的湿手上，然后从仆人和搬煤工人身边冲出门去，他们的笑声和我的脚步声一并回荡在楼梯间。

几分钟之内——此刻，这几分钟是何等珍贵啊！——我到了热拉咖息。

第三十二章

明娜为我打开门。她坚定地握着我的手，轻声说：“谢谢你能来。”

我立马走进客厅，手里拿着帽子。灯已被点亮。斯蒂芬森正坐着和雅格曼太太聊天，她身着亚麻羊毛交织的裙子，还戴上了最好的帽子。很显然这位海盗式的追求者是打着中立的旗号来拜访这家人的。她和他说起一些房客：“好样的，斯蒂芬森先生！事实上，我们总希望你回来。可是，天哪，现在这个没什么好说的；他也是个画家，换种方式说……他是画装饰类画的。”

斯蒂芬森站起身来。我们礼貌地打招呼，我甚至勉强地把手伸向他；因为，再怎么说，明娜喜欢他，我要顾及她的感受，所以不能表现出讨厌他的样子。他细长而精致的手非常冰冷，可或许他的心——老话说——因之更温暖。

我握了握雅格曼太太柔软而皮肉松垂的手，我随意向四周望了望，开始对明娜说——

“我把笔记簿落在这里了，所以——”

“我们刚刚给你送去了，”她母亲插嘴道，“我想你定是错过了。”

“是吗！那就让房东为我留着吧。”

斯蒂芬森略带讽刺地笑了笑，犹似在说：“你们大费周章就是因为我吗？”

“但今晚你会留下来吧？”明娜说着低头继续看她的乐谱。

“是的，芬格尔先生当然会留下来。我们一起度过这个愉快的晚上。”她母亲说。

我致以谢意，然后坐在窗边。

栽着蕨类的长盒被放在窗台上。明娜在烦恼之际，仍然如此细心地照料它们，使得它们不乏雨水的滋润。那株我们一起找到的单叶蕨类，被放在中间，前后摇晃着它细长的草梗。几簇刺槐叶子和几条弯曲的樱桃树枝在屋内光线的映衬下闪耀光辉。浓密的雨发出淅淅沥沥的声音，如夜半私语，其间还混合了水管冒水之声。星罗棋布的玻璃窗在暗沉的背景下呈现出来，其间可见几处楼梯如被阻断的光柱。我凝视窗外，一阵源于对人类生活中的悲伤和单调的奇怪沮丧感涌上心头。我突然有了一种非同寻常的想法——每一处光都一种迹象，正如其他很多存在一样，而每一处存在都不近相似，除了朴素的环境、失望、空虚和悲惨而无趣的命运之外，就像那沉闷的黑暗，它在孤立那些光的同时也汇聚了它们。“可是，”我想，“窗外的这些屋子中，有哪一间里会有像这里这样奇怪的聚会呢？”

“愉快”并不能形容我此时此刻的心境。明娜心不在焉地弹着几个和弦，好像她其实并不想弹奏，只是竭力打破沉默而已。她母亲也不再说话，只是长叹一声——这是她的贡献。我感到必须得说些什么，可斯蒂芬森先我一步。

“迈森附近景色优美吗？”他问，显然是想让我知道他已经知道了那个计划。

“哦，不，不能算是漂亮。它不同于南方，越往南，萨克森尼亚的美景就又更甚一筹。你们知道一首美丽的诗吧——

Derm gleich hinter Meissen—

Pfui Spinnel! —kommt Breissen. ①

她这样说着，虽有些紧张，却这般可爱，逗得我们都笑起来，她母亲笑得最为欢乐。

“哦，是的，”她一边从她宽阔的脸颊上抹去泪水一边抽泣着说，“你为何突然又要去看威廉敏娜呢？……你整个夏天都在外面啊？你定是吸够了乡间的空气吧！说实话，对于新鲜空气，人们太过小题大做了。”

对于明娜的旅行所作的这番天真的解释使大家都松了一口气，尽管我知道事情并非这般简单。倘若我们都了解状况，这样说话也就太过折磨人了，而我们都认为该把我们所知道的那些敞开来说。那个好女人的在场，使我们处在较为约定俗成的位置，而这个位置再适合隐藏我们的真实情感不过了。

“我们还可享受这般惬意的夜晚，”雅格曼太太继续说道，“比如，我们还可以玩纸牌。你还记得吗，斯蒂芬森先生，你住在这儿时我们就时常以此娱乐，那时我的好丈夫还在人世？……哦，天哪，那时可真是快乐，那样的家庭聚会，嗯，这样说……真的，我时常被我的搭档

① “刚过迈森——哈！——就到了普鲁森（萨克森语，指普鲁士）。”

教训。”

“我希望，不是被我。”斯蒂芬森极其和悦地笑着说。

“哦，当然不是，斯蒂芬森先生！你总是考虑周全而言行得当！可我的好丈夫总是很讨厌；他运气不好时就会生气。事实上，他的确……哦，天哪！可怜的雅格曼运气不好就变得焦躁。”

“我记得他玩得很好啊。”

“确实很好，我得承认；其实他不管做什么都做得很好，这可怜的雅格曼……可做其他事正如玩牌一样，牌不好又有什么办法呢？”

我想，或许是搭档玩得不好。

“哦，天哪，是的，我的好丈夫本可不至于只当个公立学校的教师的，可又有什么办法呢？好家伙，斯蒂芬森先生！嗯，确实，还得看运气，你知道的——有时运气不好。”

斯蒂芬森努力装出一副同情的样子，而我的视线就从未离开过明娜。她仍坐在钢琴旁，侧身转向我们。这些话语显然让她恼怒，因她唇边的笑容越来越带嘲弄，她还不时耸耸肩。

“我觉得你为雅格曼画的这幅画完全突出了他的特征。”我对斯蒂芬森说。

“哦，是的，里面融进了古老的‘鞑靼式’特征，尽管他看起来比画里要和蔼些。”

“我觉得那幅画把父亲画得栩栩如生。”明娜说。

“哦，天哪，真不错！”

“有时我用铅笔画画得很好，可明娜的这幅彩蜡像，我费了不少心思，却仍旧画得一塌糊涂。我真不该让它挂在墙上的。”

“请不要这样，斯蒂芬森先生。你怎能这样说呢？那幅画真的很漂亮！那时我们连一幅彩色画都没有；本来还有一幅画着小孩坐在船上的，我真觉它非常漂亮，可明娜就是不让我挂在那儿，所以，我只有把它挂在卧室了……还有，真是谢谢你送我们沙发上方那幅画……而明娜的画像，你可千万别那样说，人们一眼就能看出那是谁——"

"可只能模糊地认出来。"明娜说。

"哦，你可真是调皮！"

斯蒂芬森笑了。

"你说得对，小姐！你不必太客气，那幅画不要留了。我可以再画一幅，比如，一幅铅笔素描。"

"你今天去画过画了吗，斯蒂芬森先生？"

"没有，光线太差了……我只会糟蹋画布，所以不管怎样，我明天都不会去看那个白色的东西了。"

"画家们都用这样轻蔑的表达来说他们的艺术吗？"明娜问，"好像你满口都是'糟蹋'、'乱画'、'玷污'之类的词。"

"没错，"斯蒂芬森笑着回答，"这是非常普遍的fafçn de parler（法语：艺术调儿）；其中还有些许自我批评的部分，但更多的是装模作样或者歪曲了的虚荣。我会试着改掉那种习惯。对了，你们女人也有一个相同的习惯——把弹琴说成'乱拨'，你刚才就是那样说的。"

"哦，这怎么一样呢！"明娜叫道，为斯蒂芬森的艺术打抱不平，"你是故意让我出丑。"

我们都让她再认真弹一曲。她立刻转身对着钢琴，打开乐谱，开始弹肖邦的《序曲》。斯蒂芬森走进门廊，拿出来一本素描簿。我本以为他要画明娜弹琴的样子，尽管事实上他坐的位置不太合适，可很快我便感觉到他选定了我。我很恼火，因为他竟然没经我同意就画我，可他在笑——无可否认，他的笑容却有迷人之处——他用铅笔指了指明娜。"他真的是为了她才画我的吗？"我想，"这真是个奇怪的想法，可也不失为一个好主意。"我如鼠般坐定，听着琴声。

序曲一首接一首。她心不在焉地弹着，与她平时的表现相差甚远。

这本在预料之内，但我却深感遗憾。我为她感到骄傲，也希望她能显摆一下——即便是在斯蒂芬森面前。而他，却不怎么用心听，因为他在忙着作画，他有时弯下来，以便更好地观察，或者用铅笔在空中比画测量。

明娜弹了差不多半小时后，转身对着我们："你们现在听够了吗？"还没等我们回答，她就跳起来喊道，"你在做什么啊？"

"哦，很好嘛，"她说，站在斯蒂芬森肩后看着画像，"像极了。"

"是吗？没那么好吧。"

"哦，我就说！真好看！"她母亲也叫道。

"我想，要是——"

"什么？"斯蒂芬森抬起头问。

"没什么，我来提建议很无礼。"

"丝毫不会！旁观者清嘛！再说，他的脸你比我清楚。"

"我认为下巴该再画大一点。"

"真的吗？"斯蒂芬森量了一下，擦掉，然后改正，他倾身向前看了看，又改。"事实证明没错，我甚至觉得该再挺一点。你眼力真不错，明娜！"

"或许你还把那喉结画突出一些，这是他身上的显著特征。看看是不是更像！"

我起身，很好奇地去看我自己的画像。整幅画只是轻轻勾勒而成，可线条却有力而传神。因为不清楚自己的轮廓，我自然不能说像与不像。可明娜很满意，而令我暗自高兴的是，已经完成的部分中，也有她的参与。斯蒂芬森的笑容里流露出童真的欢愉，那是艺术家在完成了某件作品后常有的表情。他在画上署了签名和日期，用铅笔刀将其从素描本上割下来，然后递给明娜。

"谢谢！"她开心地笑了，却并没露出半点惊喜，"真是太好了！比照片还令人满意的是——更英俊了。不知怎么，这让我想起了古昔岁月，那时并非所有人都有成打的照片在熟人和朋友间分发，要是能得到一幅心爱之人的画像，别提有多高兴了。”

“这点我倒未曾想过，”斯蒂芬森说，“我更自然地想到的是它的艺术价值，可你刚才说的也有道理。”

“没错，”我说，“就像是捕捉业已存在的相似之处，这样的画像不仅拥有许多先人那般贵族气质，还脱离了令人生厌的大众视角，不至于使我们所珍视的画像成为人人都可拥有之物。”

“哦，天哪，正是这样！”雅格曼太太感叹道，“我年轻时世界就开始进步了！照片的确是一个不错的发明，它比任何画像都逼真。”

明娜朝她母亲笑了笑，而她母亲却没意识到她的话根本就不能支持它该支持的观点。

“嗯，你说得对极了，”斯蒂芬森敏捷地绕开困难说，“照相技术里有一种叫作修饰的技术，确实能产生意想不到的效果。”

“你从没画过你自己吗？”明娜问他。

“从来没有。奇怪的是，我到目前为止，佛罗伦萨的乌飞齐美术馆都不曾要我为他们独有的自画像集提供作品。”

“要是我现在让你画呢？”

“那我就在独处的夜晚试着画一下，只要旅馆的镜子别把我照得太畸形……可我现在必须抓紧时间画你。”

“真的要我摆姿势吗？这真是糟糕透了。”

“我很久都不曾麻烦你了。”斯蒂芬森柔和地说着，语气中夹杂着一种奇异的哀伤，这是我之前不曾察觉到的。那音韵显然流露出：“谁知道以后还有没有机会呢？”

明娜坐过来，没再推辞。她按他的指示变换了一两个姿势。他热切地开始了。可不久就停下来，因为光线太暗，于是我把灯拿到合适的位置。拿灯时，我注意到破旧的灯罩已经换了新的，似乎专门为了斯蒂芬森而换的，但这样顾及他艺术家对美感的要求的究竟是明娜还是她母亲，我就不得而知了。多半不是明娜，因为她还有更重要的事要考虑，而雅格曼太太不但对“画家斯蒂芬森先生”十分尊重，而且自他住在这里时，就对他产生了母亲般的情感。她不时向他投去欢喜的目光，还一边摇头一边织毛衣，犹似自语道：“天哪，他又坐在这里了！一点也没错！可为什么他不早点来呢？”

如果让她选的话，我无疑该立刻退出。虽然我确信明娜不会听取她的意见，而且明天明娜就会全然不受她的影响，可我却仍感到一阵失宠的苦闷。

相反，明娜却毫不犹豫地将她的仁慈平分给我们两个，她如此自然而不犹豫的态度，让我大为吃惊，就好像她可以在我们这两个具有同样权利拥有她的人之间游刃有余一样。斯蒂芬森把我的画像给她，她丝毫不露欢喜，而紧接着她又要求斯蒂芬森送一幅自画像给她，由此可见，她不想我们以一方的失去换取另一方的得到；即便在这不偏不倚地对待我们的过程中，她运用了一些艺术与思量，可她使用更多的还是天性的感觉和本能的圆滑。她和我们说话，大都谈论德国的戏剧及其艺术。但因为他在画她的侧面，便很少能看向斯蒂芬森，甚至当她回答他时，她的眼光和注意力都似乎在我身上。他很用心地画着，他喜欢她说话，这样一来，才会看上去神采奕奕。

只有当他画嘴部周围重要部分时，她才一言不发地坐着，这时她便让母亲讲述昔日的戏剧。雅格曼太太显然不常去剧院，可她还是痴迷于德弗里恩特。可遗憾的是，她看到她时，多数是在父亲的旅馆里，而很少在舞台上看到她。她从更具艺术观点之人口里听来的话与她自己的少许记忆一道混合于她迷糊的头脑中，而她也渐渐变得伤感，仿佛她生活在塔利亚和墨尔波墨的神殿里。

“哦，天哪，我们那时也是有艺术家的！斯蒂芬森先生，你该看看我们那时的剧院！戴维森！你肯定听说过他吧？你知道他设计的漂亮别墅，就在波希米亚火车站对面；那些年这可是罕见的，而现在别墅就多了。是的，他因此大赚了一笔，可同时花钱去看他也是值得的。费墨斯托菲利斯，那可真吓人！我至今都不敢去看他。可你知道，他最终还是疯了。还有埃米尔·德福里恩特，那又大不相同了，高尚、完满，还有《华伦斯坦》里的马克斯，让人情不自禁地喜爱；这一代人是根本不能理解的。可怜的雅格曼也这样说——他不肯去剧院。你该还记得，每当你赞美你在这里所看到的东西时，他都会说：‘不，你该看看哪里哪里。’然而他最喜欢的是施罗德·德福里恩特夫人；事实上我也记得她，高贵的悲剧演员，具有创造力的，‘古典的创造力’——可怜的雅格曼说；凡是她的演出，他一晚都不缺席。我们结婚前，她五十岁就告别了剧院。哦，天哪，没错……这样一位艺术家……那确实是一个辉煌时期。”

“但哪里都一样，雅格曼太太，老一代的丹麦人说再也无法忍受现代戏剧，而我们这些可怜的家伙却从没见过真正的戏剧。”

“是啊，你说得对，时代不好，斯蒂芬森先生！……可那些年不同，在德累斯顿的那些年真是不错。根本看不见那些令人讨厌的普鲁士军人，我们也没有税赋。哦，有什么是买不到的啊！可物价涨了三分之一……哦，天哪，哦，天哪！”

她摇着走站起来，朝门口走去。

明娜笑着背诵——

爱情、事实与宗教，
逃得远离尘嚣，
咖啡何其贵，
黄金何其少！

"嗯，你还没忘记你的海涅。"斯蒂芬森说道。

"哦，当然没有。"她急切地喊道。

我想象着斯蒂芬森将会如何显示他对海涅的认知，我想我此刻定已露出不悦神色。而明娜似乎看出了我的心思，长叹了一口气。斯蒂芬森将素描本放在桌上，双手在背后交叉而立。

我想我们都惊讶于这般突然就被拉回到当前的状况，我们也感到要摆脱它简直不可能。

雅格曼太太拿着桌布回来，明娜起身帮忙铺桌子。而吃晚饭时我们都没什么胃口，只顾各自沉默。

画还没完成，从饭桌上一起身，斯蒂芬森就迅速提起画笔。

大约一刻钟后，他叫道："好了，它必须得画完了，天色已晚，明娜明天还要早起去旅行呢。"

我走过去，不禁啧啧称赞。这幅画的线条并不像我那幅般果断有力，可就连这般明显的忧虑都让它呈现出一种特定的高雅，而这逼真的表情也毫不逊色；人们还能从画面上浮想联翩。

"差不多了，可即便我有时间，我也会害怕去修改它。"

他还用铅笔刀将它裁下。

"谁要这幅呢？"明娜问。

斯蒂芬森把画递给她，说："你，明娜，你把她送给我们俩中最需要它的那一位。"

他的声音中带着深沉而悲伤的真切，那极具同情之音在微微颤抖。这是整个晚上唯一能暗示明娜作决定的细节了，整个晚上，在关于维持我们之间谈话的平和问题上，没人能比斯蒂芬森考虑得周全。这突如其来的坦白几乎把我们吓傻了——或许他自己也一样，但至少我因此感到高兴，因为这样一来，我们就大可不必整晚都在这沉闷的情形中自欺，终于能够直面它。这句话犹如良心的慰藉。我甚至对斯蒂芬森产生了感激之情，因他所显示出的道德勇气。可，说实话，一阵苦涩之感又迅速掺杂进来：我意识到了他的优越性。我敢确定，要是由我来说这样的话，我定会说得笨拙而混乱，所造成的只能是痛苦的混乱，而不是一阵如释负重的叹息。正如昨晚在黄昏的台地上，在啤酒屋里，他都成功地把一切维持在中立的立场，今晚亦然，而此刻，他却迈出这中立的位置，用勇敢的方式触及我们所"忌讳"的东西，而这种成功的背后必然有自信支撑，而我所暗自钦佩的正是这种自信。对于情敌，这样承认是极大的痛苦——承认他比我更具男子气度。当然，我也以这样的想法聊以自慰：他的"男子气概"不过虚有其表，只能说明他的社会经验比我丰富；然而，即便如此，仍让我惊恐且自愧不如。

明娜默默地接过画，神色黯然。她将其放在纸夹中，和我的画像叠在一起——我认为这种亲近是好的预兆。

我仍不忘去找寻壁纸上的靴形污块——它在灯光下并不易被发觉——以便阻止我幻想中（那晚我离开明娜时，曾在心中念道："也许你再也见不到这个污块了。"）的厄兆。如果我没有找到这个污块，那么这恶兆的力量就不会消除！那些年我迷信一如年老的巫师，因我的水晶球还在，因而一切就必然有其深意。

雅格曼太太坐在椅子上，睁着眼打盹儿；她全然不知我们心中激荡的情感，只是呆呆地叨念着——

"真是漂亮——哦，天哪，是啊，没错，真是天才。"

我们又继续聊了一刻钟，说了些无关紧要的话——为了拖延告别的时刻。终于不得不分别。

明娜送我们到楼梯口。前门还开着。

我让他先走。他转身，举起帽子，伸展右手示意我先。

"芬格尔先生，你昨晚说，我们以情敌的身份分别，可你看，我们友好地度过了一个晚上。事实上，我们不能相互讨厌；因为我们其中一个会为了明娜而希望另一个过得幸福。”

“你说得对，斯蒂芬森先生；可我们不同路，再见。”

于是我们分别了。

雨已经停了。幽明的屋顶之上，一颗星星在碎云间闪烁。潮湿的石头与人行道老远地泛着空寂而凄凉的微光。

第三十三章

第二天，我和往常一样去了理工学院。去之前，我给舅舅回了信。

晚饭后，我去拜访赫兹夫妇——为了能给我朋友带去他父亲身体状况的消息。老人躺在床上，在咳嗽，还有点发烧。

赫兹立马就问起了明娜，还问她为何没有来。

“我们还以为你们是形影不离的。”赫兹太太又说道。

幸亏那黄色的威尼斯式百叶窗已经拉下来；不然我因她之言所流露的悲戚就显而易见了。我感到我的脸变了色，一阵突如其来的痛苦使我无法呼吸。我尽可能装作无所谓的样子，告诉他们明娜去了哪里，还为他们带来明娜的问候。

老人看似非常吃惊，因为她竟走得如此匆忙，连说声“再见”都来不及。“可前天她还没说要去呢！”

“她昨天才收到信，”我说，“她表姐急切地希望她立刻就去，她不太好——我想是心情不好。”

“这样啊，那我想她就该去了，”赫兹太太说，“明娜对病人总是很体贴。”

“那就遗憾了，”赫兹埋怨道，“我还期望她这几天会来，来为我弹琴。起居室的门还半开着，她弹得非常美妙。”

我很快绕过了这个危险的话题，还告诉了他们我舅舅来信，叫我去英格兰——比我预期的还要早——之事。

“已经要去了吧，就在一个月内！”赫兹说道，“是啊，莱森就像是一个旅馆，来一个，又走一个。只有我们这些老人们待在这儿，直到有一天被埋葬在这儿。去年画家霍伊姆搬去了柏林，格林姆教授几年前去了汉堡，他是一位学识渊博的康德学派人员……而你还年轻，早晚要参加工作。”

“可在某个人的眼里，德累斯顿占了举足轻重的位置。”赫兹太太说道。

“是啊，可怜的明娜——”赫兹的干咳发作，时而打断我们的谈话。

“我还没有告诉她，想到要与她分别，我就已经愁苦难当了。我也不确定是否能说服我舅舅打消让我过去的想法。”

“不，不要，亲爱的芬格尔，”老人激动地伸出手说，“不要那样做。工作不受，不受我们的喜好控制……不要担心太多。明娜是个明事理的孩子，她有着忠贞的灵魂，同时她也会相信你……她能够比你想象中更快地度过等待期。”

“我希望是这样，赫兹太太。同时，我相信你是个比明娜更沉着冷静而性情稳定的人，因此你年轻时所受的离别之苦肯定不多吧。”

“是的，没错，”赫兹太太说，“对明娜来说，要困难些……可我们必须奋斗，人人都有负担，为了大家好就只能这样。”

“至少这种苦恼，我们是不会屈从于它的，”赫兹太太欢欣地说，“我甚至感到我们无须害怕受伤，因为困难肯定能被战胜。有一件事你可以放心，那就是，我们会尽力照顾那亲爱的孩子，只要我们还在，她就不缺朋友。”

“我永不期待她会找到更好的朋友了，她在这里找到了她的第二个家，这于我是莫大的慰藉，她在这里总能被理解，同时我们在一起的美好回忆也珍藏于此。”

我起来，将手伸向赫兹。

“现在你必须休息了，不要再说话。我倒希望能为你弹一曲。回去后我会写信给你儿子，告诉他你现在的情况。”

“好的，顺道带去我的祝福，叫他别担心。我是说，他是一个孝顺的孩子，可你自己也看到了，没什么大不了的。”

赫兹点点头，带着他惯有的平和笑容。

“你立刻就想给伊曼努尔写信真是太好了。可现在，你们很长一段时间都不能见面，而他竟如此喜欢你。你一定要顺路去看他。”

“我已经决定了……再见！”

在这次谈话中，我有时忘记了我的爱情所处的可怕的不确定性。然而，此刻，这意识又全倾而临，危险看似减小了，我也能对未来有个更明亮的视野——这两个和蔼的菲利门和博西斯①，与我们田园诗般的爱情如此紧密交织，因此即便是像这样简单的造访，也能使它色彩更鲜明，也能给它注入一道栩栩如生的光芒——驱散来自即将发生的悲剧阴影的害怕。我感到他们是真正的朋友，在我们的幸福已濒临灭亡时，他们义无反顾地相信着它。我尤为珍惜这种信任，因为它依赖于不知情，依赖于一个在他人眼中早已退去了价值的事实。但是我只是需要一种还

① 一对老年夫妇，因款待下凡来的宙斯和赫尔墨斯而得到好报。

不曾感受到这种震撼的支持。“他们的信任不一定会遭遇失望，”我对自己说，“所有的事情都会往最好的那个方面发展——老赫兹不会死，我也不会失去明娜。”

这个结论并非完全符合逻辑。但是，即使已经走到这一步，但是在前去探病的途中，我心中所想的反倒不是自己的命运，只是充满不安，害怕会有一个更为强大的声音——也是最强大的——跳出来对我说：“要顾全大局！”

第三十四章

写完给伊曼努尔·赫兹的信之后，我到外面散了散步。昨天的雨已然让天气发生了变化。云朵在天际飘动，寒风刺骨，仿佛已到了十一月。我在别墅区闲逛，在公园——衣着滑稽的胖保育员推着婴儿车在这里散步，在哥洛莎花园里毫无目的地四处走动，忠贞不渝地走过了我们曾经一起走过的道路。最后，我在力士大街旁边的小山上坐了很长时间。日落时间到了，此时此景和两星期之前的那个傍晚十分相似，但是，所有让人迷醉的光芒都消失了，只能看到远处位于萨克森－瑞士的群山。我的头很沉，无意思考，拜访了赫兹夫妇之后一直支撑着我的乐观心境已然化为乌有，而之前失去一切的郁结情绪也未再度袭来。心中充满了一种奇怪而又令人沮丧的感觉，总是心绪不宁。

回到家后，我躺在并不舒服的沙发上；不一会儿，我便将双腿放在一张弄脏了的扶手套子上。我没有点灯，路灯的光亮足够让我分辨房间里的一切物品，也让我不会在黑暗里乱闯乱撞。我既不想睡觉，也不想做任何事。我在沙发上保持这个姿势躺了几个小时，我在脑海中将近日以来发生的事情都回顾了一遍，从几天前在雅格曼家的那个晚上我和明娜的讨论开始，到与斯蒂芬森之间的谈话，再往后，就再也想不起来了。材料充足。我回顾了我们交谈中每一个字、说话时的语气、面部的表情、手势和动作，巨细靡遗，仿佛这一切都是我有意为之，或者，又仿佛在我的身后有一位秘书坐在那里为我口述这一切。最后，当我上床睡觉时，这列已经开动了的思想火车再也无法停下来。但是，这些回忆再也不像之前是按序前来，在恰当的地方转弯，让景色更为清晰，整团记忆反叛地挤出一条道路后义无反顾地向前推动，其中的每一条记忆都想要从中解放出来，让自己最先发言，最终我脑中一片混乱，再也分不清哪个先、哪个后。米特拉达梯国王军队中的所有士兵都在朝着他极好的记忆力高呼，冲上前去，抓住他问道："你也记得我吗？我叫什么？我是哪国人？你怎么认出我来的？我这条疤是哪儿来的？"然后，那个忠诚的记忆拥有者就会发现他自己处在一种不受控制的状态中，就像那个一直控制着我的状态一样，让我一直保持清醒，直到晨光洒入房间。

都快到正午了我才醒来，后脑勺有一种痛苦的沉重之感。我不想去理工学院，近几个星期的学习都不怎么重要，此外，昨天的讲座我几乎一个字都不记得了。我想要缓解一下我的头痛，于是外出在茨温格宫附近及剧院广场上闲逛。但是我没有在中午的阳光中和明娜一起参观这座小镇的习惯，因此对我而言，一切全无美感而且非常奇怪；我所看到的一切都无法让我开心，在这样的心境下走在柏林或者哥本哈根的街道上应该也是一样的吧。

一张剧院的海报上写着《海尔布隆的小凯蒂》。我们本打算在今天一起去看这场戏。

不久后，我回到家，漂泊无依的感觉完全破坏了我对“周围环境”的概念，同时还将我孤立在一个空荡荡的房间之中。我躺在床上——沙发太过柔软——继续回顾众多紧密相连的回忆，就像垂死的亚历山大大帝挣扎着和他的战士告别；它们像灵柩一样在我午后散步的时候一直萦绕着我，每走上一条街道、道路，以及小径，都会有新的成员加入，在我最终就要睡着的时候，它才躲进死囚监护人拉起的横幅阴影之中。

第二天早上，在我穿衣服的时候，想到自己心中无法排解的众多忧虑，我就觉得异常无精打采、灰心丧气。

此刻，我只想摆脱这种魔咒。

“在这样痛苦的等待中，该怎样来消磨时间，”我想，“或者逃避自己，逃避自己的一切想法呢？”

我想起了在莱森时那一天的等待，想起了自己怎样用一本厚厚的小说来陪伴自己度过那一天的时间。我立刻冲去图书馆，借了一本《三个火枪手》，我认为，它会比较合适。在图书馆管理员寻找这本书的时候，我打开了放在书桌上的一本厚书。我的眼睛落在它的名字——“明娜”——上，突然感觉到了一种刺痛。“明娜无可匹敌的美貌和崇高的思想征服了他所有的迟疑”——我仍然还记得这句话中的每一个字。我翻开书页，看看这儿、看看那儿——几乎处处都是“明娜”！月光下，在山地湖面上扬帆航行的明娜——专为舞会盛装打扮的明娜——娇羞地扑到母亲怀里大哭的明娜。

“这本书可以外借吗？”我问图书管理员，他已经找到了《三个火枪手》。他说可以，于是我将两本书都带回了家。我甚至都没有查看作者的名字——作者的名字和这本书的名字我现在都已经忘记了。关于它的内容和风格，相比之下莱森小说才是一部真正的杰作，而且如果它的主人公的名字是阿德尔海或者马蒂尔德，我在看完前二十页的时候就已经将它丢弃。但是，现在我正逐字逐句地认真阅读，那个不断出现的名字总能让我进入一种相当兴奋，但是仍然非常仁慈的心境，有时毫无价值，有时又绝妙非凡，事情总会降临在最无趣的人身上，这些内容足以控制我的大脑不再思考之前的不快。

为了晚上去赫兹家探望，整个下午我都在抑制这麻醉剂的影响。

“赫兹先生还在床上吗？”门开时，我问老仆人。

“是的，还在，”那老妇人回答道，还边摇着头，“请到客厅来，芬格尔先生。我去叫夫人，她知道你来了，一定非常高兴。”

客厅给人双重印象：太过井然有序，也有些凌乱，这往往是长久未住人的屋子给人的印象。椅子仍在原地，只是其中一张上放了一把掸子。在最靠近门厅的桌子一角，放着许多报纸，像刚送来那般平整。从打开的窗户吹进来的风将一封未封口的信吹到门口。不管这一切多么自然，都让因那老妇人的不安举动所引起的不舒服感更加强烈；街角传来一阵嘈杂的喧嚣，各种交通工具穿过，让人心烦意乱。

我仍拿着帽子站着，几分钟后，赫兹太太进来了。她眼神流露着担忧之色，也许还有些许泪痕，她唇角的笑容似定格在那里。

“我丈夫正在睡觉，亲爱的朋友，”她说，并和我握手，“他一点都没有好转。”

“病情没有加重吧？”

“烧得更厉害了。他咳的时候肋骨会痛，肺也出问题了。”

“天哪！不会有危险吧？”

我非常害怕，全身冰冷，倒不全是因为亲爱的老人生命垂危，而是那个根深蒂固的想法，这想法在他的死与我的爱之间创立了联系。

“天哪，”我想，“假如他最终死了，而我也失去了明娜！”

当然，赫兹太太定不能思及此，还将我显露无疑的情绪视为对她和她丈夫的同情和友谊；她感激地看着我，回答——

“这样一个虚弱的老人得了这种病，危险是难免的，我得作最坏打算。”

她坐在沙发上，要我坐她旁边。

“我知道你是在想我竟然说得如此平静和坦然……也许这是我天性所致吧，可我认为生离死别对于年轻人来说比对于本时日无多的老人们来说更加可怕。你现在想想，‘如果我就要失去明娜，那将是何等悲痛，何等心碎啊——而她的心应是冷的吧’。”

我眼睛盯着下方，整个屋子似在摇晃。她怎么会想到这个？她怎会说出这些话，而且是以如此不同的方式，她竟不知这就是我最秘密的心思？也许我该向她坦诉。可我下不了决心，我只是不假思索地念道——

“当然不会。你怎么会那样想？我绝不会这样想！”

“看，你流泪了！”她喊道，然后像母亲一样拍着我，“你真敏感——不正常，可不要害羞，至少不要对着一个女人；你会是一个好丈夫。我怎么会那样想？因为想到那些事很自然的。可如果你和明娜一起过着婚姻生活，你们会在爱中老去——因为人们的爱不会因为老去而有所减少，相信我——那时你就会对死亡有完全不同的看法。你只会将其视为短暂的分别，是的，甚至那都不算……你不是唯物论者吧，芬格尔？”

“唯物论者，不，我想我不是，可——”

“可你对即将要来的生活有所疑问。或者也许没怎么想过关于死亡之事，这样就对了。你的生命还长，有用不完的时间去思考那些……而我自己，我总希望自己是最后为他合上眼那个人。要是我在他之前死，一想到他要孤零零地度过晚年我就感到恐惧。尤其是一个习惯了被关心照顾的老人——我们女人能更好地照顾自己。可我还有伊曼努尔，谢天谢地！”

“赫兹太太，你的想法真是美好而可敬，不过你们都会长命百岁，你的愿望也都会实现。”

“但愿吧，明娜就要回来了吗？”

“我不知道。”

“她没给你写过信吗？”

我非常不安。我想我的尴尬会让她觉察到不对劲儿。可她只是笑着说——

“也对，她才走了两天，不会写信来。你已经把上次来看到的赫兹的情况告诉她了吧？”

“没有……我……还没给她写信。”

“怎么会？这可不像你，芬格尔。”

老人看着我，好像她突然怀疑明娜的出游并不那么简单；要不是痛苦完全占据她的头脑，我的躁动一定会暴露自己，她会强迫我把一切说出来。可现在，她女性的直觉不幸地变得迟钝；她立刻忘了刚才的念头，眼神越过我，开始叹息。

“我今晚就写信。我是特意等到来过这儿再写的。当然，我会告诉她你说的话。要不你也写一封吧？你直接告诉她要好一些，她肯定会马上回来，立刻就回来。”

“她能来我自是高兴，可我认为把她叫到这儿来很难受，就好像要来说再见——我不敢。也许这是迷信，可她不该和我一起感受这不幸。”

“可是，我呢？我可以叫她来吗？”

我的希望油然而生。如果她在作决定之前能安然到达这所房子，那我就得救了。这里的一切都会维护我，她若沉默，它们也不语；她若控诉，它们就雄辩。在这里，斯蒂芬森又算得了什么？一个生命垂危的老人之祝福将会在我们的誓约上盖章。我的良知不允许我让她在陷入困难时请教这两位老人，可它肯定允许我利用某个契机，这在我，似命运的安排。

“对，你写吧，亲爱的朋友！可为了她着想，你不要将危险夸大，那可怜的孩子！她会放在心上的！她会判断最好该怎样做，所以不要催她——也许她表姐更需要她。”

“哦，我想她表姐不会有什么事。”

“那我就不明白了，你在德累斯顿的日子还剩几周，却让她离开好几天。难道你没告诉她你很快就要去英格兰了吗？”

“我……今晚我就写信跟她说——毕竟我不能叫她第二天回来，可这两个消息会让她立刻赶回，很可能就是后天……让我看看，我有什么可以帮你的？去取药吗？不！可也许我可以今晚过来帮你守夜？”

“我大多数时间都是一个人守，晚上还会有守夜的护士，一个姐妹。倒是你看起来需要好好休息；你一定是操劳过度，亲爱的！我想，你是因为明娜不在，想要打发无聊的时间，才过度操劳的，可你千万不要这样，知道了吗？再见！”

我径直走回家，以便给明娜写信。

又能给她写信，我是多么高兴啊！

我多么希望写满一页又一页，可我只能尽可能精简地告诉明娜赫兹危急的病情和我因舅舅的计划不得不离开莱森之事。当然我也情愿把这个消息留到最后，直到她作出决定，要是她选择我的话，我会亲口告诉她。可要是她到了赫兹家还不知道这件事的话就不好了。

尽管我认为我有义务不表露我的情感，可信中还是无意透露出奇怪的语气，揭露了我的绝望和焦急的等待。我又将它仔细读了一遍，心中窃喜。

我立刻带着写给她的信去邮局，尽管晚上的邮班已经错过了，可我还是把它投进邮箱。以这样没人能够责备我的方式和明娜交流，让我极感平静。

第二天我立即去了赫兹家。

那晚他的高烧烧得特别厉害，但是现在有所下降了，每天早上都是如此。我只看到仆人，赫兹太太在休息。我允诺晚上再去看他们。

那一整天我不是看书，就是睡觉，但是过往的记忆总是闯进梦里来。我还在以下的思想中不停徘徊：“现在，她至少已经收到我的信了……我很确定从迈森回来的还有一列火车（为了确认，我从房东那里拿了报纸）——她到火车站只有半英里路程。也许——是的，非常有可能——她今晚就会来——可能——是的，几乎可以肯定我会在赫兹家遇到她，她肯定一回来就赶去看他们……她会非常不安，母亲般的赫兹太太会像对待订婚了的女儿一样对她，也许老人已经觉察到了，会非常高兴看到我们又在一起。夜深了之后，她肯定得回家。我当然会担负起护送她的职责——这是十分必要的——然后整个事情就会变得顺理成章，就好像斯蒂芬森从未存在过一样。”

一到邮差会来的时间，我都会变得非常兴奋，两次都这样；绝没有人会像我那天那样那么期待自己爱人的来信。但是，决定性的时间一分一秒地过去，却没有任何结果，邮差最后一次送信后，我的呼吸才顺畅了些。

当我准备去赫兹家时，房间里已经非常暗了。

突然，门被推开了一点，“有封你的信。”小女孩说道，然后递给我一个白色的东西。

顿时，我因害怕而动作变得非常僵硬。现在？我告诉自己不可能。

信又大又厚，它的重量抚慰着我的心。应该是文具店寄来的，我想。

我快速点燃一根火柴，同时本能地惊呼出来。那笔迹，是明娜的。

第三十五章

我点灯时，手剧烈发抖，差点儿打碎了玻璃灯罩。

绝对没错。桌布上放着那封奇怪的信，里面涵盖了生或是死，或是于我来说更值得高兴的，亦或更可怕的——比生与死更可怕的。一时间，我极度想逃跑。可接下来，我还是紧张地拆开了信封。

首先映入我眼帘的是明娜的素描画像。

正如鲍西亚的画像呈现在铅盒中就揭示了巴萨尼奥的幸福抉择一样，这幅可爱的画像则宣告了我不幸的命运。

屋子在我眼前晃动，我坐在沙发上，拿起信。那些字词在我眼前翩跹起舞；两三分钟后，我才鼓起勇气去看——

我至亲至爱的朋友——一切都结束了！我必须是他的。

我曾犹豫徘徊，也愿意再度思量，可我感到结果依然会如此。我无力与我的第一度青春之爱诀别，而来牵你深情的手开始一段新的感情，倘若要我细数你带给我的感动，我得要写整整一本书。可同时，我既作了这个决定，不管我说什么，都不再有意义，再说了，你也全然知道。只是有件事我必须告诉你，以致你不会误解我。

我做这样的决定并不是因为和斯蒂芬森在一起比跟你在一起快乐；相反——不，我真无法向你解释，可也许你能理解我。我是说我作这样的决定并不是为了我自己——对，我是说尤其是——（因此我才会说“相反”）如果过去不曾存在，我就不会感到自责，总之，如若开始全非如此，那我就能更加确定和你在一起会比和他在一起快乐。可你也知道吧，现在，已经这样，我无法带给你该得的快乐。不然我就会感到背弃了我的初恋。或许这种感觉有一天会终止；但也可能因受环境影响而疯狂增强，而你是一个天性如此温和多情的人，这样一来，它定会让你饱受折磨。

当我说害怕离开他后会自责不已时，你或许会认为我为他考虑得太多。实则并非如此！我清楚地知道他不会做出任何伤害自己的事，也不能说我会让他不幸福——尽管他真正热烈地爱着我，可也许我仍会给他造成无法弥补的伤害。我很难向你说清楚；我看起来很可能虚荣且自负，也可能高估了自己的影响力——尽管不是这样，你把我想得太好，而反过来你也许太低估他了。我只能说他自己坚定不移地相信，和我结合，并且只是和我结合，才能让他的气质和艺术更显高贵（我真耻于这样写，可这是他自己说的）。之前我也曾那样想，可并非完全一样，我只是想：婚姻和家庭生活能为艺术家带来好处——使他更好地与人性结合，为他的艺术注入热情。我真不知该怎样表达了，只希望你能理解——可那时候（我们也公开谈论过的，那时他住在这儿，我希望他能娶我）——那时候他总认为艺术家该是自由的，不受婚姻和家庭束缚的；他要在婚姻与艺术理想之间苦苦挣扎。如今他出现在我面前，他说，他明白他不能没有我；他变得冷酷无情、日渐狭窄，而且无所依托，而今他朝我张开双手——那双把我从道德的愚钝和无知的潭沼中拉出来的手。所以现在我无法拒绝他？——不，不！——看吧，这是我的责任，也是我的命运——是的，命运！

许多年后，当岁月磨灭了激情，愿神让我们再度相遇相守。友谊是不能被磨灭的，我知道我们无法相忘。我想那时你该住在国外。有你以朋友身份伴我左右，将是无上幸福。

再见，我亲爱的朋友，再见了！

明娜

我将信读了又读。这动人的口吻平息了我的伤痛——的确，曾有一刻我甚至想放弃，可随之我又决定坚持下去。

“不，我不接受，我不承认这个结果。这算什么？她爱的是我吗？——是我啊！对他只有回忆和责任而已——没错，还有‘命运’！好个命运！将她鲜活而温热的生命如石膏一样抹在他那厌倦了享乐的身上……可那也是我的错！我为何不将决定权置于我手？我是多么愚蠢！什么谨慎、慷慨与关切，没了它们地球仍然还会转动，这些不过是缺乏决心的托词；而我也就这样允许自己被他吓到。他确实‘陈述了他的理由’，正如她那天所说。‘他不能没有她’——不，不是这样，他曾与众多轻佻女子调情，还曾被卖弄风情的富家女抛弃，现在他才想起是否还能得到‘最好的那个’——只因他们曾是旧识。又或者只是这样：他无法容忍别人得到她，我想，这才是真相。”

是的，我懦弱，我稚嫩愚蠢！一个真正的男子汉能放弃这样一个女人吗？

我这样谴责自己——是的，我甚至责备自己在尚导时没有进入她的房间，那样她就是我的了，而且别无选择；可我忘了若要此事发生，我们就得要有不同的天性。因为某种行为离它的反面越近，分开它们的天然屏障也就越深。

可现在，我能做什么呢？去找她，收回我的话，以她的承诺束缚她，一切由我负责，问她要过去还是要将来？对，可我去哪里找她呢？她可能已不在迈森了，或至少明天我赶到时她已经不在那儿了。

我头痛，混乱的思绪到处跳跃。我无法将心思放在任何一件事上。我是多么需要向某个人寻求建议，某个拥有成熟经历的人！我那如母亲般的朋友——赫兹太太，那里似乎是我唯一的庇护所。

好，我必须立刻向她坦诉这一切。

第三十六章

这时，门开了，伊曼努尔·赫兹走进来。

他温和而平静的脸上显露焦虑的神情。

“赫兹，你回来了！我希望你父亲不会——”

“父亲病得非常严重……我收到母亲发来的电报，幸好赶上了火车……父亲认不出我来了，他发着高烧。恐怕……他……会死去。”

以往的任何时候，这些话都会激起我沉重的悲痛，可如今，我闪过的第一个想法就是：她的丈夫还躺在临终病床上，我怎能用自己的悲伤来烦扰赫兹太太呢？赫兹就要死了，这于我再自然不过，与此同时，我感到自己的希望破灭了……然而，我试着说了些安慰的话。

“父亲在睡觉。我才跑来找你……跟我走，芬格尔！今晚和我们一起；我想父亲见到你会很高兴——”

他眼里噙满泪水。我迅速拿起帽子，灭了灯——就在那会儿，他看到了明娜的画像。

“哦，真漂亮！我都忘了祝贺你，可在这样一个时候，希望你能理解。可现在我衷心地祝福你们，因为我可以这样做，我并不只是空洞地说说而已……明娜！可真是幸运！”

他如老虎钳一般紧握我的手。

“谢谢，亲爱的朋友！”我嘟哝着，从街灯照进来的昏暗光线中别开脸——“你在悲痛之中仍不忘祝福我，真不容易，谢谢。而我也深刻同情你的境遇……”

下楼时他不住地提明娜。“嗯，你真是个感情溢于言表之人。”事实上，我的总结一点没错；他自己坦诚而直率，就希望别人也这样。

“你真的有理由觉得幸运。明娜，这样一个好女孩！我多么嫉妒你——至少，也不能说是嫉妒，尽管确实……我想明娜告诉过你我非常喜欢她吧，超乎朋友般的喜欢？”

“没有，她丝毫没有提过，哪怕是轻微的暗示也没有；她很少提起你，尽管我知道她喜欢你。可我得承认——既然你自己已经提到了——我也曾怀疑……”

“你知道吗，我从没告诉过她，我是说我并没有向她求婚，可她能感觉到；这就是女人的第六感吧。我把对她的感情藏在心里，没有告诉她；我想那些天她都无心回应这样的情感。她父亲刚过世，还有其他一些事，可也许你比我清楚……我对我母亲坦白了这件事——别想在她眼皮下隐藏什么，她能看透一个人，事实上，她堪称人类天性的鉴赏家；母亲也赞同我的做法，尽管她是那么希望明娜做她的媳妇。之后我就去了莱比锡。可我永远不会忘记她！现在你能明白，当我知道和她在一起的人是你之后，有多么高兴了吧。”

我感到要是他继续往下说，我便会叫出来，可走到赫兹住处的街角时，他开始表露对父亲的担忧："他看上去完全变了样，瘦了好多！"——幸好！

刚刚才去请了医生。我觉察到，或是感觉到，赫兹太太已不抱什么希望了。他昏迷地躺在床上，烧得极为厉害。

不久后，伊曼努尔·赫兹和我走进客厅。我和他讲起了一个虚弱的老太太的事，她几天前还几乎因为肺炎而一命呜呼，可后来还是振作起来。还从一个医生处听说：犹太人的生命力很顽强，即便年岁已高，也能战胜这样的病痛。这显然让我生性乐观的朋友稍感宽心。

他总会走进病房，待上几分钟，或者更久；赫兹太太一直守在那里。有时我会和他一起进去，可通常我都坐在客厅，蜷缩在椅子上，受着沮丧与痛苦的啃噬。我坐在一个弥漫着悲伤的屋子里，苦不自胜；我不高兴，却又不能哭泣。天色已晚，明娜不会来了。一切于我都过于庸俗乏味。是啊，我真的累了，我感到这种单调乏味将会永远持续，直到我无法呼吸，最终撒手人寰。我倒乐意与赫兹交换——如果我还有什么愿望的话。

午夜时分，我睡意甚浓，这时小赫兹进屋叫道：

"他认得我了。父亲恢复意识了，快进来。"

病人看到我后虚弱地笑了笑叫道："亲爱的芬格尔！"下一秒又嘟哝着："明娜！"

"她明天肯定会来。"赫兹太太说道。

"她来了就为你弹钢琴。"我接着说，尽管我感到舌头似打了结，几乎不能说话。

"贝多芬。"老人低声说，然后闭上眼。

赫兹太太把枕头放得更舒服些，然后开始量体温，温度计上显示的度数已经降到106度略下。不久后，他开始说，时间和空间是一种感知形式，可灵魂是"自在之物"，是实体，是"本体"和"只能凭智力理解的”——这些是她不断重复的词语。

他儿子正沉浸在痛苦之中，又被他这般暗示死亡的想法吓到，于是拉着他的手说——

“不要再想了，父亲，您必须休息了。”

“明天也许库纳会来，到时你们就可以推究哲理了。”赫兹太太说。

“明——天！”他用一种奇怪的口音叹道。

赫兹太太转过脸去。

“是啊，等他来吧！他可比我们懂。”

“快快来！”老人说。

“阿门！”修女默念了一声，并在胸前画了一个十字。她以为他是在呼唤一位圣人，也或许是一位先知。

我和伊曼努尔听到这儿，不禁笑了一下。我琢磨着竟然还能找到让我笑的东西。而最能为这个错误中蕴含的幽默感到高兴的，莫过于老赫兹自己了；可他对周围的一切已漠不关心。

老赫兹默然良久，又开始思绪漫游。我们似乎能从他神情的片段中看出，他回到了那些在柯尼斯堡和里加的岁月。我几度听到他说：“不要敲钟。”我想他正在回忆不久前才跟我们讲过的交易市场上发生的事。我仿佛又见那幅惬意的午后咖啡场景：阴沉的雨天，光线晦暗，煮咖啡时冒出的幽幽火焰，发出光芒，在明娜俊美的脸上忽闪忽现；她的脸仿佛近在咫尺，还笑得如此真切。赫兹太太见我脸颊滑过一滴泪水，于是握我手，感动于我的同情。

拂晓将近时，老赫兹悄然辞世，伊曼努尔和我还在客厅熟睡，就连整夜守在他身旁的赫兹太太也说不出死亡是何时降临的。

护士已酣然入睡数小时。

第三十七章

三天后，赫兹被葬在“大墓园”。

我不知道德累斯顿的犹太人是否严格遵照摩西式墓地设计，也不知道这个非正统的家庭是否脱离犹太人集会已久。那时我根本没想它，我什么也没想——事实上任何事都引不起我的注意。因而，我也就不知道是否念过悼词，不知道主持葬礼的是犹太教士还是基督牧师；如若有目击者坚持说那是一个苦行僧或是德鲁伊，我也没什么异议。一切于我不过是一场仓皇的梦。我仍记得有巨大的意大利白杨在镇定且猛烈地沙沙作响，还有小鸟在冰冷彻骨的阳光下啁啾。接着，我看到了在右前方着一袭黑衣的明娜。此刻于我——我想，于她亦然——我们埋葬的与其说是那位亲爱的朋友，不如说是我们一起度过的短暂而欢乐的时光——我们的爱。我们在墓地门口紧紧地握手，久久不愿放开——这是多年来最后一次。

明娜把一切都告诉了赫兹太太。

第二天她对我说："你做得对，明娜真可怜！她认为她已经做到最好。可这让我痛苦不堪，而她也没好到哪里去。"

我听她说几天后斯蒂芬森就会回丹麦去打理一切，而明娜随后过去。而我——只想逃走。舅舅并没反对我即刻前去，所以老赫兹死后一周我也准备出发了。

临别时，赫兹太太将海涅诗歌的原稿送予我。它是何等真实而苦涩地契合我目前的境遇！而它于我仍然如此珍贵。我将它视为珍宝收藏，令那些无法触及它的英格兰收藏家们绝望。

时间在我不间断地辛勤工作中，年复一年地过去。开始时，除了工厂的工人与雇员之外，我自然谁也见不到，而后来我也习惯了这样的生活，并且乐在其中。尽管我从未与舅舅亲近，可我们相处甚好。他欣赏我的工作能力。两三年之后，他开始担心我会成为他口中的"事业型单身汉"。于是他力劝我参加一些社交活动：处在这种地位的人应该缔结一系列人际关系。

我也渐渐让步，逐渐改变了生活习惯。

我既没听人说起过海德公园的骑行队，也没在乡村庄园度过假，可我结识了一些不错的中产阶级家庭，他们大都是有钱的工厂主人。那些年轻的小姐们虽不算是百万富翁的继承人，却也不会因此而美得逊色（当然是那些本来就漂亮的女人），而且没有人会徒手出嫁。然而，我已心有所属，同时，我的冷漠让同伴们恼怒，他们认为那是虚伪矫饰。

我最终结识了一个年轻女孩，她给我留下了些许印象。舅舅断言说她对我也并不冷漠，这让我感到非常高兴。她是一个织造厂主人的独生女，至少在丹麦人看来，她已是富足有余了。她对我非常友好，尽管只是以社交的方式。虽然我不太确定舅舅的猜想是否准确——他说我会赢得她的芳心，最终和她牵手——可我还是认为有这个可能。无论如何我也多少想这样，于是开始进一步建立不那么“社交性”的关系。

时值我离开德累斯顿的第四个圣诞节过后。

一晚，在音乐会上，一位朋友介绍我和一名德国音乐家认识，他也许比我大一年半载，也或许大更多。

那是一个小型的半私人音乐会，他奏了一曲抒情短调；他很少出席大型音乐会，尽管我认为他的天赋已足够去那些地方。他通过教授小提琴和钢琴，赚得丰厚收入。他看似高贵而懒散。

我们一道走回家。那位德国人非常健谈，他狠狠地嘲弄了英格兰人的音乐才能，还不乏幽默地讲了几件趣闻；除此之外，他还说起一个有钱的年轻小姐，来找他学弹《月光奏鸣曲》（当然是第一节），要在八天之内学会，哪怕她以前从没碰过钢琴！

我们走进一家餐馆吃晚餐，还点了一些麦芽酒。

“为健康干杯，”我说，并和他碰杯，“这酒真不错！”

“就其自身是不错的了，”德国人低声说道，然后擦掉他胡须上的酒滴，“可我仍希望此刻自己坐在‘三只渡鸦’里，前面放上一大杯斯巴特，就像以往一样——那段时间，我每天这个时候都会去那里——度过了无数欢乐时光。”

“那么，你去过德累斯顿吗？”话从我口中飞出。“三只渡鸦”和斯蒂芬森一起喝酒的整个场景又生动地浮现在眼前。

德国人微微笑了笑。

“是啊，可我不知道你去过那里。你在那儿待了多久呢？”

“两年。我在理工学院读书。如今离开已有四年了。”

“嗯……我两年前去过那里。和劳特巴赫一起演出……那里和伦敦不大一样。那是怎样的剧院啊！哦，是的，是的！”

他漫不经心地用手指轻叩桌面，迷离地看着前方。

“服务员，约翰山堡葡萄酒！德国葡萄酒，德国记忆！”

“金色的青春年华，艺术生涯，”我想，“他也不能忘怀在德累斯顿的记忆吧；可是，和我的比起来，又算得了什么呢？”

酒来了，他倒好酒。“为我们易北河的佛罗伦萨日子干杯！”我们碰杯一饮而尽，然后安静地注视着前方良久。

“我想你也常去雷诺吧，我是指‘三只渡鸦’？”他神情恍惚地问道。

“不，我只去过一次。你住在那附近吗？”

“是的，非常近。”

“是哪里呢？”我切切地问道，因为我的心正狂跳不止。

“你可能还记得一条小街——热拉咖息。”

“热拉咖息！”我惊呼道，盯着他。

他笑了笑。

“你也住那儿吗？真是巧！”

“不，我并不住那里，可我经常去那儿。我认识那里的一家人。”

“这样啊！这样……在那条小街上，人们都相互认识。或许你还偶然听说过我寄宿的那家人，房东是一所公立学校的教师。”

“雅格曼？”我喊出来。

音乐家举起满满一杯酒正要送到唇边，酒突然洒出来，金色的酒滴落到他外衣的翻领上。

“没错，我就是和他们住在一起。”他说，然后小心地擦拭着衣服。

如今我知道他是谁了。那是她半童真式的初恋，他就是被斯蒂芬森撞见的和明娜吻别的音乐家。

“我经常拜访的也是那家人，”我说，“至少——雅格曼已经去世了——是母亲和女儿。”

“明娜——她真是个可爱的女孩！”

我们都盯着酒杯，仿佛在里面看到了所有过往，如海涅的诗——

> 尤其是我爱人之脸庞，
> 映在莱茵酒金色沉淀中，
> 那天使般姣好的面容。

“你知道她是否——明娜·雅格曼——是否——嫁人了？”他最终问道。

我告诉他明娜嫁给了一个丹麦画家，并对他的地位和境况做了一番描述，同时还提及了我从认识的人那里听来的少许有关他们的消息；他们说她有过一个女儿，但在一年前早夭了。

那音乐家默然坐在对面，总是一口干尽，也不记得为我斟满——他又叫了一瓶，敬了“美丽的雅格曼”一杯。我也不语。如舒曼曾说：“Wir schweigen uns aus（我们尽情宣泄着沉默）。”

那晚，躺在床上时，我意识到自己在道德松懈之际，险些做了不光彩的愚蠢行为，尽管没人能称之为不光彩，甚至还会被认为是明智之举。从那天起，我不再去织造厂厂主的家。

舅舅责备我变化无常。我向他吐露思乡之意，并对他说想去看一些老朋友。一周后我来到了哥本哈根。

在丹麦，我熟识的人并不多，其中也没有与斯蒂芬森有直接接触的人。可，幸亏了我们首都的谣言，我才间接听到许多有关他们的事。打听一个在丹麦的德累斯顿熟人，是再寻常不过了；可设若有人揣测这其中别有深意，我也不在乎。我只想知道事实。

人们的大致说法是他们过得很幸福——毕竟是有爱情的婚姻，是年轻时就有的感情，或许还是初恋。有些人说，他与其他女人调情——一个尖酸刻薄之人称之为“私通”——几乎逃不过她的眼，还说她看起来非常易怒且刚烈。相反，有人坚持说她温柔可是有些傻气。“傻！”其中几个争辩道，“她甚至会冒出新奇的想法，可这习惯不是所有人都喜欢；因为她爱挑别人的毛病。”“不管怎样，她确实让人感兴趣。”一个年长者说道。“可她自己却对什么都没有兴趣。”一个年轻的记者说道。然而，一个住在斯蒂芬森家楼上的太太说不管怎样，她是个狂热的音乐爱好者，她经常弹琴，一弹就是半天。这让在场所有人都感到吃惊，因为她在社交场合从没碰过钢琴，也很少去看音乐会。除此之外，她的外表总会得到一致赞赏。

我到哥本哈根已将近两星期了，可仍未看到过明娜。我该直接去拜访她吗？关于这个问题，我在头脑中想了一百多遍，天知道具体有多少遍。直到一天，很晚了，我走进波塔咖啡屋。外屋只有几位顾客。我正四下环顾寻找座位，竟听到包厢里传来一个声音，绝对错不了：那是斯蒂芬森的声音，只比以前稍含混而甜腻了些。我找了个能看到临屋的最佳座位默默坐下。

那群活跃的人中，我唯一认识的就是明娜，我几乎能看见她的侧面，她离我不到六步之遥。斯蒂芬森则明显地坐在角落的沙发上，沙发的另一头，我只能看见一小处。一个满脸堆笑的金发女郎将手靠在沙发上，显然是在和他说话；她时刻都将头偏到一边，让红发扫到她半裸的肩膀，那肩膀在黑花边宽饰下若隐若现。每当斯蒂芬森开始说话，她便含笑瞥向我看不见的角落，这说明她正处于——确切地说，也不是喜悦，而是一种容光焕发的状态。其中一位绅士叫出她的名字，我曾在与斯蒂芬森有关的闲言中听说过这名字。明娜背靠沙发而坐，看样子正盯着前方，可又显然不时地注视着他们。

服务生走过来请我点菜。我左右为难，因为我担心我的声音会立刻被明娜认出来。可就在那时，那一群人——除明娜外——哄然大笑起来，这种笑声，往往是听了一个低俗而非诙谐的故事后发出的。在这嘈杂声的掩盖之下，我点好东西，并没有暴露自己。其中一位绅士——如若不是初来乍到的话，我该听说过他著名的名字——代表那群人表示对明娜缄默的不满。“为什么你像木头一样坐在我们中间呢，斯蒂芬森太太？随意一些，不要像一个德国土包子……别忘了你是和一群艺术家在一起……干了吧。”“我只是有些累。”明娜说。“那你就更得喝酒了。”“可我不喜欢香槟。”“啊，哈！太法国味儿了吧，太淡而且不醇，这不是你喝的。莱茵酒怎么样，那你肯定喜欢吧？……啊，我想就是！很好！服务员！”服务员一闪而进——“请别再开这样的玩笑了！”她半恼半逗地说。“真的不喝吗？不让我点？”“不用了，谢谢你的好意……且让我自个坐着吧；我很累，头也很痛。”“你不会是想回家了吧？”斯蒂芬森开口了，比起之前，这一次的声音非常愠怒。明娜并没有回答，只是用手帕捂嘴打着呵欠；她往后靠着，眼睛向下看着一边。她看似真的累了，并不是突发的倦意，而是长年累月的疲乏。此刻，我能够更好地看清她的脸，它几乎没怎么变化，只是脸颊不再那般圆润。我发觉她的丹麦话惊人地地道，外国口音已不明显。

她周围人的谈话越发活跃了，都围绕着唯美主义这个话题。诸如易卜生、左拉、陀斯妥耶夫斯基、瓦格纳、柏辽兹、米莱斯、巴斯蒂昂·勒帕热之类名字，乃至达尔文、梅尔等科学家的名字，不断在脑际嗡嗡作响。除了一片混杂之声外，我一概不觉惊讶，因为这短短两周以来，我已听惯了这些语调。初来时，这确实让我印象深刻。天哪！这些人必定学识渊博而且见多识广！可很快我就用更批判的眼光来看待了；我发现他们之中说得最多的却是最无趣的，而且那些谈论“美学”最为大声的人甚至还不如我这个因忙于工作而“落伍”的，这个虽远居英格兰，却也曾读过各个丹麦流行作家作品的人了解深入。我甚至怀疑斯蒂芬森自己也不擅长文学，尽管他的话越来越多；很可能他只想在那个金发女郎面前显摆，而她好像真的对他崇拜不已。那位想给明娜叫莱茵酒的绅士，一个长满银色胡子的高大男人，把他吹捧得兴奋不已，使他不断冒出夸张的激进之言，全然好似在蒙惑这一群人。

斯蒂芬森的激昂雄辩之言最终退却为对未来艺术的长篇大论。他突然冒出像“艺术中的民主方式”，“与装饰性奢华相矛盾的，生活中的科学图解”等言辞，结尾时大概是说真正的画家手下的绘画风格该是对社会创伤的探察。

“那么我建议首先将其彻底地抹去。”那个长着银色胡子的男人说。

一阵阵笑声如浪涛不时将谈论声淹没，可斯蒂芬森的空洞之言宛如软木塞漂浮其上。明娜睁大眼睛看着他。她有可能被他的胡言乱语迷惑吗？我想。她的眼睛避开了我，我无法看见她眼中的神情。可是，接着，她低垂着眼转过头，我看到的就不只是她的侧面了，同时我对她唇边那冷嘲之笑和眉眼间透露的厌恶与阴郁感到震惊。她就这样看着他，又把头别开，因为她感到自己的厌恶感表现得太过明显。她完全没有意识到自己正对着一个能够逐字逐句读懂她脸上表情犹如读他母语那般的人。而其他人，至多能分辨出其中少许常见的意思。她紧抿的双唇在低声骂着“懦弱”。那舒展的前额在哭诉“骗子”！那清澈的眼睛，那本该温柔似水而现在却如此生硬的眼睛在呼喊“虚伪”！而整个坚决的脸在感叹：“他就是我青年时期的爱啊！”

“可，拉斐尔！”其中一位年轻人反对道，“不能完全依照那样——”

“呸，拉斐尔！——‘距离产生美’。”那个长着银色胡子的高大而和蔼的男人大声说。“几百年之遥造就了它。让斯蒂芬森被尘封两百年，到时候你看他会成为什么样的人。”

“是的，可是，”那位金发女郎说道，“那么我们所知道的这些……我们的艺术……也会变得陈旧吗，就像如今那些古老的艺术一样？”

“哦，逻辑！”那个银胡子喊道，“你的名字是simplicitas profana（西班牙语：天真的亵渎）！真的，小姐！凡事都是相对的！即便是我们伟大的斯蒂芬森先生也不是那么绝对，因此要当心，不要把他看得太au serieux（法语：认真，严肃）！”

“真是嘲弄啊，”斯蒂芬森说，“是啊，就让一切成为相对的吧，可我们——”

接着，他住声了，就连他在内，整群人都好似被一阵笑声冻结了，我永远忘不了这个场景。笑声是明娜发出的。她站起来，用手帕捂着嘴，她从那群人中转身时又不禁笑出来。

“有什么值得你这样笑的呢？”斯蒂芬森极其恼怒地说。

“Nein, es ist zu drollig！（没什么，只是好笑而已）”明娜嘀咕道。同时她的双眼掠过我，可即便它们停下来，时间也太过短暂，我亦无法判断她是否看见了我、认出了我。她慢慢地走向毗邻的空屋，屋里的煤气已经关了。

“你要去哪里？”斯蒂芬森说。

“我觉得这里令人窒息，”她回头说，然后消失在一间黑暗的屋子里。我听见她打开了一扇窗。

斯蒂芬森又不知疲倦地开始了。随后，那个粗鲁的大胡子起身走进那间黑屋。我付账时，一个浑厚的男声从里屋喊道：“服务员！一杯水。”

很快，那个大胡子又回到人群中：“够了，斯蒂芬森！停止你的愚蠢行为吧。你的小妻子不舒服，依我看，她可比你所谓的‘未来艺术’有价值多了。”

第二天我收到舅舅的来信，他问我什么时候能从丹麦分身去斯德哥尔摩和圣彼得堡，他说他在那里有一些生意上的朋友，想要介绍给我认识。

是的，我可以离开丹麦了，我看到的已经够了；我也无可奈何。我可以逃离这个地方，却逃不出给我留下的悲惨印象；它日夜缠绕着我。只有在波的尼亚海湾晕船时，它才得以被征服一个晚上。在圣彼得堡时，我近一个月都在涅瓦河岸驭使三驾马车，每隔两天就会在舞会上待到凌晨三点。我后悔心中早有羁绊，不然就可将心献与舞会上其中一位俄罗斯小姐。

在我返回英格兰之前，我自然该参观一些德国工厂。在此期间，我去了萨克森，可德累斯顿无可救药地吸引着我；因而我借口说要去巡视“工业艺术学校”，并且和其负责人建立联系。

我中途拜访了在莱比锡的伊曼努尔·赫兹。他娶了一位强壮的犹太女人，她已经为他生了几个孩子。他性格中增添了几分焦躁；不然，他还是那个温柔的小伙子。说起他母亲时，他眼里泛出泪水。他母亲六个月前去世了，这点他已写信告诉我。她被葬在德累斯顿，葬在她丈夫墓旁。

“明娜呢？”他问，“母亲去世时，她来过一封信，可信中没怎么说到她自己。你见过她吗？”

“只是偶然而已，她并没注意到我。”

“噢！她过得幸福吗？”

“我想她，我是说，她遭遇过不幸——她失去了一个孩子。”

“是的，那时她给母亲写过信！哦，对于一个母亲来说，那一定很可怕！”接着，他说起了一种自由派报纸，他算是半个股东，还谈到了他对俾斯麦的反对。

第三十八章

来到德累斯顿，我立刻就去了“热拉咖息”。雅格曼太太已经搬走很久了，没人知道她住在哪里。我凄然看着小院里的凉亭，一切都未曾改变，然后我来到“苏尔卡茨”，打听寡妇雅格曼是否还去那里。他们知道的要多一些：明娜的母亲去世已有两年了。

我在小镇上四处走着，回顾我们一起走过的宝贵地点与于是必不可少的欢愉；有些地方已随时间而改变。他们推倒了那亲爱的托尼亚蒙咖啡厅，还有那不假装饰的柱子，我是在那里想到去莱森的，也是在那里，我们遇到了斯蒂芬森；我们最后一次漫步的街道已不复存在，那华丽的建筑区内找不到任何街道的遗迹。哥洛莎花园和公园里萌芽的灌木已隐约吐露新绿——三月将尽——一切都不同于往昔；可在黑枝的标签上，我仍能看到同样的树名，那些天我们一起研究它们，其中一种有着异国风情的名字，很可能是毛利人或是塔西提人取的名，可它的发音引得明娜做出极为滑稽的鬼脸。我久久伫立彼处，注视着那些枯干和新枝，这个小小标签上写着的，就像一个待解之谜，可它又拒绝被解开。一瞬间，我似不明白这一切；我不知这植物是否仍矗立在此，有着不能正确发音的名字。我越发弄不清我竟在这儿，重要的是，明娜不在，也不知我再不能去“热拉咖息”，不能拥她入怀。我什么也不知道了。

最后，当我转身，只见几码外有几个孩子，头挨着头笑着跑开。显然他们认为我疯了。谁知道我是不是真的疯了呢？孩子口中总能说出实话！

往回走时，我经过了那座漂亮的文艺复兴式别墅，我和明娜还打趣地把它称为我们的。这又是一个谜！在那些天看来，我们理所当然会共同建立一个家，可当时要建一个如此宏伟的东西，是一个大胆而可笑的梦。而现在，我买下这栋建筑的可能性要比带给明娜一个简单平凡的家的可能性大。真是不可思议！我感到自己什么都不明白了，这是否说明我已经疯了。那一刻我想，事实上也没什么需要弄明白的。那一刻，对于一个头脑冷静的人来说，一切清明如白昼，不得不如此，而于我却不能如此。疯了！去索伦斯坦！可为什么不呢？“倘若我住在那里，”我想，“那也有好处，那样拿破仑就不会将我驱逐。”

日落时分，一声信号炮响起，警示易北河河水异常上涨。第二天一早，我还处在半睡半醒状态，突然就被第二声炮响惊起，预示着有洪水之险。我立刻起床。我住的是贝尔维尤旅馆，因此离河很近。门房说，自昨晚开始，整晚都有人在桥上看河水上涨，桥栏上此刻已挤满了黑压压的人群。而这座原本骄傲地高卧水上的桥，其高矗的桥柱已被水淹没，只剩桥拱跨在滔滔而下的泥沙流之上，流动着的不像水，而像是喷流的火山岩浆，激起一阵阵漩涡，不停地冲撞，水面上浮满了打翻的小船、梁柱、木料、滚筒和灌丛，上下荡动。我走到桥上，码头已看不见了，诺伊施塔特前那个小小的草场也消失了；那边的花园已被水淹没，这边的洪浪呼啸着拍打着平台的围墙，激起一堆堆泡沫。

“哦，可怜的小莱森，”我想，“那里会是一番什么景象呢？我在想我们一起经历了颇多往事的小屋，也被洪水淹没了吧，甚至已经被冲走了。”

我无法抗拒一探究竟的愿望，于是几小时后，火车将我带到了皮尔纳；在萨克森－瑞士是无法横渡易北河的。过桥时，我转身朝小镇望去：自出游莱森后我再未见过它，从火车窗口望去，夏雨过后的它挥洒着光耀，索伦斯坦的山形墙上发出希望之光。如今那小镇和那被充作精神病院的暗沉堡垒已躺在阳光中，可那是一种阴冷惨淡的光，毫无春天的预兆。

我越过村野和城镇，爬过那著名的舍赫地，那里曾是游人必经之地，如今已荒置一处。那熟悉的萨克森山脉，有着巴洛克式的陡峭山形，它在深深触动我的同时——奇怪地说——使我焦躁不安。我希望，或者也想这样——其中一块高悬的岩石掉落下来将我砸碎。接近四点时，我最终到达了巴斯特，我踏上这块高地，看着脚下一片废墟。

埃布格西特的台地上，只可见槭树树梢露出水面，在河边看去犹如矮灌木丛，而这股洪流几乎整个淹没了其对手“玫瑰花园”。其间河水冲刷过莱森山谷，往日的山谷总是将其清澈的小溪倾流河中。透过“玫瑰花园”的小枝，可见那三座小房子挤在不动的岩石和奔流的小溪间，呈现一幅凄凉之象。第一座房子已有一半没入水中；采石场主人的房子建得稍高一些，还有一个六英尺的台基，因而前门尚可进出，可也必须蹚水；水花拍打着被淹没的石梯，犹如拍打着暗礁一般。那个我们时常闲坐的小凉亭如今已被水冲走。第三座房子被水淹得更深。幸亏有望远镜让我可以清楚地看到这些。河对岸的平地上，水花回旋地拍击，除此之外，地面已往后退却，一些地方还有草杂乱地冒出水面。

一幅悲凉之景，尤是其间并无奔流之象。从高处俯瞰，那异常宽阔的河面看上去——且不说奔流——就连快速流动也算不上；只见那巨大的移动物块自顾往前漂流。溪水平静而安宁地流过我们的田园式生活，它如生命自顾地忙碌一般，流过那对其无欲无求的幸福存在；它闯入了我们田园式的生活，摧毁了它，并将其冲走；而它摧毁这一切时是冷漠的，它默然急流而过——如同生命——如同命运！

冷风乍起，天空阴云密布，如今甚至微雪初下。一片惨淡萧条之貌，可我仍不愿与之交换那一眼悦人美景，哪怕有河流如往昔般飘然其间。这样我就堪忍再回莱森之痛。我也因从未与明娜站在这高地上而满足。

然而，一件事阻止了我，使我不至太过沉溺于这挽歌式的情绪中；我饥饿难耐。吃饱后，我觉得回莱森已太晚，于是推迟到第二天。我由一条林间小道走下易北河，它从莱森的斜坡上分路过来，可它已被定为“禁路”。那个暴躁的守林员浮现在我脑海，我希望能遇见他。通过这条小路能走到我与明娜从采石场回家时走的那条小道。凛冽的寒风将不断落下的融雪吹溅在我脸庞，我越往下走，很快就欲退回。在这样的高度，不难找到一处隐蔽，可到处我都觉厌恶，再加上我不仅忧戚，更是恼怒：整个探足就是一次愚蠢之举。太阳一沉我便返回家中，屋里一阵可怕的风流，最终我在一首松涛奏响的复调摇篮曲的哄诱下入睡。

我起床想要寻找一丝春天的迹象。可一切仍无变化，我听说河水已经开始退去。我正要离开，一个访客从桌边站起来，他说：“是你吧，教授——先生！没错吧！”是那个校长，斯托奇先生。我不知道自己是喜欢他还是讨厌他，可我敢确信当他像水蛭一样粘着我、想跟我走时，我的确希望他沉到易北河河底。他因洪水之故，放了一天假，于是走上巴斯特来“俯瞰一番”。我别无选择，只好让他陪着。我不能再耽搁了，除非还想在巴斯特待上一夜。

“瞧，有人陪你吃饭了，说不定还是一整桌大餐。”他喊道，彼时我们正朝桥走去，他回指一辆停在旅馆前的马车，由两匹冒着蒸汽的马拉着。“他们是打皮尔纳来，我知道那种车，车主可是个大鲨鱼，他会狠宰游客一大笔钱。”

一位女士从车窗内伸出头来，任其长长的黑纱飘到一边。

“还有女人，挺年轻的，我敢打赌，有你的好处了。”

“跟上吧。”我不耐烦地说，匆匆向石桥赶去。

刚开始，我们下石阶时走得很快。走到稍平稳的地段，如我所料，他立刻开始问明娜的事了，还装作不知道我们订过婚，事实上他也许知道的。

“我想你还记得明娜·雅格曼吧？肯定记得。我在林间小道上亲眼看到你对她眉来眼去……嗯，你……现在，设想一下，她最终嫁给了那位我曾向你说起过的画家，你的同国人，可你也知道‘人言可畏’。我想你还没有忘记我告诉你的，她有点——”

“是的，是的，我记得清楚得很。”

“你在丹麦没见过她吗？那个国家可不大。”

“我一直住在英格兰。”

“哦，知道了！我总觉得你有点英格兰味儿。”

我把话题转移到谈论洪水和它给穷人们带来的损失上，他却说只有旅馆老板和河边房子的主人会蒙受损失。

我们走到莱森时，我和他道别，让我“英格兰味儿”的一面展现出来，使得那老实的德国人不再勉强与我同行。

易北河的洪水并未波及至此，可溪水已经高涨。然而，其上平实的木板还尚未没及。我走向泽德利兹别墅，当然它已关门，我穿过那条桦林小道，突然来到了我的目的地，“索菲行宫”。长凳已被收起，我在石桌上坐下。小鸟在我周围欢快地啭鸣，灌木丛浅浅的触须呼吸着春日柔和的气息，蓝天映衬下，树芽儿在阳光中泛白。

我再一次有了那种什么也弄不明白的奇怪感觉：我不知是我在这儿还是她在这儿。我头脑中回忆起那个发光的小虫子，它一晚又一晚地停在石阶的同一个角落，召唤着同伴；我感到倘若我坐在这儿，将所有意念都渗进我失去的爱人身上，我定能通过自然的权威，将明娜引诱到我身边。

据说，人在临死时能够在一两秒时间内，回顾整个一生的主线，仿佛他的意识已经凌驾于时间的尘世顺序之上。这一刻，我的青年时代，在我身上濒临死亡，我回顾起与我整个爱情之旅的分别，一切都诉诸这篇页上，甚至还有一些已半遗忘的事件。我似在一闪而过之际看到了一切，而且是俯瞰这一切，犹如我在巴斯特高地俯瞰它的诞生之地。在看这一切时，一件我从未思及之事涌上心头：我们都任由自己机械地被周遭环境之流驱遣，却从未积极有力地反抗道："它必须是这样！"就连斯蒂芬森的行为也不例外，它们虽有着自发之象，本质上却没什么两样；他显然是屈从于他的嫉妒，要在彻底失去明娜之前见她一面，心想："看看我的能耐吧。谁知道呢！说不定她最终会跟我走。"

可现在呢？已经无法改变了吗？站出来说句"我要"的时间还没到吗？婚姻不再是牢靠的结合，她的就是一桩不幸的婚姻。她的任何言辞都不足以使我更加确信地明白她所希望的一切已经不可避免地失去了。他也已经被她看穿，她发现他没什么能耐；而他也早已厌倦了她。此外，如他时常标榜的，他是一个不赞同一般偏见的人，尤其是他还会坚持失败的婚姻不能公平破裂吗？他还会认为将违背心愿嫁予他的妻子束缚在身边是情有可原的吗？当自由主义理论与自由主义者发生冲突时，前者是不受欢迎的。可就算他的虚荣有所收敛，最终，当她愿意而我也愿意时，他会反对吗？

她愿意吗？她已经试过了，可是并未成功。为什么不停止不可能的事去实现可能之事呢？我始终不渝地相信她守护了对我的爱和信赖。

那我呢？是的，我愿意！这是我有生以来第一次在我们的关系下如此说，而且带着满心欢愉。明晚我就会在哥本哈根，后天我就可以这样对她说。

人类的幻想天性是多么奇怪啊！那些天明娜在我身边时，我都未曾感到比此刻欢乐。我回顾我们青年时的爱情，期盼着它在婚姻检测下变得圆满，而我意念中的过去与未来结合成了一个整体。

《失乐园》与《复乐园》的神话如此真实：幸福就是回忆和期待。

第三十九章

这时，发生了一件事，当时在我看来是超自然的，而现在我回想起它时亦是如此。

碎石在轻快的脚步下吱嘎作响。我吓了一跳。这情景让我想起往日时光——那时我坐在那儿，明娜走过来。我彻底而坚决地相信那是幻觉。真的，这些脚步声听起来就像是往昔的重演——“如果这个幻觉继续，”我想，“我就会见到她，那接下来会发生什么呢？苍天啊，救救我，我真的要疯了吗，正如我半开玩笑地说，可昨天……”

我大叫着跳下桌子，明娜也尖叫一声顿在洞穴前——是的，就是明娜，不是幻觉！

我们还没镇定下来，斯蒂芬森就带着那惊讶而略带嘲讽的笑容向我们礼貌地鞠躬，那表情足够清楚地表达：“这纯属巧合，巧得就如计划好的一般。”

那惯有的惊呼一瞬间掩盖了我们的窘况：“哈拉德，你在这儿？吓了我一跳！”

“我还以为你在英格兰呢，芬格尔先生。”

“我以为你在哥本哈根，斯蒂芬森先生。”

在看到爱人露出的第一阵紧张的欢欣平静下来后，我感到一阵痛苦的绝望。那位太太正和她的丈夫一起欢度旅程！这与我想象中的他们之间的关系，以及那个鼓舞我的计划真是大相径庭啊！

“你们是要南行，去意大利吧？”

“不，我们就待在萨克森境内。”

“我想你是到德累斯顿来谈生意的吧，哈拉德？”

奇怪的是，明娜显然是我们之中最早冷静下来的；她只是呼吸有些急促且慌乱。她的音容笑貌——对，就连她的一举一动，在我们见面时，都展露出最生动的欢乐。

“你很可能会回皮尔纳吧？那正好，和我们一起坐车。”

“空间足够了，”斯蒂芬森说，“这不是四轮马车，何况我很乐意坐在驾车座上。”

他又勉强地挤出那惯有的礼貌微笑；嘴上堆着笑，眼睛却不然。他明显感到愠怒；可明娜却没注意到，也并不在乎。

“我们的谈话可能会让你听得烦，这么多年来，我们要说的太多了！”她说。

我们立刻启程返回。校长站在教学楼的一扇窗前。他远远地探着身子，目光一直追随我们。明娜笑了。

“哦，我的表哥还在那儿！你还记得吗，那一次在林间小道上遇到他？天知道他在想什么！我希望他眼珠子不要掉出来。”

她继续说笑着，在我看来，有些歇斯底里。

“那里有一个古老的锯木厂，我早晨会和孩子们一道去那里喝新鲜牛奶。为何你从不来呢？不过，那时你一定睡得像木头一样——你们男人都这样。”

“可你从没告诉我那个时间你在那里。”

“你一定要什么东西都用勺子喂你才好吗？”

“我比较喜欢用勺子吃固体食物。”斯蒂芬森说。

明娜看似很吃惊，可并不是因为他，而是他那个方向，就像她惊讶于那边有人说话一般。我们开始上坡时，谈话中止了。明娜上坡有些困难，心悸和呼吸短促使得她不时中途停下来。斯蒂芬森走在我前面几步。她拉着我的肩膀，靠在上面。

吃饭时，我们的谈话很随意而且断断续续。可在马车上，明娜就舒服地坐在角落里，说——

“哦，哈拉德！现在给我讲讲你这几年来的生活吧。一切都还好吧。”

我尽量遵从她的命令。明娜不住地看我，有时她看得我局促不安；她一直在笑，可总像在想别的事。有时她会取笑——是的，她甚至以那些英格兰美女逗弄我。

“哦，呸，”我略带恼怒地叫道，“美女！我还没见过有谁及得上你呢。”

明娜倒在身后，用手帕捂嘴而笑。

“你帽子上有一片羽毛。”斯蒂芬森说。

他坐在前座，大部分时间都看着窗外，点燃一支又一支雪茄。当他插进一句话或者问关于伦敦艺术的问题，或诸如此类时，明娜就惊讶而生硬地看着他，就像看一个顽劣的孩子，没经允许就胡乱插话。显然这样的待遇惹恼了他，每一次他都尽快沉默。可这也使我困扰；看着他们相爱互敬我是多么痛苦，而看到他们并不幸福的生活如此真实地展现在我眼前，我又是何等心痛。我不知道她为何这样做，甚至还在我的面前。

说真的，我该隐瞒见到那个德国音乐家之事，可我终究还是说了，明娜并没有说话，只是注视着窗外。

“世界还真是小啊！”斯蒂芬森说，“无论直接还是间接，人们总是在马不停蹄地彼此相遇着。”

“然后你就离开了？”明娜突然问道，然后像小鸟般迅速转过头，眼神犀利地看着我。

这突然的转变让我防不胜防。

“是的，接下来——我就走了。”我吞吞吐吐地说，脸都红了。

斯蒂芬森带着强烈讽刺的表情看着我们，犹似在说：“我想我该以一种最好的方式声明一下了。好吧，我不会碍事，别管我。”明娜短暂地瞥了他一眼，他脸上的笑容立马就消失了。

“告诉我，哈拉德，”她问，手臂前倾着，“那晚在咖啡屋你为什么不和我们一起呢？”

“什么咖啡屋？”

“哦，你应该知道啊——波塔……你以为我没看见你吗？是的，我看见你了，可那只是在最后；你还记得我嘲笑斯蒂芬森吧，同时也嘲笑其他所有人。”

斯蒂芬森摆出一副严肃的样子，他抚弄着衣领与颈子间的部分，这是他爱做的姿势。明娜离他更远了，同时带着颇为逗趣的笑容看着我。

“我不认识其他人——还有——除此之外——”

“——你不想在那样的场合见到我，你是对的。”

斯蒂芬森现在感到必须为自己辩护了。

“我不得不说你提到和我们在一起的那群人时的样子非常奇怪。”

“是你——不是我。我受够了。”

“遗憾的是我也爱莫能助！然而，他们全是最学识渊博之流——”

“不管怎样，我待在那种场合就感到不舒服，事实上，哈拉德也会这样觉得。”

斯蒂芬森双唇紧闭，略带敌意地看着她。

“你自己最清楚你待在哪里才舒服。”

明娜耸耸肩，将手按在胸口，好像忍着剧痛。我想他定是话中有话。我忽而感觉自己就像一位牧师，正陪一个罪犯走上断头台，而我对面坐着的就是警察。

我的心情难以言喻，可我感到必须不惜一切将此次对话转到一个更加平和的话题。皮尔纳跃然眼前，我问他们是要在那儿过夜，还是去德累斯顿。

“不，我们在这儿过夜；我们或许还会去波希米亚待几天。”斯蒂芬森回答。明娜几乎整个身子都探出窗外，她突然转身对着我；面无血色，形容憔悴。

“你会在德累斯顿待几天吗？”她问我时脸上露出请求的神色。

我并没有即刻回答她。我难道不该借此机会向她伸出我的手——哪怕伸出一点点？要是我想的话，就不能浪费时间了。

“事实上，”我故意说道，“你们发现我坐在‘索菲行宫’的石桌上时，我刚决定我今晚就要前往哥本哈根。”

最后一句话让斯蒂芬森心神不安地移动了一下，接着，他坐直身子，做出一副不以为然的样子。这一枪算是击中了。尽管我的眼睛已嵌入她的眼——那一刻都不曾离开我脸庞的眼——他的举动还是清楚地映入我眼帘；在她棕绿色的眼眸深处，我看到了越来越明亮的金光。

“我，知——知道了。”她说，音量小得几近无声，连嘴唇都没动过。

“可现在我当然要改变计划了。我在德累斯顿有许多工作要做，要耽搁一两周；必要的话，还会待许多周。”

“我很高兴！”明娜说。

斯蒂芬森又用他惯有的姿势来打掩护——他活动在衣领和颈子间的手指——看上去就要说一些酸涩的话，大概是要说诸如我不该因为他们而打乱我计划之类的话；可他再三思量后并没说出口。

之后我们谁也没有说话。

我之前提到过我住在贝尔维尤旅馆。于是我知道明娜随时可以和我联系，只要她想。她会的，我如今已确信无疑。这点让我感到舒畅，可我为他们这次奇怪的旅程感到不安。“他们来这儿做什么呢？”我想，“很显然他们不是去波希米亚。”为什么我觉得“显然不是”，我也不知道……

马车滚滚，桥梁晃动，
其下，溪流悲伤流淌；
我再度放下欢欣，
如此狂爱你温柔之心。

我们一过了桥，斯蒂芬森就停下马车。

然后，我和明娜握手，向斯蒂芬森躬身道别，接着匆忙赶去火车站。

第四十章

我到达德累斯顿时，却不能决心离开波希米亚车站。我怀疑他们两个或是其中一个会从皮尔纳返回。

火车隆隆进站，我在一节车厢窗口看到斯蒂芬森的脸。他走出来——一个人。我向他冲过去。

“明娜呢？”

斯蒂芬森冷冷地盯着我，好像叫我不要问冒昧的问题。可他又忽然改变主意。

“问得好，芬格尔先生，你该知道。她在索伦斯坦。”

“索伦斯坦！”我嘀咕道，好似没明白一样。接着我开始眩晕，昏暗的站台上，人群骚动，让人不舒服。“索伦斯坦！这是什么意思？”我抓起他的外衣，一方面使自己站稳，一方面防止他走掉，“你不会是说她——明娜——”

“别这么大惊小怪！”斯蒂芬森表情和悦地说，“她既不是低能也不是精神病，只是非常抑郁并有些狂躁。你自己也看到了。总之，最好请个医生给她治疗。这又算得了什么呢？在我们这个精神紧张的时代，这没什么大不了……她喜欢索伦斯坦，因为她思乡心切，当然，也为了避免在哥本哈根的谣言。据说她现在回家看望亲人，尽管，我已经说过，在我们这个时代是极为平常的，所有受过教育的人都已经摆脱了这些偏见——”

经他这么一解释，我模糊的怀疑变成了绝对清醒的愤怒。

“这些都是你造成的，是你——是你！”

我的声音哽咽了。我在他跟前晃动着拳头。他挣脱我的手，一位警察朝我们走过来。斯蒂芬森对着他低语了几句，然后耸耸肩，消失在人群中。我靠着一根柱子。后来的旅客们人头攒动，向前奔走，列车员在叫喊，还可听见火车鸣笛排汽之声。

我一恢复自控就问搬运工是否还有到皮尔纳的火车，结果是我只能等到明天早上。

第二天一早我坐第一趟车回皮尔纳，我气喘吁吁地爬上索伦斯坦，碰巧立即就看到了那个教授。我自称是斯蒂芬森太太和她丈夫的朋友，我昨晚遇到了斯蒂芬森。继而又说我承诺经常向他汇报他妻子的情况，因为我会在德累斯顿待上一段时间。可是因为我自己也非常担心我的朋友，所以只和斯蒂芬森先生絮叨了几句便匆匆离开，而现在我急切地想知道整个情况。

那教授安抚我说，不必担心太早；以往人们在这种情况下是不会想到看医生的，而精神病院主要用来隔绝病人与外界的精神干扰。具体情况要等观察一周后才能知晓，而那时他会很乐意告诉我。

因此，八天后，我来看她，他说明娜精神是有些衰弱，可还不至发疯。无论如何，如果她得到正确的治疗，在精神病院提供的良好环境下休养，直到她恢复精神平衡，就不会发疯了。她精神焦虑，兴奋不已。可真正的危险是心脏病，几年前就落下了病根。她可能会带着这个病活到老，也有可能突然被其夺去生命。最重要的是不要让她心中焦虑，这样会不断加重她的病情。

“告诉我，”他突然说，“你是她和她丈夫的朋友。他们生活在一起幸福吗？”

我考虑了一会儿自己是否有权向他坦白。“不，”我回答，“我几乎敢说他们过得不幸福。”

“这就对了！至少这是主要原因。依我看，她最好不要回到他身边。也就是说，那时她不会感到太过痛苦。而他似乎太过冷静。你觉得呢？”

“我也是这样想。”

我的情绪起伏太大，因此并未能逃出经验丰富者的注意。他笑了，紧眯着眼坚定地看着我：

“可这也不是一两天……我告诉她你在这儿，并代她问候你。你要在德累斯顿待一阵子吗？那就好。我希望你一周打一次电话。我想这能对她起到安定作用，可要过很久，我才敢让你和她说话。”

我神清气爽地回到旅馆，决心将我整个一生奉献给明娜，不管娶不娶她，我都会用尽各种方法让她健康、幸福。倘若她不会再快乐（可是，为什么她不可能再快乐呢？），而我只要尽我所能极力减少她的悲伤就满足，也顾不上对我事业的影响了。住在她的故乡小镇无疑是最适合她的，而我尽量在德累斯顿找一份工作；如果她需要南方的天气，我就想方设法定居南方。然而，后者看似不大可能；对，最有可能的就是英格兰，于她是一个全新环境，那里将会是最适合的地方。而这些我都不必太操心。让我不寒而栗的是悬在她头上的达摩克利斯之剑。这个时候它不会已经掉下来了吧？即便医生准许她离开，它也还会继续悬在她头上。是的，就算它已经被拿开，我仍恐惧地想象它还在……可我发誓，这种恐惧只会让我的爱更强烈，让我的柔情更长久。她离婚之后，正处在愤怒与郁闷之际，我又怎能离她而去呢！同时一个声音在我心中低诉：或许当我回去抓她的手，读她眼神中的爱意时，她的手已经冰冷，而那双眼眸也已呆滞？

舅舅不得不同意我离开，不论发生什么情况，我只有一年时间。如以前那样，我租了一间简单的小屋，潜心研究起陶瓷来。我希望会对我们工厂有用，而不管是从实用层面还是从文学层面，德累斯顿都有充分的买卖机会。

第四十一章

五月三日下午，庭院和公园中四处萌发绿意，我如往常一样去哥洛莎花园散步。

在布尔格威瑟街口上，我被一幅挂在古玩店橱窗内的肖像吸引住了，我冲进去：没错，是斯蒂芬森为明娜画的彩蜡画。可它现在看起来多可怕啊！水彩粉大块大块地脱落，尤其是头发以下部分，可前额和脸颊上也有一处；本该是画着一只眼睛的地方，画布透着微光。它被放在一个破损的虫蛀相框里，相框是拙劣的洛可可式风格，其下贴有一张废旧的纸签，上面写着："佚名大师，十八世纪中期。"

我步入一间幽暗的小屋，里面堆满了杂物，几乎寸步难行。那个古玩商是一个高瘦的老头，他定是从我的德语中听出我是外国人，或许还带点英格兰味儿，所以要了天价；他说这是一幅真迹，如今越来越稀有，很可能出自孟格斯之手。我不久就打消了他的幻想，买下了那幅画，当然花费了超乎其真正价值的钱。

我不想抱着偌大一幅画在哥洛莎花园里走来走去，可我又需要锻炼，于是就走到约翰尼斯街上闲逛。我买这幅画定不是为了拥有它，只因无法容忍它被挂在那“存货间”，随后又出现在一个陌生人家里——被当做孟格斯之作！

我想我该把它带回家烧毁。

可是，我突然发现自己正对着艾伯特桥，心中顿时闪过这个念头：“为何不将它扔进易北河里呢？”那样我就不会再打开它，也不会再见到它了。

桥上只有几个人。我走到桥中央，正对着河水，河水仍未消退。我迅速环顾四周，四下无人。于是我放手让画落入水中。它迅速沉没水中，我听到它撞上桥柱的声音。

我神情沮丧地走回家。

桌上放着一封教授的来信。

明娜于当天早上去世了，出人意料的是，她死于心脏病猝发。

第四十二章

第二天一早，我收到一个包裹，是明娜寄来的，上面盖着精神病院的印章。

我打开包裹一看，最上面是六张信纸，写得密密麻麻；可最后一张第二面刚开始写就止笔了。

索伦斯坦，4月17日

我最亲爱的芬格尔——医生说你来过这儿，他还代你问候我；他还说你再来时，会转达我对你的问候。知道你就在附近，我感到极大的安慰。

我给你写信，只能偶尔写一点，因为给你写信时我总会感慨良深，医生嘱咐我最好不要有激动的想法，除了给你写信之外，我都一一遵从。可我必须给你写信，因为只有这样我才会避免持续的焦躁不安。我感到我会突然死去。每次我这样说，医生都会笑我，可我能看出他也这样想。也有可能只是虚弱。我知道如若发生不测，你也能得到消息，这让我感到非常欣慰。

我心中有千言万语要向你诉说。我收集了你的信件和一些小物品，却不想落入他人之手；我每在这封信上多写一点，就会把它们装进我寄给你的包裹里。

也许有一天，我们会在一起笑这个想法。

愿神保佑会有这么一天！

今晚我已不能写下去了。

晚安，我的朋友。

4月18日

你知道在我被关进精神病院之前，为什么会回莱森吗？又为什么会去那个岩洞？不只是同样驱使你去那儿的原因，还有，我感到我会在那儿发生一些事，一些不同寻常的事。然而，并不是遇见你，事实上那还要美妙，不，我认为到了那儿我的精神兴奋就不堪忍受——它要么把我折磨死，要么就把我逼疯，即便这样我仍然宁愿处在那时的精神状态。

能在那儿遇到你是多么幸福啊，哈拉德！我见你仍是最初那般模样，而你也发现了我未曾改变——对你。而对他，我定然不似从前。

我对他的愤慨如此明显，我深知这令你痛苦不堪，可我却不能自已。我已经变得这般可恶，这般刻薄——是的，憎恶——已在我心中升起。

你很可能不懂这种感觉。

怎么可能憎恶一个曾经爱过的人呢？或者最好问（因为，很可能，那于你，是晦涩难懂的）：“当与一个人朝夕相处后，渐渐看清了他的本性，鄙夷至深，还如何能爱他？”我不是说爱情的逝去，因为我还是多少了解他的。

我想得最多的就是这件事，为了你能够全然了解我，我必须告诉你我是怎样看它的。

诸如斯蒂芬森这类人的本性，毕竟刚开始时还是有一些高贵的苗头（我想，如果没有这些，他也不会成为艺术家，就连他这样的艺术家也不是）；他仍然年轻而且未曾被腐化，爱上一个年轻女孩之后，他的本性于是变得伟岸而高贵，而她开始了解——并且爱上——与之前判若两人的他。可这仍不算欺骗；相反，她了解和爱的是在他们的关系中转变成的另一个他，而那女孩也相应有所变化，她成长了，她的性格变得坚强，她的视野也变得更广阔。

这一切都美丽而真实。

可是随后，不同天性间的不同点经过时间的沉淀显现出来：那些有着高贵结实苗头的人，真正地发展成为理想之人，并不断在其发展中充实自己，可其他人不能维持被提升到的高度，反而沉降下来。

4月20日

我最后所写让我感到紧张并深深影响着我。一想到这些就如此悲伤，要想确切地说明也极为困难。昨天，我什么都写不出来。我不再纠缠于这些想法，尽管你非常明白这于我大为重要，因为我的借口只在于这一点。可是你肯定已经明白。我不敢说这普遍适用，可于此它一定适用。

我想告诉你的是一些有关我在丹麦的生活之事。

我不知你是否记得齐格林德谈论她和汉凳格的生活——

至今不合，

无亲无故，孤傲冷僻

接近之人，

皆视我古怪无名。

这仍然不是因为我是一个国民意识上的“外国人”，尽管这或多或少有所影响。此外，你也清楚德国人的天性和艺术中——除了那伟大的古典文学外——大部分我是决不敢苟同的。

开始时，我真觉一切都很美好：文学、开阔的思维、教育，诸如此类东西。

可很快我感到其中心是多么空洞。仔细观察我才发现斯蒂芬森竟是这方面的典范。不用说，我并没有融入这样的圈子，那由我丈夫和他的朋友——或是名义上的朋友——组成的圈子。当然，其中有几个和我比较投缘。可他们都不像你。我时而会遇到某个对我有好感的人，可他通常都属于另一个圈子，不知为什么与我们接触，可是很快又撤出去。然而，我们每一次聚会时，都会听到他们说，我们的圈子在丹麦是最神圣的，代表着国家的最高才智。事实上，也是最高尚的；因为其余人不仅多少有些白痴，而且还宣称是真理和正义的敌人。啊，关于这些事，我可以写好多，因为我记忆很好，我还听过许多精彩的演说！

也曾有一段时间，我试着安下心来，屈从其中；斯蒂芬森说那是我的责任。我想他们是对的，而我错了，可能是我古怪无理。我和别人一起对着我在心底认为高贵而有修养的东西耸肩，我尽力去赞赏那些我内心深处反感的东西，我假装相信美德的本质是伪善而世界本生就是一个谬论，不，如其中一个斯蒂芬森的朋友所说，是“猥亵”。总之，我尽力和周围的狼群一起嚎叫（你们丹麦也有狼，对吗？——你可还记得你和我开玩笑？——可是没有狮子）。我最终并没有将我僵硬的颈项弯曲，也许大多是你的错，这是我最要感谢你的地方。

4月26日

我们的社交生活非常丰富，因为斯蒂芬森对于娱乐消遣极为热爱。这些活动往往持续到深夜。早上我不得不早早起床——受德国风俗熏陶，我是一个相当勤劳的主妇，还要算计着收支平衡——这对我的心脏损坏非常大。

有时候我试着找理由摆脱这些，可这让斯蒂芬森非常恼怒。要不是因为一样东西，我很可能最终会一走了之，那就是——我的嫉妒。

我无法使你了解我因嫉妒而遭受了多少痛苦。我也不相信有哪个男人会明白，尽管奥赛罗是出自你们男人之列。

人们认为当一个妻子失去了对她丈夫的爱与尊重，而且他们之间的关系也几乎不能维持，那么她就能够冷漠地看着他丈夫去追求别的女人。可在我恰恰相反。我对他越是冷漠，我的嫉妒之心就越强。作为一个画家的妻子，我还有一个特殊的敌人——那些模特儿。每当他请模特儿回来作画，我就会在门后猫身偷听。我能够在那难以忍受的聚会中，与睡意抗衡，无疑只是为了留心他。

不幸的是，这些努力，都被冠以可怕的成功。我一直以来都怀疑你在波塔咖啡屋见到的那个金发女人。一天，就在那晚之后，我发现他和那个金发女人一起锁在画室，假装作画。在我一再坚持下，他终于坦白了。在一次滔滔不绝的忏悔中，他吐露出远比我怀疑的要多的事。而他的不忠可以追溯到我们结婚之初，不但如此，甚至还能追溯到当他最——

不，我不能告诉你。

我是多么恨他啊！

4月30日

孩子夭折时，我痛不欲生，可还不到一年，我便认为那是幸事。我给你讲过许多关于我父亲的事吧？我害怕我会重蹈母亲的覆辙。因为我感到同样的钝化过程开始在我身上上演，其结果如我小时候所感受到的那般，而后来我才得以明白。

如今再也没有义务的羁绊，我也就可以抽身。我唯一能做的事就是朗读我们伟大的诗歌和提高音乐水平——尤其是贝多芬和瓦格纳的音乐，我还有他们的钢琴谱。那是跟随我心灵的世界，与那些我注定要与之联系的事物大不相同。

你知道我是如此狂爱音乐，可弹久了就会强烈地影响我的神经系统。我曾开玩笑地对你说，要是我想杀掉我的理智，肯定是通过弹钢琴。或许我真的曾试图用这神圣的毒药来结束生命。

要是我当时看到些许光明，要是我当时知道了现在所意识到的事情，我定会让自己轻松一些。

5月2日

我希望我真正知道你对于死亡的看法。你相信重逢吗？真的很难实现，我不明白自己可以消失得多么彻底。我时常想起老赫兹，我曾听他在各种场合说起灵魂和永生。主要是他所热爱的康德的信条（或者如此），也难怪我这个没学问的可怜生物不能完全领会。而他的话那时确实给我留下了深刻印象，在许多孤寂的日子，他所喜欢的那些秘密箴言又不断在我脑中浮现。其中有一句，我相信，极为适合做这整串思想的钥匙，而它几乎逐字地烙在我的记忆中，因为赫兹一有空就会把它拿出来抑扬顿挫地重述，诚然，可总是这样：“我们通常所说的自我并非事实中（他只在此处用了一个奇怪的短语，我想，该是——它自身）的自我，可它只存在于我们的感觉意识里。”如今，对于这句话，我已反复忖度，因我急切地想知道我的真实自我究竟是什么样子，希望它比我所知道的要好一些。我常常幻想那些我自己不知道的那些，因为它并没有出现在意识的晦暗镜子里，而你——同样——自己也不知道。事实上，如若不是完全相同的事物，至少也是两个联系极为密切的东西，如此密切。事实上，有一天我们会如疯狂的噩梦一般不可分离。

人们也许会说这些想法很奇怪，可它们也有令人欣慰的一面。

也许你不会认为它们奇怪，也不觉得它们全然陌生，因你曾对我说，你父亲曾是叔本华的信徒，他又时常向你灌输他的信仰和观点。当然，我从未读过叔本华的作品，可我记得赫兹经常说起他，说他是康德学派的伟大思想家，尽管他的学说太过神秘，不对他的口味。因此，我刚才所说，也似有些神秘了。

可我真高兴我的笔盒上有锁，能够把这几张信纸锁在里面。因为我怕万一教授看到这些“奇怪的想法”，会立刻把我转移到这城堡的别处——那些无药可救的人所待之处。

我拿着这张纸沉默了好久。啊，只剩一张了，而且只写满了一页。我无须心急！或许那最值得读的内容，就在那最后一页纸上。

我冥思着这些“奇怪的想法”，它们深深触动着我。明娜说得对：它们让我想到了我亲爱的父亲，想到了和他一起散步的时光。我们穿过大森林，他一边走一边思考着形而上学的问题，比如说，表现在树木与动物生命中的“自然意志”。我还想起，我跟明娜订婚的日子，不能带明娜去见他，是多么遗憾啊，因为他必定会成为她的好父亲，而她也会成为他的好女儿。他们都是天性深沉而具创造力的人，又有那么多共同之处。他们都非常喜欢动植物，他们都对自然界之美有着强烈的反应！而且，他们都有一种忧郁气质，一种金色幽默。而现在，他们已经见面了，他们属于另一个世界，只留我孤独于世——哦，完全地孤独！

最后几行中，明娜如此生动地呈现眼前，我无法接受自己再也不能触及她。她那小小的幽默，如泉水般从最深刻的挚热和悲伤中流出，她那针对知名教授的微妙的讽刺之调以她自己的可爱方式彻底地展现出来，而她早已发现他在科学上观念先进，也没有神秘的谣言，我几乎想象我能看到她唇角勾勒出的笑容……啊……啊！……

可现在，只剩下最后一页小小的手稿了！

最终，我鼓起了勇气拿起它。

可我今天为什么要提到死亡和来生呢？好奇怪，我多久都不曾像今天一样充满希望了。

天气真好。整个下午我都坐在教授的院子里缝衣服。他人真不错。

明天我会告诉你更多关于这里的生活。可今晚我不再写了，我要念席勒的诗。一天，我翻到最后一册时，如此强烈地想要读《关于崇高》。教授害怕这种书会让我难受，于是建议我读历史著作。我也开始读席勒的《三十年的战争》，可着实让我厌烦。我也没办法，就像我上学时，那时我就对有关历史的东西感到厌倦。

晚安，哈拉德！

这些日记给我留下了如此深刻而庄严的印象，我已无法用眼泪来宣泄。自她死后我还不曾哭过。

可当我最后抓出包裹里剩下的东西，我看到一封皱巴巴的信。我拿在手上，是那封她曾揣在胸口的信，于是我把信放到唇间，像孩子一样泣不成声。

我再读了那开头的几页。我怎能写这些愚蠢的字句——

“我后悔过吗？即便现在，已经五年了，我仍不能回答这个问题。”

就好像，我会为了世间的任何事物，而放弃我们的爱，放弃对明娜的记忆！好像任何幸福都会比我的痛苦珍贵！

我擅自接手了葬礼。让我高兴的是——是的，对我来说真是件高兴的事！——我在“大墓园”选定了一处墓地，就挨着赫兹夫妇长眠的地方，在一棵参天白杨之下。

我选了一块精美的萨克森蛇纹石做墓碑，上面只刻了一个名字：

明娜